Per Olov Enquist

Der fünfte Winter des Magnetiseurs

Roman

Aus dem Schwedischen von
Hans-Joachim Maass

Carl Hanser Verlag

Die Originalausgabe erschien 1964 unter dem Titel
Magnetisörens femte vinter
bei Norstedt & Söner, Stockholm.
Die erste deutsche Ausgabe erschien 1966
im Horst Erdmann Verlag, Herrenalb.

2 3 4 5   06 05 04 03 02

ISBN 3-446-20129-7
© Per Olov Enquist 1964
Alle Rechte der deutschen Ausgabe
© Carl Hanser Verlag München Wien 2002
Satz: Filmsatz Schröter GmbH, München
Druck und Bindung: Franz Spiegel Buch GmbH, Ulm
Printed in Germany

»Sie haben mit allerhand Einwänden gegen leicht nachzuweisende Lügen in meiner Erzählung versucht, mich als einen Betrüger hinzustellen, und Sie haben gesagt, an meinem Bericht sei kein wahres Wort. Jedoch beschwöre ich Sie: Glauben Sie mir. Geben Sie den Weg des Mißtrauens auf, den Sie eingeschlagen haben. Ich bitte Sie: Glauben Sie mir nur.«

Friedrich Meisner in einem Brief an Hans Graf von Stechau, datiert vom 5. August 1794 in Wien.

I

Der große Paracelsus hat irgendwo vom Schmerz gesprochen, der im absoluten Verharren liegt: Jemand war gezwungen worden, lange Zeit hindurch bewegungslos auf einem weichen Lager zu liegen. Die Weichheit war anfangs als sehr weich empfunden worden, doch dann als immer weniger weich. Der große Paracelsus (oder jemand anders, aber vermutlich Paracelsus, da er diesen am besten von allen kannte) hat hervorgehoben, nicht das Bett habe den Schmerz verursacht, sondern die Bewegungslosigkeit. »Der Schmerz, der uns als Strafe für unser Verharren trifft«; er erinnerte sich des Ausspruchs beinahe wörtlich, wußte aber nicht, woher er ihn kannte.

Der große Paracelsus, dachte er, und tastete auf dem rauhen Boden nach einer erträglichen Lage, der große Paracelsus hat sicherlich nie in einer Höhle gelebt. Hätte er dann doch gewußt, daß auch das Lager zum Schmerz sein Teil beiträgt. ›Der Große‹: Aber über den Stillstand wußte er Bescheid und über die Bewegung. Ich weiß es auch, dachte er. Erstarren in Bewegungslosigkeit heißt Müdigkeit und Schmerz.

Er spürte seine Kleider als reibenden und engenden Druck auf sich lasten: Es sind nicht die richtigen, dachte er. Sie sind für ein anderes Leben geschaffen. In Paris, dachte er – und ich gehe durch die Straßen, und man dreht sich nach mir um. Für Paris sind sie wie geschaffen. Für eine Szene, in der es mich, nur mich gibt, mich und die Krankheit und den Magneten. Stille, weiße Gesichter ringsum, Musik und Kraft.

Dies hier, dachte er, ist ein Zwischenspiel. Es fügt meinen

bisherigen Erfahrungen eine weitere hinzu, und es ist nicht mehr als ein Zwischenspiel. Ich werde nicht herabgezogen.

Nach der Gerichtsverhandlung in Paris, dachte er, im dritten Winter, da war es schwerer gewesen. Sich zu erheben ist eine Gewohnheit, ein Akt des Willens. Das Fallen ist ein mechanischer Vorgang.

Er lag da, hineingeschleudert in das Dunkel der Höhle, sich immer noch dessen, was geschehen war, in rastloser Weise bewußt, er war noch nicht zur Ruhe gekommen. Die Höhle war eng und tief; er nahm den Ausgang als gezackten, dunklen Stoffetzen wahr, der heller wurde, dann dunkelgrau und dann wieder hellgrau, von einem Grau aller Schattierungen, einem Grau mit blauem Einschlag, einem Wolkengrau, Wolkenblau –, dann floß das Blau mit Macht herein und verdrängte alle anderen Tönungen. Da stand die Sonne so hoch am Himmel, daß nur ein äußerst kleiner Teil des Bodens in der Grotte erleuchtet wurde.

Er kroch langsam und vorsichtig zum Rand der Grotte hin und sah über die Felskante hinunter. Dort sah er sie.

Es waren ihrer recht viele, sechs oder sieben, und sie trugen die grauen, hohen Hüte, die er zuerst lächerlich gefunden hatte, deren Lächerlichkeit ihn nun aber nicht mehr berührte, oder vielleicht hatte man ihn auch nur dazu gebracht, anders zu empfinden. Sie standen dort unten in einem Halbkreis, vielleicht nicht gerade wie Ameisen (dies Bild schien ihm nicht ganz zutreffend, weil der Hang höchstens dreißig Meter abfiel), aber wie kleine Puppen, ja, halbgroße Puppen in Grau. Aber sie sind keine Puppen, dachte er apathisch. Sie haben mich jedenfalls gefunden. Sie geben nicht auf.

Er sah, wie einer von ihnen zum Abhang hochzeigte und wie dieser Jemand aufschrie, ohne Worte, es war nur ein kurzer, heftiger Schrei, der besagte, daß er jetzt festsaß. Das Felsental spielte Ball mit dem Ruf; er kam mehrere Male zurück, aber jedesmal trug er die gleiche Botschaft. Er saß fest.

Locker griffen nun seine Hände um die Felskante. Niemand bewegte sich dort unten. Dies hier, dachte er schnell, ist eine ungewöhnliche Situation. Alle meine Lehrer, auch Anton de Haen, den ich zwar nie gesehen (aber gelesen) habe und dessen Schriften ich einmal kennen sollte, alle hätten sie diese Situation als ungewöhnlich und unwürdig bezeichnet. Jetzt sind ihre Ansichten nur von sehr geringem Wert.

Er besah noch einmal seine Hände und dachte: Trotz allem recht kräftig. Er zog sich noch einen Meter weiter in die Dunkelheit zurück und dachte: Andere in meiner Lage wären noch übler daran. Mein Körpergewicht ist beträchtlich. Einzeln könnte ich mit ihnen fertig werden. Aber es kommen ihrer sechs.

Der große Paracelsus, dachte er wiederum, hätte mich verloren genannt. Aber wenn man einmal in eine Lage gedrängt worden ist, die man als aussichtslos bezeichnen könnte, dann hat man keine Wahl. Dann muß man etwas anderes als die Verdammnis wählen. Dann muß man zur List und zur Klugheit greifen, dachte er und sah mit seinem breiten, kräftigen Gesicht zur Decke empor, weil man keine Wahl hat.

Der große Paracelsus ist bei all seiner Genialität zu einseitig gewesen, dachte er ironisch. Ich kann mir Konsequenz nicht leisten. Ich wähle die Geschmeidigkeit.

Sie schrien zu ihm hinauf.

»Meisner!« rief jemand zu ihm hoch. Das war der Name, der ihn in Wien und in Paris und der halben Schweiz bekannt gemacht hatte; aber jetzt war er in einer anderen Welt und weit von Wien entfernt, an das er sich kaum noch erinnerte. Nach der Gerichtsverhandlung des vierten Winters hatte er es so gut wie aufgegeben, sich als Wiener zu bezeichnen; die Leute lachten über ihn, weil er sich nicht wie ein Wiener gebärdete, und da hatte er es für das Klügste gehalten, sich nicht länger als Wiener auszugeben; und er war gern klug.

Jetzt zeigte einer von ihnen zu ihm hinauf und rief ein weiteres Mal seinen Namen, und als der Schrei von der Bergwand fortgeschwirrt war, war der Halbkreis dort unten schon aufgelöst.

Sie waren auf dem Weg.

Sie kamen an der Bergwand entlang hinauf, langsam, aber unerbittlich. Er blieb so liegen, daß er mit dem Kopf vor dem Eingang der Höhle ruhte und mit dem Oberkörper auf der Bodenerhebung, die wie eine Schwelle quer zum Eingang verlief, und er hatte nicht die Kraft, ins Innere zurückzurobben. Er fühlte sich plötzlich sehr müde.

In einem von Meisners Büchern ist der Kopf eines wilden Tieres an den Rand einer Seite gezeichnet; der Kopf eines Wolfes, vielleicht auch eines Wildschweins. Es soll keine naturgetreue Wiedergabe sein. Dem Kopf ist die Form eines Wurms gegeben, und der Hals endet in einen hübsch geschnitzten Handgriff.

Viele, denen es darum ging, Meisners Tat zu beurteilen, haben den Sommer des Jahres 1793 außer acht gelassen. Was damals geschah, liegt im Dunkeln, und man hat allgemein diese Periode als eine peinliche und ungebührliche Periode in seinem Leben aufgefaßt. Versuche, die unternommen wurden, diese Lücke auszufüllen, sind später zumeist als unwahr abgetan worden, als Konstruktion der Feinde Meisners.

Vor allem gilt dies für die Episode bei der Höhle. Lange Zeit nahm man an, sie sei auf Grund einer unglücklichen Namensgleichheit fälschlicherweise Meisner zugeschrieben worden. Doch schreibt Meisner selbst in einem Brief an André Hendricks, datiert Seefond 1793: »Auch bin ich neulich einer großen Gefahr entronnen, die meinen vorzeitigen Tod hätte verursachen können. Ein Mißverständnis jagte mich in eine Höhle hinein, in der ich mich während vieler Tage aufhielt, während meine Feinde mein Versteck umstellten. Ich habe mich jedoch glücklich aus dem Garn dieser bösen Menschen gerettet.« Im gleichen Brief charakterisiert er diesen Sommer als »meine Tournee unter den Schweinen«.

Viele der Berichte, die er später, vor allem dem Seefonder Arzt Claus Selinger, vorlegte, und von denen er vorgab, daß er sie in der Zeit seiner literarischen Studien gelesen hatte, befaßten sich mit Geschehnissen, die er selbst gesehen oder erlebt haben könnte. Eigentümliche Stimmungsschwankungen färben diese Wiedergaben: Die Heiterkeit am Anfang, der sprühende Übermut und die leichte Ironie, all diese Züge traten zurück, und Ekel und Bitterkeit wurden vorherrschende Kennzeichen. Einer dieser Berichte gilt dem Tod eines Betrügers. Dieser war in einem Wirtshaus ergriffen und gefesselt worden, aber in der Nacht war er entflohen. Später hatte man ihn unter einer Brücke aufgespürt, apathisch vor Schrecken und Todesangst. Man hatte ihn wieder gefesselt und seinen Leib mit Messern zerfleischt, bis langsam und qualvoll der Tod eingetreten war. Sein Leib, so schrieb Meisner mit plötzlicher Härte, habe den Kadavern der Schafe geähnelt, die nach einer tödlichen Krankheit den Messerwerfern als Zielscheibe dienen.

Das wilde Tier ist mit Tinte gezeichnet. Die Wildschweinhauer liegen halb hinter den Wolfslefzen verborgen.

Die Augen jedoch haben einen Zug, der sich schwer bestimmen läßt.

Das Vorspiel zu diesem Winter ist der Sommer des Jahres 1793. Und der Winter erwuchs aus jenem Sommer, aus allen gewesenen und allen, die dann folgten. Der Winter wiederholt sich, wird geboren und vergeht.

In diesem Sommer wanderte Meisner, der Magnetiseur, der einmal am Hofe der Kaiserin Erfolge errungen hatte, durch das Land. Man begegnete ihm mit Ehrfurcht, aber viele empfanden Mißtrauen und Angst vor ihm. Er heilte Tiere, und er hielt sich abseits. Niemand fragte, woher er käme. Er war mehr als mittelgroß, kräftig gebaut, und sein Gesicht lud nicht zu vertraulichem Gespräch ein.

Die vielen Zeugenaussagen über Meisner, die heute zugänglich sind, stimmen in diesem Punkt überein. Er verstand es, seiner Umgebung Respekt abzuverlangen. Er war, was man heute eine Erscheinung nennt.

Die vierte Gerichtsverhandlung, die nach dem Winter in Nürnberg gegen ihn stattfand, gibt ein erhellendes Bild, obwohl sie unvollständig überliefert ist. Sein Name wird nun mit Respekt genannt.

Über die folgende Zeit, über sein Gastspiel bei den ›Schweinen‹, wissen wir nicht viel. Man hat es vorwiegend mit Vermutungen zu tun.

Offenbar war es für Meisner eine Zeit des Atemholens. Im Herbst tritt er wieder in Erscheinung. Da beginnt der fünfte Winter.

Das letzte Stück war er gerobbt; dann lag die Höhle da, schräg über ihm. Er hatte sich hochgestemmt und einen Stein zu fassen bekommen. Er fühlte sich unter seinen Händen fest an, und so konnte er sich hineinziehen und wieder herablassen. Er war in das Dunkel hineingerollt, und er war müde, und alles verschwand.

Aber auch in das Dunkel der Höhle waren die Träume ihm gefolgt. Er hatte von den Markttagen geträumt, als er noch ein kleiner Junge war und bei seiner Mutter auf dem Schoß sitzen durfte und auf die Menschenmenge hinausgeblickt hatte, während sein Vater fort war. Sie hatte auf irgend etwas gezeigt und »Sieh mal!« gesagt. »Siehst du, wie sie sich anstellen!« Dann war der Vater zurückgekehrt, und sie waren heimwärts gerollt; und jetzt kehrte alles im Traum zurück.

Da erwachte er. Er lag auf tausend spitzen Steinen und stöhnte gegen die Decke: Es war hellichter Tag, und er lebte. Er sah die Öffnung der Höhle: Ja, wie einen unregelmäßigen grauen Stoffetzen. Grau, helles Grau. Danach, nach dieser Wahrnehmung, hatte er die Stimmen gehört.

Er streckte vorsichtig den Kopf wieder hervor und sah

hinunter. Die Bergwand war glatt und fiel fast senkrecht ab, aber er sah deutlich den Weg, den er eingeschlagen hatte: Er führte über Vorsprünge und Felsspalten, und war so schmal, daß er immer nur einen Menschen zur Zeit durchließ. Es war beinahe dunkel, als ich hochkletterte, dachte er. Ich hatte keine Angst, weil es dunkel war. Jetzt konnte er den Abhang deutlich sehen, dreißig steil abfallende Meter, keine Absätze, es ging geradewegs zum Erdboden hinab, bis dorthin, wo die ersten Büsche anfingen. Es müssen Büsche sein, aber vielleicht sind es auch kleine Bäume: Er konnte es nicht so genau erkennen.

Aber die Verfolger sah er.

Sie hatten schon ein gutes Stück Wegs nach oben hinter sich gebracht. Zuerst kamen zwei Männer, weit vor den anderen. Sie tasteten sich vorsichtig weiter, gingen dicht beieinander, drückten sich hart an die Felswand und waren jetzt ein wenig größer als Puppen. Er konnte noch mehr erkennen: Vor dem Bauch des ersten hing ein Messer, baumelnd. Nicht blitzend, nicht drohend, nichts: Aber es war da. Er wußte, was sie damit machen würden.

Er blickte an sich selbst hinunter: Es war schon lange her, daß er Waffen getragen hatte. Er hatte nur eine einzige Waffe, das Glied, das er vor drei Tagen in ein Mädchen hineingebohrt hatte. Aber das war ein sanftes und rundes Messer, und sie hatte nicht geschrien, sondern nur fest die Augen geschlossen und darauf gewartet, was er tun würde. Sie hatte ruhig in sein Ohr geatmet und es geschehen lassen.

Als er an sie dachte, fühlte er, wie der Zorn in ihm aufwallte: Dies Messer war verlockend gewesen, so lange es dort gesessen hatte, aber hinterher war es offensichtlich als scharf und unbehaglich empfunden worden; sie hatte ihm alles zerstört.

Er wußte nicht, was sie gesagt hatte, aber zwei Männer waren in sein Zimmer gekommen, hatten ihn einen Schweinetöter und einen Notzüchtiger genannt. Dann hatten sie seine

Arme festgehalten, und ein dritter Mann war hereingekommen und hatte ihn mit einem Lederriemen quer über den unteren Teil des Gesichts geschlagen. Da hatte er sich freigemacht, und einer von ihnen war hart gegen die Tischkante gefallen, und dann war es sehr still geworden.

Das war der Anfang des Ganzen.

Jetzt waren sie hier.

Zehn Meter von ihm entfernt kamen sie heran, er hörte ihr Keuchen und sah das Gesicht des ersten. Hinter ihm glotzte noch ein zweites Gesicht hervor, verschwitzt und verzerrt, und während einiger Augenblicke standen sie still und warteten, daß etwas geschehen würde.

Es liegt bei mir, dachte Meisner. Ich muß den Anfang machen, und dann komme, was da wolle.

Er streckte sich nach hinten, in das Innere der Grotte, fühlte seine Hand über die Steine hingleiten und fand ihn schließlich. Schloß die Hand darum und dachte: Jetzt. Genau jetzt.

Im Jahre 1793 wurde ein Mann namens Friedrich Meisner, fünfundzwanzig Jahre alt, in Lübeck wegen Betruges vor Gericht gestellt; er hatte eine ärztliche Praxis ausgeübt, ohne die Erlaubnis der Stadt einzuholen. Er hatte damals im Laufe eines Winters einige aufsehenerregende Versuche (in manchen Fällen auch erfolgreiche) unternommen, Kranke mittels eines von ihm selbst erfundenen Verfahrens zu heilen; dieses Verfahren, so wurde gesagt, sei ganz neu.

Nach einem sehr kurzen Prozeß wurde er freigesprochen. Berichte über den Prozeßverlauf sind jetzt nicht mehr auffindbar. Daß das Ganze tatsächlich geschehen ist, und daß Friedrich Meisner sich zu der fraglichen Zeit in Lübeck aufhielt, weiß man aus einem Brief, der an einen in der Stadt wirkenden französischen Diplomaten, Henry Coidon, gerichtet war.

Der Brief ist eine in etwas spielerischem Ton gehaltene Erwiderung auf einen früheren Brief, in dem der Fall dargelegt wurde. Manche Formulierungen des Briefes sind doppeldeutig; es läßt sich nicht eindeutig feststellen, daß tatsächlich ein Prozeß stattgefunden hat. Es kann sich auch um informelle Vorwürfe gehandelt haben, die allmählich auf nicht-juristischem Wege widerlegt wurden.

Während einer kurzen Sekunde sah er, wie der erste der beiden Männer schreckerfüllt zurückwich, aber es war zu spät. Der Stein, der nicht groß war, prallte am Handrücken des Verfolgers ab, sprang gegen die Schulter oder den Hals weiter – Meisner konnte es so genau nicht sehen, und im übrigen spielt es auch keine große Rolle. Der Mann fiel, und das Gesicht verschwand.

Der Schrei schien zu dünn und spröde, als daß er von einem Jäger kommen könnte. Er war wahrhaftig dünn, unerträglich dünn, und erstarb sehr schnell.

Der Leib lag ganz unten, in sich zusammengesunken, und alle konnten sehen, daß er sich nicht mehr bewegen würde.

Meisner rollte sich herum, so daß er auf dem Rücken lag und lachte lautlos zur Decke hin. Es klingt wie eine Elster, wenn ich falle, dachte er. Und danach: Man nennt mich einen Arzt.

Dann erinnerte er sich dessen, was geschehen war, er sprang auf und sah nach den anderen. Es war schon zwecklos. Die Grottenöffnung war leer. Weiter fort, vielleicht dreißig Meter von ihm entfernt, sah er einige Figuren, die sich eilig davonmachten. Im übrigen war auch die Felswand leer.

Es muß etwa drei Uhr nachmittags gewesen sein.

Als die Sonne verschwand, wünschte er sich, die Zeit möge langsamer verstreichen; aber dieser Wunsch brachte das Sonnenlicht nicht zurück. Das, was soeben geschehen war, hatte er bereits aus seinem Bewußtsein verdrängt.

Die Kraft ist nicht nur für die anderen da, hatte er gedacht.

Sie ist auch für mich da. Das ist keine Korruption. Es bedeutet Überleben. Die Kraft hat kein Gedächtnis. Sie ist nur auf ein Ziel ausgerichtet: Das Unbewegliche in uns. Sie wird alles überleben, sie wird in unserem Fluidum weiterleben. Sie ist beweglich und geschmeidig, und sie wird in mir weiterleben. Vier Gerichtsverhandlungen, dachte er, sie hat vier Gerichtsverhandlungen überlebt. Und ich habe sie alle berührt, und sie wurden erhoben, und sie sahen nur das Spinnennetz, an dem ich wob.

Irgendwann einmal müssen sie alle glücklich gewesen sein.

Aber die vierte Gerichtsverhandlung hatte ihn hart getroffen; es war im Vorfrühling des Jahres 1793 gewesen; sie hatte ihn in all dies hinausgeschleudert.

Er kroch hinter dem Schild seiner Arme in sich zusammen und vertrieb alles Schmerzhafte und Unbehagliche. Er konzentrierte sich auf Dinge, die, wie er wußte, angenehm und gut waren, auf Ereignisse, die er viele Male überdacht hatte und die, wie er wußte, ihm gut bekamen.

Da wählte er die erste Zeit nach dem vierten Winter: Den Anfang, an dem sich alles so verheißungsvoll und erfreulich angelassen hatte.

Erst zu diesem Zeitpunkt hatte er – nur zum Scherz – Regen gemacht. Es war auf dem Rückweg von einer Gerichtsverhandlung gewesen, ohne einen Pfennig Geld, nur im Schutz seiner Würde. Er hatte in einem Wirtshaus gesessen und nur zehn dumme Bauern um ihn herum. Sie hatten ihn eingeladen, da er ein Fremder war und vornehmer als sie, in der Hoffnung, er würde dann von Dingen erzählen, die nur vornehmen Menschen bekannt waren, die sich im allgemeinen darüber ausschwiegen, Dinge, die man aber aus ihnen herauspressen könnte, wenn man sie betrunken machte; und er wurde betrunken. Dann hatte er gesagt, die Landwirtschaft beherrsche er auch, sie sollten ja nicht glauben, er würde mit solch einfachen Dingen nicht fertig werden. Sie hatten mit ernsten und schweren Gesichtern vor ihm gesessen und gesagt, ja, aber die Trockenheit, mit der Trockenheit, der Dürre, wird niemand fertig. Da hatte er laut aufgelacht, lange gelacht, um Zeit zum Nachdenken zu gewinnen, und es war ihm klar, daß er rot im Gesicht war und betrunken. Die Dürre, ja, hatte er gesagt, das sei doch wohl nichts Besonderes: Er brauche nur mit den Fingern zu schnipsen, dann würde der Regen kommen.

Sie hatten genau so schwer und düster vor ihm gesessen wie vorher und noch mehr Bier bestellt und gesagt, ei, dann schnipst doch! Schnipst doch!

Und da hatte er mit den Fingern geschnipst, und das Unglaubliche war eingetreten.

Es hatte zu regnen begonnen. Zuerst saßen sie still da und wollten es nicht glauben, aber das Prasseln der Tropfen gegen das Dach war nicht zu verkennen. So sehr konnten sie sich nicht irren. Einer von ihnen ging hinaus. Als er die Tür öffnete, sahen sie alle auf den Platz vor dem Wirtshaus hinaus, und sie sahen, daß der trockene Staub auf der Erde bereits aufgepeitscht und naß war und begonnen hatte, sich in Lehm zu verwandeln. Es konnte keinen Zweifel geben. Es war Regen.

Dann hatten sie ihn angeschaut, als hätten sie ihn nie vorher gesehen. Er hatte sich sehr bewegt, aber glücklich gefühlt, dazu auf eine besondere Weise bedeutend, obwohl auf eine neue Art, nicht wie vor seinen Richtern. Er hatte das ihm angebotene Bier abgelehnt und war nach oben auf sein Zimmer gegangen, um sich schlafen zu legen. Sie hatten ihm nachgeschaut, als ob er etwas sei, als sei er bedeutend. Zehn betrunkene Bauern, dachte er, und ein Regenschauer, und nach dem vergangenen Winter hatte dies gereicht, ihn glücklich zu machen ...

So hatte es begonnen: Mit einem Regenschauer. Aber am Tage danach, als sie ihn um mehr baten, hatte er erklärt, er wolle nicht noch mehr Regen hervorrufen, denn er wolle Gott nicht herausfordern. Sie hatten ihn gefragt, ob Gott denn nicht wünsche, daß sie genug zu essen und zu trinken hatten, und da hatte er ihnen geantwortet, das sei Gottes Angelegenheit und nicht seine. Aber er könne Tiere heilen, entfuhr es ihm, wenn sie nur ihn im voraus bezahlten; denn manchmal konnte Gott doch wohl stärker sein als er! hatte er gedacht.

Mit erschreckender Deutlichkeit war ihnen plötzlich klar geworden, daß er, Friedrich Meisner, der sich auf dem Wege von Nürnberg nach Süden befand, ein Mann mit besonderen Gaben sein müsse, da er sich ja offensichtlich mit Gott auf Kraftproben einlassen konnte.

Er ließ sie wählen, zwischen Gott und ihm selbst, und da Gott offensichtlich tote Schweine lebenden vorzog, fiel ihnen die Wahl nicht schwer. Sie setzten ihre übelriechenden Geldstücke auf ihn und versuchten zu glauben, Gott würde vergessen, daß sie im Kampf um die Schweine die falsche Seite gewählt hatten. Meisner lächelte ihnen aufmunternd zu und sagte, seiner Ansicht nach gingen sie kein Risiko ein. Dann bewegte er sich zwei Tage lang unter ihnen und weissagte, das Pferd, dem er über den Bauch strich, würde innerhalb von fünf Tagen aufhören, zerkleinertes Stroh zu speien, und er kniff mit seinen Fingern den Schweinen in den Rücken und äußerte beiläufig, er und Gott hätten ihnen ein langes Leben bestimmt. Sie glaubten ihm und verneigten sich ehrfürchtig, als er ging; zwei Tage war er dort. Er hatte es als eine Erregung, einen Rausch empfunden, eine Entschädigung für erlittene Schmach.

Aber Geld bekam er. Schweinegeld, dachte er. Nicht von Menschen, die ich behandelt habe, die an mich glaubten und denen ich geholfen habe, sondern Schweinegeld. Pferdegeld. Geld ohne Gestank, aber es roch dennoch.

Der große Paracelsus, dachte er, hat sein bravouröses Leben in einer allzu gleichförmigen, ebenen Bahn hingebracht. Er hätte pendeln sollen: Auf, ab.

Er empfand es als eine Tat, daß er all dies überlebt hatte. Die Felswand hinter ihm schnitt ihm in den Rücken, und sie wurde zu einem Teil seiner Tat. Ich habe ihnen ein Wunder geschenkt. Ich begann mit einem kleinen Fingerschnipsen. Dann war es, als wäre ein Tuch, ein Stoffetzen vor ihre Gesichter gezogen worden, ein Netz. Sie konnten nicht sehen, wie die Wirklichkeit um sie herum aussah. Sie sahen ihren eigenen Glauben.

Das war die Einleitung: Der Abschluß sah anders aus. Er versuchte, ihn so weit wie möglich hinauszuschieben, aber endlich kam er doch.

Er hatte nicht geglaubt, daß ausgerechnet diese Auflösung möglich sein könnte; all sein Tun hatte einen Anschein von Respektabilität gehabt. Seine früheren Feinde hatten sich alle höflich betragen; nicht einmal in kritischen Zeiten hatte ihn etwas Niedriges beschmutzt. Er hatte sich mit einer silbernen Schachtel, die etwa fünfzig Haare des heiligen Basilicus enthielt, an die Kirche gestellt; die Haare des Basilicus waren allerdings mit einigen Haaren Meisners gestreckt (oder gar durch sie ersetzt) worden. Die silberne Schachtel hatte er von einem glücklichen Vater erhalten, als der versprochene Sohn tatsächlich geboren worden war (und damals war er ein sehr großes Risiko eingegangen und sehr unruhig gewesen, aber er hatte ja seine Belohnung bekommen), und jetzt lagen die Haare hier. Die Kirchgänger reckten neugierig die Hälse, aber er schob sie mit einer schweren Geste beiseite. »Heiligkeit verträgt sich schlecht mit dem Geruch von Bauern«, hatte er erklärt. Sie hatten dort gestanden, die Städter in Kleidern, die besser waren als seine eigenen, sie hatten sein dickes, schwarzes Haar angeschaut, das ihm ungekämmt bis zur Jacke herabhing, sie hatten seinen harten undurchdringlichen Blick gesehen und an ihn geglaubt. Geglaubt.

Am gleichen Tag hatte er mit ihr gesprochen, mit dem Mädchen. Und nach weiteren zwei Tagen, als er fünf Schweine gegen gute Bezahlung als eine Art Extranummer geheilt hatte, lag sie unter ihm. Er hatte sie gedeckt, wie man eine Kuh deckt, eine gleichgültige, wiederkäuende Kuh. Sie hatte auch nichts gesagt, erst hinterher.

Dann, während er ruhig seine Kleidung ordnete und sie höhnisch anlächelte, war ein Zug der Verbitterung über ihren Mund gehuscht, und plötzlich begann sie, ihn anzuschreien.

Später wurde ihm klar, daß es wegen des Lächelns war. Und dieser Schrei hatte dann das dünne Lügengewebe zerrissen, in das er diese einfältigen Menschen eingehüllt hatte, an das er sie hatte glauben lassen, das er hatte anbeten lassen, und damit war auch der Mantel seiner Wundertätigkeit von ihm gefallen. Wie ein Betrüger hatte er dagestanden, wie einer, den man entlarven und strafen und töten mußte.

In Briefen schrieb er: »Das in mich gesetzte Vertrauen ist zuweilen übermäßig groß gewesen. Das ist eine schwere Bürde.«

Der Körper dort unten war verschwunden. Das einzige, was er jetzt sehen konnte, war ein Mann, der auf einem Stein saß, allein, mitten auf dem Feld vor der Bergwand. Er saß unbeweglich da, den Blick auf den Eingang der Höhle geheftet. Wie ein Wachhund, ruhig, aber entschlossen, so saß er da, vom Schatten der gegenüberliegenden Bergwand zugedeckt, aber dennoch für den Mann in der Grotte sichtbar genug.

Meisner befeuchtete seine Lippen und begriff, daß ihm das Warten lang werden würde. Sie werden warten, bis ich herauskomme, dachte er. Sie werden nicht mehr heraufklettern. Aber sie werden warten.

Wie eine flackernde Bestätigung dieser Mutmaßungen schlug eine Feuerlohe hoch, weit unten in der Dunkelheit des Tals, beinahe außer Sichtweite der Grotte: Ein Feuer, ein wärmendes, einladendes Feuer. Schutz vor der Kälte, Schutz vor der Dunkelheit. Es blinzelte mit immer stärkerem Auge zur Grotte empor, freundlich, höhnisch, als sei sein flackerndes Lichtsignal eine Mitteilung vom Leben selbst. Mit unbewegtem Gesicht und mit herausgestrecktem Kopf betrachtete er die Szene, wie die Dämmerung und das Feuer sich begegneten und miteinander verschmolzen.

Er war nicht gefesselt, aber mitten in seiner Müdigkeit und dem Schlaf fesselte ihn der Schmerz, und er stöhnte. Sie hatten ihn schon gezeichnet; jetzt kamen sie von den schwarzen Wänden der Grotte zurück, nahmen ihm die Kleider ab und schlugen ihn. Sie hatten ihn überall gezeichnet, aber in den Schultern war es am meisten zu spüren. Der Rücken schmerzte auch, und er hatte das Gefühl, sie schauten in sein Gesicht und lächelten und sagten, jetzt bekäme er, der Regenmacher, zu kosten, wie der Feuerregen schmecke. Er versuchte, ihnen murmelnd zu erklären, daß er es nur um ihretwillen getan habe, nicht für sich selbst, aber daran mochten sie nicht glauben. Sie schlugen ihn abermals. Das Geld! sagten sie, für das wir geschuftet haben und das wir unseren Kindern geben wollten, und das du genommen und in den Hurenhäusern versoffen hast! Du Satan, sagten sie, du wolltest mit Gott deine Kräfte messen!

Dann wurden alle Figuren zu einer; zu einer schmächtigen, schwarzgekleideten Gestalt, die ihn am Haar packte und zur Grottenöffnung schleifte. Und sie zeigte dann auf das Tal hinaus, das plötzlich schön und fruchtbar und üppig geworden war und sich geöffnet und geweitet hatte, so daß er bis ans Ende der Welt zu sehen meinte.

»Das hier war's, was du bekommen hast«, flüsterte der Mann. »Dies alles habe ich dir einmal gezeigt. Als du noch jünger warst.«

Dann kamen all die anderen zurück, aber mitten in dem Schauer der Schläge, die auf ihn niederprasselten, drehte er sich stöhnend zur Seite. Da lief Wasser über seine Hand, und er erwachte mit einem Ruck.

Es war vollständig dunkel. Sein Rücken schmerzte, und er fror, und er begriff, daß es regnete. Es ist Nacht, und da draußen regnet es, dachte er träge. Auf sie; und da dachte er an die anderen und beugte sich über die Kante hinaus, fühlte den Sturzregen im Nacken, versuchte, etwas zu sehen, aber es gelang ihm nicht.

Das Feuer brannte nicht länger dort unten. Der Regen ertränkte alle Laute und auch alle Wärme.

Sie frieren auch, dachte er mit Wohlbehagen. Das Feuer ist ausgegangen, und sie sind wütend und frieren. Er lächelte in die Dunkelheit hinaus, ruhig, leidenschaftslos, im Bewußtsein, daß der Regen ihm half und sie behinderte. Dann nahm er die Wasserflasche und füllte sie mit dem Regenwasser, das sich in den Felsspalten der Grottenöffnung angesammelt hatte. Er trank vorsichtig: Es schmeckte nicht, aber es war Wasser. Dann lag er mit dem Gesicht zum Himmel gewandt, den er nur als eine schwarze Nebelwand oberhalb des Regens erahnen konnte, trank in ruhigen Zügen, ließ sich von dem gleichmäßig flutenden Regenteppich umspülen.

Als der Morgen kam, hörte es auf zu regnen. Er fror, war aber nicht mehr durstig. Das Licht floß schräg herein; er saß in der ruhigen warmen Sonnenstraße und schlief beruhigt ein. Jetzt hätten sie kommen können, er hätte sie nicht gehört. Aber sie kamen nicht. Als er erwachte, dachte er daran, sehr hastig, ohne sich ernsthaft Sorgen zu machen.

Er sah durch die Öffnung hinaus und sah den Wächter auf dem selben Platz; ein Wachhund, unermüdlich, mit schräg nach oben gewandtem, der Grottenöffnung zugekehrtem Gesicht.

Sie werden nicht aufgeben, dachte er. Jetzt werden sie niemals aufgeben.

Die Schilderung des folgenden Winters muß natürlich nicht gerade hier beginnen; es scheint nur immer ein Geschehen zu sein, das in bestimmter Weise abläuft und sich wiederholt.

Dieses Wellental beginnt also im Spätsommer 1793 wieder in die Höhe zu steigen. Es hätte auch im Jahre 1932 eintreffen können.

Eine Taube kam am nächsten Tag hereingeflogen. Er hatte in der Grotte Taubenkot gesehen und war nicht gänzlich unvorbereitet. Für einige Sekunden saßen sie still, jeder auf seinem Platz, Blick in Blick. Dann wollte die Taube auffliegen, aber es war zu spät. Als Meisner über sie herfiel, fühlte er, wie der Flügel gebrochen wurde: Als ob man einem Menschen einen Finger abbricht, dachte er hinterher.

So werden sie es auch mit mir machen.

Genauso.

Die Taube war fett, voller Fleisch. Er mußte sie roh essen, also tat er es auch. Wenn man muß, dann geht es eben nicht anders, dachte er, während er mit den Fingern die Federn aus dem Leib rupfte. Man hat keine Wahl, und dann wird alles so einfach.

Zu Anfang mußte er sich übergeben, aber nur zu Anfang. Ich muß sie bei mir behalten, dachte er, und dann nahm er nur immer sehr kleine Stückchen zu sich und trank zwischendurch. Da ging sie hinunter, da sie ja hinuntergehen mußte. Entweder die Taube oder die da unten, sagte er halblaut, während er den Kadaver in einer Ecke zwischen zwei flache Steine steckte und hoffte, die Fliegen würden sich fernhalten.

Davon kann ich eine ganze Woche leben. Vielleicht reicht diese Zeit.

Das Wasser in den Felsspalten trocknete aus, die Taube war aufgegessen, nur noch die Federn waren übriggeblieben. Tag um Tag saß er da, beinahe unsichtbar in der Halbdämmerung der Grotte, sah, wie die Wachen dort unten sich ablösten, sah, wie Verstärkung mit Lebensmitteln anrückte, sah, wie sie Windfänge errichteten und Feuer anzündeten. Der Lichtschein von den Feuern war am schwersten zu ertragen: Er versuchte immer, sich so weit wie möglich ins Innere der Grotte zurückzuziehen, wenn er abends den ersten flackernden Lichtschein sah. Er hatte das Gefühl, das Feuer und die Wärme seien listige Waffen, die ihm entgegengestreckt würden, sich an ihm festbissen und fast tödliche Wunden schlugen. Er hatte sich schon sehr lange nicht mehr gewaschen.

Eines Abends, oder richtiger gesagt, eines Nachts, versuchten sie, zu ihm hinaufzugelangen. Aber Meisner hatte Glück: Just in der Nacht konnte er nicht schlafen. Er warf sich unruhig auf seinem steinigen Lager herum und hörte plötzlich die aufgeregten Atemzüge seiner Verfolger: Sie kletterten zu ihm hinauf, sie kamen näher und näher, und mit einem Mal war er hellwach und sehr ruhig. Vorsichtig hinter dem Felsvorsprung hingehockt, erwartete er sie, und die Spannung verlieh ihm eine ruhige und schnelle Hand, und als der Augenblick gekommen war, handelte er rasch und wirkungsvoll; ein weiterer seiner Verfolger fiel schreiend talwärts. Aber für diesen war es nach dem Fall mit dem Geschrei noch nicht zu Ende: Es ging die ganze Nacht so weiter. Von seiner jetzt stillen Höhle aus konnte er hören, wie die anderen versuchten, zu Hilfe zu kommen (obwohl alle wußten, daß es in der Dunkelheit keinen Sinn hatte). Der Gefallene war auf halbem Wege hängengeblieben, und dort sollte er auch ruhig hängenbleiben.

Am Morgen konnten alle das Ergebnis des kleinen nächtlichen Abenteuers in Augenschein nehmen. Eine reglose, zuweilen aber eigenartig zappelnde Figur hing zwanzig Meter unterhalb der Höhle, auf einen hartnäckig wuchernden Busch aufgespießt. Zwei Männer waren schon fast bei dem baumelnden Körper angelangt, der den Anschein erweckte, die Rettungsversuche zu begreifen.

Es dauerte eine halbe Stunde; dann schienen ihre Bemühungen von Erfolg gekrönt zu sein. Sie verschnürten den Körper mit Stricken und begannen dann, ihn mühsam zur Erde hinabzulassen.

Meisner beugte sich langsam hinunter, hob einen Stein auf; er spürte, wie die da unten plötzlich innehielten, wie sie ihn betrachteten und abwarteten. Sie erwarten, daß ich den Stein werfe, dachte er. Sie haben sich schon ein Bild von mir gemacht, und jetzt erwarten sie, daß ich den Stein auf sie werfe.

Langsam streckte er sich über den Felsvorsprung hinaus, öffnete seine Hand, ließ den Stein fallen. Er fiel, drehte sich im Fallen um die eigene Achse, sprang von einem Absatz ab und verschwand im Gras, etwa zwanzig Meter vom Standort der beiden Männer entfernt. Keiner der Männer, die dort unten standen, sagte ein Wort. Alles geschah wie im Traum, in einer deutlich unwirklichen Atmosphäre.

Sie trugen den Körper fort, und dies war das letzte Mal, daß sie hinaufzuklettern versuchten.

Er kroch wieder in seine Höhle hinein und wußte, daß alle Schlupflöcher versperrt waren, daß die dort unten sich nie geschlagen geben würden. Er hieß Friedrich Meisner, war vor sechsundvierzig Jahren bei Konstanz geboren, und sein Gesicht war jetzt so hohlwangig und schmutzig wie schon seit langen Jahren nicht mehr. Seine Augen, die man abwechselnd brennend und stechend nannte, zuweilen – von jemandem, der nicht viel Sinn für Dramatik hatte – auch schwarz, diese Augen schienen jetzt tiefer in ihren Höhlen zu liegen als früher. Und das Merkmal, das allen zuerst auffiel, was in den Protokollen als »besonderes Kennzeichen« vermerkt wurde, seine Backenknochen, die ihm früher einmal bei seinen Spielgefährten den Spitznamen »Der Mongole« eingetragen hatten, sie traten jetzt mehr als je hervor. Er war ein eingefallener, magerer, düster dreinblickender Höhlenbewohner und Gefangener, der sich nur mit äußerster Anstrengung an die Merkmale klammerte, die er seine eigenen nannte.

Paris, dachte er manchmal, in Paris hätte man mich verurteilen sollen. Nicht hier.

In den folgenden Nächten schlief er wie ein Toter. Er hatte nicht einmal mehr die Kraft, den Anschein der Wachsamkeit aufrechtzuerhalten: Wären sie jetzt hinaufgeklettert, das Ganze wäre in fünf Minuten vorüber gewesen, es sei denn, sie hätten es vorgezogen, ihn häppchenweise zu braten, um so das Vergnügen auf Stunden, Tage oder gar Wochen auszudehnen.

Aber auch die Verfolger waren müde geworden. Sowohl vom Warten als auch von den allzu riskanten Methoden der Menschenjagd.

Durch die nebligen Schleier der Müdigkeit hindurch hörte er aufgeregte Schreie von unten, vom Tal her; sie unterschieden sich so sehr von dem verbissenen Schweigen, an das er sich schon gewöhnt hatte, daß er versuchte, aufzustehen und zur Öffnung der Grotte zu gehen. Aber er war sehr müde und gab schnell auf. Die Schreie verstummten nach einigen Minuten, und es wurde genauso still wie vorher.

Jetzt warten sie, dachte er träge. Ich habe mich nicht gezeigt, und sie warten, um ganz sicherzugehen.

Er hatte sich an alles gewöhnt, sich an die Möglichkeit des Todes gewöhnt. Der Tod erschien ihm nicht mehr wirklich und schrecklich, sondern bloß wie ein kurzer Schmerz vor einer langen Ruhezeit.

Ein kurzer, brennender Schmerz, dachte er: Ein Feuerstoß läuft durch die Kehle, als ob Schnaps hinabflösse: Dann folgt eine lange, dahindämmernde Ruhezeit.

Die Höhle war ein Hörrohr, aber kein Geräusch erreichte ihn.

Das Ende kam sehr schnell, nur einige Minuten, nachdem die herausfordernden Schreie verstummt waren.

Er hatte sich gegen die Felswand gelehnt, starrte zur Öffnung der Höhle hin, war aber zu ermattet, um sich dorthin schleppen zu können. Ein tödliches Schweigen, dachte er, während sein Körper fast unmerklich hin und her schwankte, ein tödliches Schweigen, ein tödliches Schweigen.

Dann kam der schwarze Schatten blitzschnell heran, ließ sich auf dem schmalen Absatz vor der Höhlenöffnung nieder, das Seil pendelte, die Hände schlossen sich um etwas, das wie ein Messer aussah, er glaubte es jedenfalls, breitbeinig, der Tod, langsam auf den unbeweglich Dasitzenden zugehend. Dann folgten schnelle Schritte, ein Leib wirbelte ohne Kampf herum, dann das Schweigen heftiger Atemzüge, als sie einander ansahen und niemand sich bewegte.

Vor der Höhlenöffnung pendelte das Seil, das den Jäger zur Grotte herabgelassen hatte: ein Angelhaken für Flüchtlinge, ein Fühler für Jäger.

Dann verließen sie die Höhle.

Er wäre fast unter ihren Händen gestorben, aber sie waren auf der Hut. Sie gaben ihm zu essen, damit er nicht in den Tod entfliehen und sich ihnen entziehen konnte, und so hielten sie ihn in dieser Welt fest. Sie hielten ihn an der Nase fest, wenn er den Kopf abwenden wollte und gossen ihm Bier in seinen aufgerissenen Mund. In ihrer Furcht, ihn nicht mehr bestrafen zu können, verhielten sie sich wie besorgte Mütter. Sie waren sehr geschickt, und ihre Bemühungen waren von Erfolg gekrönt.

Er lag so nahe beim Feuer, daß sie ihn im Lichtschein genau sehen konnten, aber nicht so nahe, daß der Funkenregen ihn hätte verletzen können; sie hatten sich zu einem Kreis versammelt und betrachteten ihn. Sie hatten ihn sich als einen Mann voller List und Tücke vorgestellt: Sie erinnerten sich noch von früher her an ihn, und da konnten sie sich nur noch auf seine Würde besinnen. Dann waren sie mit seiner Kraft zusammengeprallt, und während der Tage der Verfolgung und der Jagd auf ihn hatten sie ein Bild von List und Stärke aufgebaut. Es fiel ihnen schwer, sich nicht enttäuscht zu fühlen.

Die Kraft war von ihm abgefallen, Tag für Tag, und das Bild eines Mannes, der tötet und dann lautlos gegen die Decke lacht, war von ihrer eigenen Belagerung seiner Höhle zunichte gemacht worden: Er sah jetzt nur wie ein Mensch aus, der gelitten hatte, wie ein Mensch, der von seiner Kraft verlassen worden war und dann das Leben aufgegeben hatte.

Es war noch eine weitere Kraft verschwunden: Die Kraft seiner List, die ruhige, unkörperliche Kraft, welche die Bauern dazu gebracht hatte, ihn für einen Regen zu bezahlen, der, wie sie tief in ihrem Innern wußten, ohnehin gekommen wäre; oder die ruhige Kühle, die aus seinem Gesicht hervorlächelte, als er im Sitzen seine Kleider ordnete und die Frau ansah, die er gedeckt hatte. Er war jetzt leer, ausgelaugt, jemand, der an einem Schlußpunkt angelangt war und seine List und Schlauheit in dem hitzigen Strom, der ihn mitgerissen, verloren hatte: Die Stunden der Flucht, das Peitschen der Zweige gegen sein Gesicht, während er lief, und dann das Warten, das lange, heiße Warten, während die Sonne die Höhle erwärmte und das Atmen beinahe unmöglich machte. Er hatte auf dem Rücken gelegen, die Wasserflasche in Griffweite, aber er war leer, leer, ausgelaugt, seine Zunge war blau und geschwollen und fast sandig, da sie aufgeplatzt war und man das rote geronnene Blut für roten Sand halten konnte: Diese Ermattung hatte aus ihm einen anderen Menschen gemacht. Aus diesem Wellental versuchten sie ihn jetzt zu heben.

Er schlief fast ständig. Er verbarg sich im Schlaf, und es gelang ihnen nur selten, ihn daraus hervorzulocken.

Sie blieben im Tal, denn sie wollten warten, bis er wieder selbst gehen konnte.

Ihre Messer hatten sie nicht an ihm gewetzt, abgesehen von dem einen Stich in seine Schulter, als sein Häscher sich vorwärts stürzte, um eine Gegenwehr Meisners zu verhindern: Aber da nun dieser Meisner ohnehin ruhig und zusammengesunken und stammelnd dagesessen hatte und nicht mehr wollte, als sich mit einem gutturalen Murmeln mitzuteilen, so war auch dieser Stich eigentlich unnötig gewesen. Der Seilkletterer war einen Augenblick verwirrt gewesen, beinahe beschämt, als der Gefangene keine Bewegung des Widerstandes machte. Das Blut war langsam von der Schulter herabgetropft, aber auch das Blut machte einen müden und erschöpften Eindruck und gerann bald.

Sie hatten hart gearbeitet, um ihn von der Höhle zur Erde hinabzulassen. Sie hätten ihn ja auch einfach loslassen können, aber das hätte das Problem vereinfacht, die Rache, überdies die Pointe der Geschichte wäre zerstört worden.

In der ersten Stunde hatte er auf dem Bauch gelegen, die Hände hatte man ihm mit dünnen, geschmeidigen Seilen auf dem Rücken zusammengebunden, die Unterarme zusammengepreßt, folglich war sein Brustkorb in einer eigentümlich gespannten, ausbuchtenden Linie vorgedrückt worden. Er atmete mit langen, stöhnenden Zügen, denn der Schmerz war sehr groß, und er wollte nicht zeigen, wie groß er war, er wollte jetzt nur sterben oder einschlafen, so bald wie möglich.

Sie hatten in einem Kreis um ihn herumgestanden und ihn

zerstreut in den Unterleib getreten, bis ihnen schließlich aufging, daß er auf dem besten Wege war, ihnen endgültig zu entfliehen. Er war ohnmächtig geworden, und dann hatten sie ihn kaum wieder wach bekommen, nicht einmal mit brennenden Holzstäben, die an seine Handflächen gehalten wurden.

Da hatten sie seine Fesseln gelockert.

Das Tal war keilförmig. Im spitzen Winkel des Keils waren die Bergwände zusammengepreßt in die Höhe getürmt. Bei schlechtem Wetter suchten viele Schafe in diesem Winkel Zuflucht. Die offene Seite des Keils zeigte nach Süden.

Man konnte sehen, wie dort die Wälder begannen, meilenweit, nur dann und wann von Wasserläufen oder Ackerland unterbrochen.

Die Berge sind immer noch da. Die Wälder sind heute zum größten Teil verschwunden. Aber eine Radierung aus dem Jahre 1822 gibt wieder, wie mächtig die Wälder gerade in dieser Gegend gewesen sein müssen. Der Künstler, Franz Cromer, nennt sein Bild »Romantische Landschaft«. Drinnen in der Höhle liegen jetzt nur noch die schon in Verwesung übergegangenen Reste einer Katze.

Jetzt saß er am Feuer, nur seine Füße waren noch gefesselt. Um seinen Hals lag locker die Schlinge eines Seils, das in der Hand des Wächters endete: »Wenn Ihr versucht, Euch freizumachen«, sagten sie, »dann erwürgen wir Euch langsam.« Er aß jetzt bedächtig. Sein Mund führte kauende Bewegungen aus, nicht viel anders als die Münder seiner Aufpasser, aber die kauten jetzt nicht.

»Gesteh jetzt«, sagten sie mit gespielter Überlegenheit, »gesteh deine Betrügereien und laß uns wissen!«

Meisner fuhr ruhig mit dem Essen fort. Er war jetzt nahezu der alte: Seine Ruhe war zurückgekehrt. Er wußte, daß sie sich vor ihm unsicher fühlten, auch wenn sie fest entschlossen sein mochten, ihn zu töten.

»Da ich sterben soll, kann ich auch nicht lügen«, sagte er. »Der Tod vergrößert die Lügen und macht es unmöglich, sie hervorzupressen. Lügen im Augenblick des Todes verdoppeln die ewige Pein des Lügners: Kein Mann kann dem Schicksal entrinnen, von der Lüge niedergeschlagen zu werden.«

Sie saßen still und lauschten. Das Feuer brannte, sie waren weit von zu Hause fort, und er war ein Fremdling und wußte mehr als sie, obgleich er sterben sollte.

»In Wien«, fuhr Meisner fort, »am Kaiserhof, lebte einmal ein Mann, der seine Aufgabe darin sah, an Sterbebetten Lügen zu sammeln. Er ließ sich gut honorieren und führte lange Gespräche mit den Sterbenden, bevor die Verwandten und die Priester hereingeführt wurden. Danach sprach er an Stelle des Sterbenden. Nach nur zwei Jahren war sein Rücken so gebeugt, daß er mit den Lippen sein eigenes Glied berühren konnte. ›Die Sünden lasten auf mir‹, sagte er.«

Sie sahen einander unsicher an, und jemand lächelte vorsichtig, wie zur Probe. Dann wurden sie ernst und barsch, als hätten sie ihre Pflichten vergessen und sich deswegen geschämt.

»Du bist ein starker Mann, sagt man, es ist dir gelungen, ein Mädchen auf den Rücken zu legen, und dann schlägst du ihren Bruder halb zum Krüppel; du glaubst stark zu sein, aber deine Kraft reicht für dich doch nicht aus.«

Sie hofften, er würde antworten; aber nein.

Sie geben ihm zu essen, stellen ihm Fragen; als er nicht antwortet, verstummen sie, und alles schließt sich.

Das Feuer ist jetzt klein. Die Dunkelheit kriecht nach innen, und da er sich immer noch nicht gewaschen hat, leuchten seine schrägen, hervorspringenden Backenknochen wie ein Paar dunkler Vogelschwingen.

»Das mit dem Regen, hat es tatsächlich gestimmt?« fragte da einer von ihnen mit leiser Stimme.

Da weiß er, daß er überleben wird. Er ist der einzige, der das in diesem Augenblick weiß: Die anderen wissen, daß er sterben wird. Diese beiden Arten von Wissen kollidieren miteinander; und dann gehen die anderen fort, um zu schlafen. Der Fragesteller wurde als Wächter zurückgelassen.

Den Wächter hatte man in seinem Geburtsdorf ›Schlaffe‹ genannt; er war klein und klapperdürr und hatte immer einen Ausdruck im Gesicht, als hätte er soeben aus Versehen einen Menschen getötet und sei jetzt traurig deswegen, hoffte aber, daß niemand die Leiche entdecken würde; und sollte dieser Fall doch eintreten, so könnte es ja sein, daß keiner es für schlimm hielte: Der Name klang wie ein Grunzen, und das war vermutlich auch beabsichtigt. In diesem Falle war jedenfalls ein ziemlich schlappes und ungefährliches Schwein gemeint, ein Schwein, das kaum ein Kind ins Bein beißen könnte.

Im Jahre des Heils 1782 war Schlaffe in die nächste Stadt gezogen und hatte dort geheiratet. Irgendwelche Kinder waren aber nicht zu sehen. Die Nachbarn vermuteten, sein Organ stehe in allzu enger Beziehung zu seiner übrigen Gestalt: Ein halber Zeigefinger macht keine Kinder, sagten sie freundlich lächelnd zu ihm. Seine Frau war auch nicht der Typ, der einen mageren, schief lächelnden, unsicheren Mann in einen füllligen, fröhlich lachenden hätte verwandeln können: Sie verschaffte ihm Arbeit als Weber und nannte ihn bereits einen Tag später den Weber; dies in der Absicht, anderen Spitznamen zuvorzukommen, wie sie wohl auch verhindern wollte, daß man an intime Beziehungen dachte, wenn man sie mit dem Mann sah.

Die Städter gehorchten ihr. Sie nannten ihn den Weber, und als die Jagd auf Meisner ihren Anfang nahm, wurde er nach einer Weile hinter den andern hergeschickt, um die Essenstransporte zu besorgen.

Gerade da, in der Ruhepause zwischen einem Transport und einer Rückkehr, holte die Geschichte ihn ein. Er wurde zum Gefangenenwärter ausersehen, denn man war der Ansicht, er würde schon aus purer Angst sofort Alarm schlagen, und zwar sehr laut Alarm schlagen, falls der Gefangene irgendwelche Anstalten machen sollte, zu entfliehen. Er hatte die erste Wache. Sie umfaßte fünf Stunden: Von elf bis vier.

Das Gespräch muß mehrere Stunden gedauert haben. Jetzt, danach, ist es uns natürlich nur möglich, das Gespräch in seinen Hauptzügen zu rekonstruieren: Die Schwäche des Wächters, die Stärke des Gefesselten, die Neugier des Wächters, seine Unzufriedenheit und seine Frau, sein bisheriges Leben, von dem er schon lange genug hatte. Wir können uns die Hoffnung vorstellen, die dann plötzlich bei Meisner hervorschimmerte, dem gefesselten Meisner, seine dann immer überzeugenderen Versicherungen, er könne helfen und eine Stütze sein: Die vertauschten Rollen. Meisner sprach, jetzt ruhig und überzeugend, der Wächter hörte nur zu. Flüchtige Bilder aus seinem Unterbewußtsein, die wir nur erraten können: Ein rasches, unlustiges Auftauchen des Mannes, der den Felsabhang hinabstürzte, das Gefühl der Erleichterung, das ihn ergriff, als er erfaßte, daß er es nicht selbst war, der dort tot dalag, die Gespräche beim Feuer.

Was hinterher noch an tatsächlichen, greifbaren Beweisen übrig blieb, sind die Seile, zerschnitten, unter dem Baum, neben dem der Gefangene gelegen hatte, zu einem säuberlichen Häufchen aufgerollt; das Fehlen einiger Lebensmittelvorräte, das Fehlen des Wächters, das Fehlen des Gefangenen.

Niemand weckte den auf, dessen Aufgabe es jetzt gewesen wäre, das Feuer wieder in Gang zu bringen. Die Sonne ging auf, rot und im Morgennebel schimmernd, das Feuer verlöschte, und jemand begann zu frieren. Zähneklappernd und enttäuscht versammelten sie sich an dem verlassenen Ort. Jemand schrie wild nach dem Weber, dem Verräter, aber der Schrei konnte ihn nicht wieder zurückholen. Sie waren geflohen.

Sie waren jetzt zu zweit, und der Proviant ging schnell zur Neige. Von den Schlafenden hatten sie nur ein paar Stückchen Brot stehlen können, sonst nichts – wenn man nicht auch das Messer des Webers zu dem gestohlenen Gut rechnen wollte. Jetzt liefen sie schon den dritten Tag, ausgehungert, todmüde, in Richtung Nordwesten. Meisner hatte schon seit langem die Hoffnung aufgegeben, an einen bestimmten Punkt zu gelangen: Der bestimmte Punkt, von dem er floh, genügte.

Hinter ihm ging der Weber, noch gebeugter als zuvor, aber jetzt auch noch hungrig und müde, von beginnenden Zweifeln als einer zusätzlichen Bürde geplagt, die er nicht einmal während der Rastpausen ablegen konnte.

Du kannst es doch, bat er eindringlich und immer noch hoffnungsvoll. Du kannst es doch, wenn du willst! Deck hier doch einen Tisch, mitten im Wald! Mitten im Wald! Ich habe Hunger! Mach's wie du willst, aber schaff das heran, was du versprochen hast!

Aber dann, als die Stunden verrannen und das Schweigen des Meisters immer noch hartnäckig und tief war und kein Tisch sich deckte:

»Du kannst es doch wohl?! Du hast mich doch nicht hereingelegt?« Und dann Meisners Blick nach hinten, das harte Sonnenglitzern in seinem schmutzigen, schwarzen Haar, der unnachgiebige Blick, der Weg wie ein grüner Tunnel vor ihnen, die Spinnennetze, die nicht zu sehen waren, sondern nur das Gesicht des ersten trafen, mit einem daunenleichten Schlag, und dann hängenblieben wie Seegras in fließendem Wasser, hell und neblig, wogend: die Schwere der Schritte. Die Landschaft war eine unverrückbare Kulisse: Nur sie selbst waren beweglich, unermüdlich, ermüdet.

»Ich muß mit Menschen arbeiten«, antwortete Meisner immer. »Gib mir nur Menschen, dann werden wir auch Essen bekommen.«

Am Morgen des vierten Tages lichtete sich der Wald, öffnete sich, stellte fünf kleine Häuser vor sie hin. Grau wie Ratten lagen sie da, auf dem Teller der Talsohle ausgebreitet. Ein Dorf: Sie wußten nicht mehr, wo sie waren, aber sie wußten, daß sie etwas zu essen haben mußten.

»Jetzt gehen wir ins Dorf«, sagte er zum Weber.

Sie standen still, und Meisner stützte sich leicht und unmerklich gegen einen Baumstamm.

»Bauern lassen es sich selten entgehen, Fremde zu erschlagen«, sagte der Weber.

Die Protokolle aus dem Dorf Marnhuten sprechen in diesem Fall eine deutliche Sprache. Während einer fünfjährigen Periode zu Beginn des neunzehnten Jahrhunderts hatte man errechnet, daß in einem Kreis von vierzig Kilometer Durchmesser mit dem Dorf als Mittelpunkt einhundertzweiundzwanzig Gewaltverbrecher getötet worden waren. Der Terminus ›Gewaltverbrecher‹ fand auf alle Nichteinwohner Anwendung, alle Fremden und alle diejenigen, die man bei einer raschen ersten Kontrolle nicht in ein bekanntes Muster zwängen konnte. Die Zahl ist außerordentlich überraschend und sollte überdies mit ziemlicher Sicherheit höher angesetzt werden, denn es wurden auch viele abgeschlachtet, ohne daß die zuständigen Behörden davon in Kenntnis gesetzt wurden. Keine Angaben gibt es darüber, wie viele Einwohner dieser Gegend von Fremden getötet worden sind: Ein Krieg, der einige Jahre später ausbrach, hat diesen Teil des Bildes ausgelöscht.

Viele können ja auch freiwillig die Gegend verlassen haben.

Wir wissen auch nicht, welche Zahlen im Jahre 1793 aktuell gewesen sind. Für diese Zeit gibt es nur eine Tatsache: Die erfolgreiche Tournee Meisners im Frühsommer 1793. Er überlebte.

Meisner ging als erster durch die Tür. Der Weber folgte ihm wie ein Schatten, drehte sich von Zeit zu Zeit zu dem vollkommen menschenleeren Hof um, als habe er Angst, jemand könne sich von hinten auf sie stürzen. Aber der Hof war leer. Vor ihnen stand nur eine einsame Frau. Sie stand am Herd, vermutlich gerade im Begriff, ein weiteres Holzscheit in die Flammen zu werfen, war aber in ihrer Bewegung erstarrt, und sie betrachtete sie mit weit offenem Mund.

»Friede über Euer Haus«, murmelte Meisner leise und blieb stehen. Der Weber hielt sich vorsichtig im Hintergrund. Die Frau erwiderte nichts, aber sie reckte sich langsam in die Höhe, und ein abweisender Ausdruck überzog ihr Gesicht.

»Euer Mann ist draußen auf den Feldern, wie ich sehe«, sagte Meisner.

Der Ausdruck äußerst gespannter Aufmerksamkeit in ihrem Gesicht verschärfte sich weiter: Das Holzscheit verschwand in den Flammen.

Sie stand kerzengerade.

Der Weber streckte vorsichtig seinen Kopf hinter Meisners Rücken hervor. Ohne sich umzusehen, schlug Meisner in diesem Augenblick mit dem Arm schräg nach hinten; der Schlag traf den Weber quer über die Stirn, ausgeführt wurde er von Meisners Handrücken. Der Weber taumelte rückwärts und blieb dann sehr still stehen, hinter dem Rücken des Meisters gänzlich verborgen.

Die Frau sagte immer noch nichts.

Der Weber war über fünfzig. Er war schwach und gebrechlich, und wenn er im Zusammenhang mit Meisner genannt wird, gibt man ihm oft den Beinamen ›der Schwachkopf‹. Sein Gehirn war jedoch geräumig genug, um Zutrauen zu beherbergen sowie schwache Ansätze zu Zweifeln.

Jetzt, dachte Meisner.

Sehr langsam und vorsichtig ergriff er den Schaft des Messers, das vorne hervorstach, gleich unter seinem Gürtel, von den üppigen Falten seiner Kleider fast ganz verborgen. Er zog das Messer langsam nach oben und drehte die Klinge nach vorn. Die Frau hatte schon den Mund geöffnet, als sie sie erblickte. Dann schloß sie ihn sehr hastig und blieb still stehen, den Blick unverwandt auf die Klinge gerichtet.

Der Weber sah das Messer nicht.

»Wir haben Hunger«, sagte Meisner leise. »Wir brauchen fünf Laib Brot und Wasser vom Brunnen.«

»Wir essen auch Fleisch«, fuhr Meisner mit unveränderter Stimme fort.

Die Sonne brach durchs Fenster und ihr Reflex glitt gefährlich gleißend auf der Klinge hin und her. Die Frau sah sie an, und sie sah Meisners Augen. Jetzt wußte sie, daß er es ernst meinte.

»Ihr sollt alles haben«, sagte sie.

Meisner ließ den Arm allmählich sinken. Das Messer verschwand in den Falten der Kleider, er lächelte. Ohne sich umzudrehen, sagte er zum Weber:

»Geh und hol das Brot. Gott hat uns durch diese Frau Brot gegeben.«

Die Frau rührte sich noch immer nicht. Meisner lächelte ihr jetzt offen zu, aber niemand von ihnen sagte ein Wort mehr. Als der Weber draußen auf dem Hof war, um Wasser in die Flaschen zu füllen, konnten die zwei im Zimmer nur das schwache Knacken der Wände in der Stille hören. Dann wurden die Schritte des Webers auf den Bohlen laut. Er kam herein und hatte Brot und Fisch in den Händen.

»Hier ist es«, sagte er.

»Dann gehen wir.«

Der Abstand zum Waldrand betrug nur hundert Meter. Als sie in den Wald hineingingen, drehte sich der Weber um. Das Dorf lag immer noch still und beinahe tot in der Sonne, aber er sah, daß eine Frau mit kurzen, unbeholfenen Schritten von dem Hof weglief, den sie eben verlassen hatten. Als einziges Geräusch war das Meckern einer Ziege zu hören.

»Jetzt läuft sie los, um von diesem denkwürdigen Ereignis zu berichten«, sagte der Weber atemlos.

Meisner antwortete nicht und verlangsamte seine Schritte

nicht. Er ging auf die Bäume zu, und als der Weber sich umdrehte, um ihm zu folgen, war er schon fast vom Wald verschluckt.

Von plötzlicher Panik ergriffen, rief der Weber ihm nach; es kam keine Antwort, aber er war noch nicht fort. Es gab ihn dort drinnen zwischen den Bäumen, einen Richtpunkt, der nicht kleiner wurde, obwohl er sich die ganze Zeit bewegte.

Als Meisner zwölf Jahre alt war, hatte er sich eines Tages auf dem Markt in seiner Heimatstadt verlaufen. Um nicht von Langeweile übermannt zu werden, bevor die Eltern ihn fanden, ging er in eins der Zelte hinein. Dort war ein starker Mann zu sehen. Er hatte seine Eltern ohne Erlaubnis verlassen und stand unten am Eingang und hörte, wie das zahlenmäßig schwache Publikum johlte und lachte, als der Athlet, der Muskelberg, der Menschenmann und Riese auf den grob behauenen Brettern hereinstolzierte. Er lauschte der plötzlichen Stille, als die Gewichte in die Höhe gehoben wurden, und schrie dann zusammen mit den anderen vor Entzükken. Dann traten zwei weißgeschminkte Frauen auf, um ein Duett zu singen, aber die Lachsalven überstimmten ihren Gesang. Meisner lief schnell herzu und schlug einem der Zuschauer, einem Pferdehändler aus Posen, quer über die Kehle, so daß dieser eine Weile unter Atemnot litt.

Als er sich erholt hatte und nach dem Täter zu suchen begann, hatte Meisner immer noch dagestanden.

In Dresbahn, einem Dorf im westlichen Bayern, wütete zu dieser Zeit eine schwere Seuche. Fünfzehn der dreiundzwanzig Einwohner des Dorfes starben, die übrigen acht zerstreuten sich in alle Richtungen. Zwei von ihnen, eine vierzigjährige Frau und ihre fünfzehnjährige Tochter, gingen nach Norden, um Menschen und eine Zuflucht zu finden. Ihr einziger Begleiter war die große Furcht, die Furcht vor Menschen, die sie anhalten und ausfragen und weiterjagen könnten, denn sie waren der Pest über den Weg gelaufen und folglich unrein, und sie könnten die Unreinheit weitergeben: Sie hatten auch Angst vor Wegelagerern, die nicht fragen, sondern sie einfach vergewaltigen und verlassen würden, aufgeschlitzt, bestohlen und tot.

In einer Talsenke, dreißig Kilometer westlich des Dorfes, das sie verlassen hatten, stießen Meisner und der Weber auf die Frau und ihre Tochter.

Der Wald war dicht, und keine der beiden Gruppen sah die andere, bevor es zu spät war und die Nähe allzu niederschmetternd, als daß man ihr hätte entfliehen können. Die Frauen, deren eine später Gretel zu heißen angab, blieben wie versteinert stehen. Sie begriffen sofort, daß sie nicht fliehen konnten, also hockten sie sich auf dem Erdboden hin.

»Woher kommt ihr«, fragte Meisner ruhig. Sie antworteten »Aus Dresbahn, Herr.« Da fragte er, warum sie allein seien. Die Frau wägte einige Sekunden die richtige Antwort auf den Lippen, verbiß sie sich aber und erwiderte ausweichend, ihr Mann sei verunglückt, und da sie einsam gewohnt hätten, könnten sie jetzt nicht mehr allein mit allem fertigwerden.

Der Weber wollte weiter. Er stieß Meisner ungeduldig in die Seite und ging auffordernd einige Schritte weiter.

Meisner setzte sich vor die Frauen hin.

Der Weber begriff, daß nichts zu machen sei: Da begann er, zu ihnen zu sprechen und erzählte von seinem Herrn und den Wunderwerken, zu denen er fähig sei. Die Frauen lauschten mit aufgerissenen Augen. Meisner sah sie ruhig lächelnd an, sie und ihr Erstaunen.

»Dürfen wir euch folgen, Herr«, bat die ältere von ihnen demütig. »Wir haben Angst und brauchen Schutz.«

Zwei Stunden später ging die ganze Gesellschaft weiter. An der Spitze ging Meisner, es folgten die Frauen, die jüngere vorneweg, und den Schluß bildete der Weber.

Es gab keinen Pfad. In regelmäßigen Abständen sahen sie Damwild, das ihren Weg kreuzte. Das Farnkraut wucherte üppig: Sie wateten durch seinen schwach hellgrünen Teppich, zur Hälfte abgeschnitten, ertranken fast in diesem Wald von Gewächsen.

Am Abend kamen sie an eine Wiese, auf der zwei Schafe weideten. Meisner ging auf sie zu. Sie standen still und kauten schläfrig auf etwas herum, das Stille hätte sein können, vermutlich war es aber Gras: Dann begann das größere von ihnen unruhig mit den Ohren zu wackeln. Steh still, dachte Meisner. Dann glitt sein Arm vorwärts, er war ganz dicht bei ihnen und konnte fühlen, wie das Messer hineinschnitt, weich, ohne Widerstand. Das Schaf warf sich ohne Laut konvulsivisch zuckend rückwärts, aber Meisner wußte schon, daß er gesiegt hatte.

Auf die fünfzig Meter hinter ihm Stehenden machte das Ganze einen beinahe unerklärlichen Eindruck: Er war ruhig nach vorn gegangen und hatte sich über das Tier gebeugt, und es schrie nicht, sondern fiel einfach um, gleichsam ruckweise: Fleisch, dachte der Weber aufgeregt, dort gibt es Fleisch für viele Tage.
Meisner kam zurück, den Tierkadaver über die Schulter geworfen. »Essen«, sagte er ruhig.
Sie gingen noch eine Stunde, dann machten sie an einer Felsspalte halt und zündeten ein Feuer an. Der Himmel war dunkelblau, fast schwarz. Kein Stern war zu sehen. Sie saßen am Feuer, hielten auf Holzspieße aufgezogene Fleischstücke in den Händen, stumm, ausruhend, mit Augen, die das im Feuer fauchende und brennende Fleisch fixierten. Das Feuer war ein Topf aus Licht: Kein Wind fand den Weg zu ihnen, keine Unruhe, kein Laut. Nach und nach wurde der Himmel vollkommen schwarz, aber da saß nur noch Meisner am Feuer. Er verspürte keine Müdigkeit.
Die Flamme fraß sich langsam an seinem Holzspieß weiter; er betrachtete ihn nachdenklich. Der Weber lag neben ihm, so nahe, daß die Funken des Feuers manchmal auf sei-

nen grauen Kleidern aufglühten. Die Frauen lagen weiter weg, sogar im Schlaf ängstlich aneinandergedrückt.

Die Ereignisse der letzten Tage lagen ihm mit träger Schwere in den Gliedern; dennoch war er sich sicher, welche Deutung den Geschehnissen zu geben war. Ich habe Glück gehabt, versuchte er zu denken, großes Glück: Eine Serie kleiner Glücksfälle, aber dennoch ...

Sie waren zu ihm gekommen, zuerst der Weber, dann die beiden Frauen, gläubigen Herzens, voller Vertrauen. Jetzt ging er vor ihnen her, wie von einer Woge des Vertrauens getragen, erfüllt vom Bewußtsein um die eigene Macht.

Ich bin es, der sie führt, dachte er. Es war nicht das erste Mal, daß er vom Vertrauen anderer getragen wurde, aber jedesmal, wenn er fühlte, wie die Woge ihn aus dem Wellental heraushob, verspürte er den gleichen, eigentümlichen Rausch: wie eine Verlockung, eine Gefahr, etwas, was außerhalb seiner Kontrolle lag.

Ich erschaffe ihnen ein Kunstwerk, dachte er, bestehend aus Vertrauen und Mißtrauen und Beweglichkeit. Und ich muß ihnen mehr und mehr Zutrauen entlocken, eine wachsende Begeisterung, bis ihre Verzückung die Wirklichkeit vor ihnen verbirgt.

Und ich brauche sie. Ich brauche sie als Werkzeug gegen sie selbst.

Er würde sich immer an den fremden Mönch erinnern, der einmal in seine Heimatstadt gekommen war, der zuerst auf dem Marktplatz gepredigt hatte und dann die Erlaubnis erhielt, die Kirche zu benutzen. Meisners Mutter hatte auf dem harten Steinfußboden niedergekniet, erhobenen Gesichts, von Ekstase erfüllt. Aber an den Priester konnte er sich noch deutlicher erinnern. Einsam vor den sich hin- und herwiegenden Gesichtern, mit schweren, gefalteten Händen, die über den Köpfen der Betenden schwebten, ruhig und selbstverständlich befehlend, überlegen.

Er erinnerte sich noch genau, wie er, der Sohn des Baumeisters Meisner, vor Rührung geweint hatte, nicht etwa, weil es das, was der Mann da vorn repräsentierte, tatsächlich gab, sondern weil dies von einem einzigen Menschen erreicht werden konnte: die Ekstase, die Rufe, das Vertrauen. Ein Meisterwerk an Verzückung.

Eine Woche später war der Mönch tot.

Vertrauen ist nicht alles, dachte er und klimperte mit den Augenlidern, man kann zu einem Baum Vertrauen haben. Das Vertrauen, das man in die Verzückung setzt, ist anders geartet. Die schönste Verzauberung wird aus dem fügsamsten Werkzeug erschaffen: Sie ist schöpferisch.

In den Augenblicken nähere ich mich dem Atem der Welt.

Sie hatten offensichtlich schon recht lange geschlafen. Da stand Meisner vom Feuer auf, geschmeidig, lautlos wie ein Tier; ging zum Weber hin, der schwer schlief. Meisner lächelte. Seine vorstehenden Backenknochen waren jetzt sauber, und sein Gesicht leuchtete sehr weiß. Langsam ging er zu den Frauen hin.

Er beugte sich hinunter und betrachtete die ältere von ihnen. Dann berührte er ihre Schulter, schüttelte sie vorsichtig; als sie schnell und erschreckt hochfuhr, legte er seine Hand vorbeugend über ihren Mund.

»Ruhig«, flüsterte er.

Er zeigte mit der Hand auf die Dunkelheit hinterm Feuer. Sie sah zu ihm auf, ohne zu verstehen.

»Komm«, formte er mit dem Mund, ohne daß ein Laut zu hören war. »Komm jetzt.«

Ohne auf sie zu warten, entfernte er sich aus dem Lichtschein, ging in den Wald hinein. Sie erhob sich täppisch und watschelte hinterher, versuchte, mit möglichst leisen Schritten zu folgen, aber vergeblich. Dann stand er plötzlich vor ihr, zwanzig Meter vom Feuer entfernt, aber dennoch schon fast von der Dunkelheit verschluckt.

»Jaa«, flüsterte sie, »jaa?«

Er zeigte auf ihren Rock.

»Zieh ihn aus«, sagte er leise.

Sie starrte zurück, und schließlich wurde ihr klar, daß er meinte, was er sagte. Da löste sie langsam ihren Gürtel, ließ den Rock zu Boden fallen, stand mit ihrem bloßen Unterleib da und ihren runden, noch nicht alten Hüften, stand da wie eine in der Mitte durchgebrochene Marmorstatue. Ihr Bauch wölbte sich nach vorn und verbarg beinahe das kleine, schwarze Dreieck, das, wie sie jetzt wußte, geopfert werden sollte. Ihre grauschwarze Jacke, die um ihre Schultern hing, behielt sie an: Im schwach flackernden Lichtschein des Feuers dort hinten schien es, als bestünde sie nur aus weißen Schenkeln und weißem Schinken, als sei sie plötzlich in der Taille abgebrochen, in deren Höhe sie fast mit dem Wald ringsumher verschmolz. Der Rock lag in einem Ring um ihre bloßen Füße.

»Leg dich hin«, sagte er.

Sie beugte sich unbeholfen nieder. Zuerst saß sie eine Weile in sich zusammengesunken, dann ließ sie sich auf den Rücken fallen, fest die Augen schließend, als wolle sie sich von dem, was auf sie zukam, abschirmen. Sie lag mit gerade ausgestreckten Beinen vor ihm. Sie ist nicht alt, dachte er: Sie hat eine fast erwachsene Tochter, aber sie ist nicht schlecht: Vierzig Jahre. Sie ist nicht schlecht, nicht zu mager, nicht zu fett. Sie wird nicht schreien.

Er warf seinen Umhang ab, zog seine Hosen auf und kniete vor ihr hin.

»Bist du soweit«, sagte er heiser.

Er konnte nicht genau ausmachen, ob sie ein Ja flüsterte oder ob er nur ein Ja zu hören meinte. Mit der einen Hand packte er ihren einen Schenkel, er fiel mit einer weichen Bewegung nach außen. Er sah, daß sie offen war.

Mit angehaltenem Atem wälzte er sich auf sie hinauf. Es war so still, daß das Knistern des Feuers durch die Nacht zu hören war.

Die Frauen saßen ermattet am Wegrand; die jüngere hielt den Kopf noch stolz erhoben, aber die ältere war krank vor

Müdigkeit und weinte leise. Meisner war ans Stadttor gegangen und stand dort unbeweglich und abwartend, während es geöffnet wurde. Sie waren alle überrascht, es pflegte sonst nie geschlossen zu sein.

Drei Männer kamen heraus: Zwei Wächter und ein unbewaffneter Mann mit grauem Bart. Sie blieben drei Meter vor ihm stehen.

»Was wollt ihr«, fragte der Graubärtige.

»Wir wollen in die Stadt«, erwiderte Meisner laut. Der Weber, der ein Stück abseits von den Frauen gesessen hatte, faßte sich auch ein Herz und ging vor, bis er nur zwei Meter hinter Meisner stand.

»Wer seid Ihr?« fragte der Mann mit dem grauen Bart kurz. Während Meisner sprach, verstummte das Weinen der Frauen. Der Weber lauschte dem Gespräch aufmerksam, und als eine Pause entstand, steckte er den Kopf hervor und rief mit eifriger Stimme aus:

»Er kann auch Regen machen! Er ist ein großer Mann und ein Wundertäter! Er ist ein mächtiger Mann, der viel Gutes für eure Stadt tun kann!«

Die Männer lächelten, alle drei.

»Regenmacher haben wir in Hülle und Fülle«, sagte einer der Soldaten. »Wir brauchen keinen weiteren. Aber die Pest geht im Land um, und nach der spüren wir kein Bedürfnis. Habt ihr sie gesehen?«

»Pest?« fragte Meisner, »welche Pest?«

»Fragt sie, wenn ihr ihr begegnet«, sagte der Graubart kurz, ohne ihn mit dem Blick loszulassen.

Meisner wandte sich um, ging schnell zu den Frauen hin, faßte die ältere, in sich zusammengesunkene ans Kinn und zwang sie, zu ihm aufzusehen.

»Wie ist dein Mann gestorben«, sagte er hart, »woran ist er gestorben?«

Sie spürte seine Hand in einem eisernen Griff um ihr Gesicht; sie keuchte, und ihr Gesicht war zersprungen vor Erschöpfung und Weinen. Aber sie sah ihn an, und das genügte.

Er ließ ihren Kopf los, und sie fiel in sich zusammen. Einen Augenblick stand er still und sah sie an.

Als er sich umdrehte, war das Stadttor schon wieder geschlossen.

Sie waren vom Pfad abgekommen. Sie gingen mitten durch den Wald, mit völlig durchnäßten Schuhen, erfüllt von Müdigkeit und Enttäuschung. Meisner hatte kein Wort mehr gesagt, seitdem das Tor geschlossen worden war und die Wächter auf der Mauerkrone damit begonnen hatten, mit Steinen nach ihnen zu werfen. Der Weber hielt immer noch eine Hand an seine Seite gedrückt, und er stöhnte hilflos: Ein Stein hatte getroffen, ein einziger Stein, ausgerechnet ihn, und er konnte immer noch nicht begreifen, warum der Stein gerade ihn verletzen mußte, wo er ohnehin schon so schwach war.

Meisner ging an der Spitze des kleinen Zuges, düster vor sich hinstarrend. Als der Weber nach vielen Stunden schließlich klagend zusammensank und sich weigerte, weiterzugehen, blieb Meisner ohne ein Wort stehen, warf den Sack mit dem zerstückelten Schafskadaver auf die Erde und gab den Frauen ein Zeichen, Feuer zu machen.

»Wir sollten jetzt etwas essen«, sagte er dann mit leiser und düsterer Stimme, »denn wir werden vielleicht bald der Pest begegnen. Sie ist uns schon länger auf den Fersen, als ich angenommen habe.«

»Wäre es nicht leichter für uns, sie umzubringen«, fragte der Weber in saurem Tonfall. »Es würde uns viel Unruhe ersparen und unser Los erleichtern.«

»Damit würden wir die Pest nicht töten«, gab Meisner zurück. »Wenn sie hier ist, liegt sie ohnehin in der Luft. Sie hat uns angehaucht.«

»Angehaucht?« fragte der Weber unsicher, »angehaucht?«

Sie saßen langsam und ohne Freude. Die Frauen sahen die beiden Männer scheu an, als warteten sie auf ein Urteil oder einen Beschluß, eine Mitteilung, die sie entweder für ewig erlösen oder für immer verdammen würde. Sie erwarten, daß ich etwas tue, dachte Meisner. Sie erwarten es gerade jetzt.

Eigentlich sollte man sie töten: Der Weber hatte recht. Aber man sollte den Tod nicht auf ihre eigene Fährte hetzen. Ich spüre seinen Geruch ohnehin: Man soll ihn nicht anlocken.

Danach hielt er eine kurze Ansprache.

»Wir müssen uns zu einer Stadt durchschlagen«, erklärte er. »Wir müssen eine Stadt oder einen Ort finden, wo noch niemand etwas von der Pest weiß. Dort können wir uns dann ausruhen.« Es ist ein weiter Weg dorthin, dachte er, während er den Blick über seine Reisegefährten gleiten ließ. Sie werden mir eine schwere Bürde sein.

Der Fluß lag vor ihnen, schwarz, drohend, brausend. Der Weber ging ans Ufer und sah auf das Flußbett. Es war das größte Wasser, das ihm jemals vor Augen gekommen war, und er war zugleich entzückt und erschreckt.

»Zu tief«, sagte er sodann. »Wir müssen eine Furt finden. Auch große Flüsse haben Furten.«

Sie gingen stromabwärts. Die Bäume wuchsen bis ans Wasser; dies war kein Ufer, das für Strandwanderungen geschaffen war, es gab keinen Pfad, nicht einmal Spuren, die auf einen Menschen deuteten, der versucht hatte, sich dort durchzuschlagen. Eine Unmenge von Steinen lag am Ufer aufgetürmt. Sie waren gezwungen, über mannshohe Felsblöcke hinwegzuklettern, und dabei wimmerten die Frauen hilflos vor sich hin. Sie streiften durch Gebüsch, das ihre Gesichter peitschte.

Fünf Stunden lang folgten sie dem Flußlauf. Dann kamen sie an eine Furt, an etwas, was sie für eine Furt hielten. Meisner ging zuerst hinüber, und als die Frauen sahen, wie seine dunkle, breite Gestalt immer kleiner wurde, bis sie schließlich fast von der Dunkelheit des gegenüberliegenden Ufers verschluckt wurde, begannen sie zu weinen und zu schreien. Der Weber warf ihnen einen schnellen und bösen Blick zu: Ihm war zumute wie ihnen, aber er mochte ihr Geschrei nicht.

Meisner war schon auf der anderen Seite verschwunden, als sie seine schwachen Rufe aus sehr weiter Ferne hörten.

»Kommt!« schrie er, »koooommt!«

Sie sahen einander an; die Frauen und der Mann, der kaum noch stehen konnte und sich mit dem Rücken gegen einen Felsblock gelehnt hatte, die Augen fest auf den Punkt gerichtet, an dem er Meisner vermutete: Kommt er?

»Wir schaffen es nicht«, sagte das Mädchen.

Dem Weber wurde plötzlich bewußt, daß dies das erste Mal war, daß er sie sprechen hörte. Die Pocken hatten ihrem Gesicht übel mitgespielt, auch hatte er sie lange Zeit für schwachsinnig gehalten.

Sie wußten, daß sie es nicht schaffen würden; und die ältere der beiden Frauen schrie es übers Wasser hinaus. Der Ruf flog wie ein Vogel, keine Antwort war zu hören.

Jetzt verschwindet er, dachte der Weber. Er läßt uns hier zurück.

Dann sahen sie ihn kommen, wie er in dem reißenden Strom mühevoll stapfend, einen Stock in der Hand, kämpfend näherkam, ein Träger und Retter, der zu ihnen zurückgekehrt war. Die Dunkelheit flog ihm übers Wasser entgegen, aber er wußte, daß ihm noch genügend Zeit blieb, und er kam zu ihnen.

»Jetzt kommt er«, sagte die ältere Frau. Sie ging hinunter ans Ufer, watete ein Stückchen hinaus und wartete dort auf ihn, den Heranwatenden, den Helfer.

»Nimm mich zuerst«, sagte sie.

Ohne ein Wort machte er wider kehrt, die Frau hielt ihre Hand krampfhaft um seinen Gürtel. Die beiden Zurückbleibenden sahen sie genau von hinten: Da erschienen sie wie ein einziger, sich wiegender Klumpen. Eine halbe Stunde später kam er zurück; die Dunkelheit hing bereits schwer über Strand und Wasser, er war völlig durchnäßt und keuchte schwer. Er streckte ihnen seine Hand entgegen.

Wenn man auf der Karte von der Stadt, an deren Tor sie abgewiesen wurden, bis hin zu Leiners, dem Gasthof, in dem sie sich dann ausruhten, einen Strich zieht, kommt man an einen Punkt, an dem eine Brücke über den Fluß führt. Sie wurde ursprünglich vom Erzbischof von Freising errichtet, der dort von den ankommenden Salzfuhren Zoll erheben ließ. Also wurde die Brücke Salzbrücke genannt. Später ließen die weltlichen Herren eines Nachts die Brücke einreißen, da sie Gott die schönen Zolleinnahmen mißgönnten. Daraufhin wurde eine neue Brücke geschlagen, etwa fünfzig Meter unterhalb der alten, die auf so unglückliche Weise von unbekannten Tätern zerstört worden war.

Furten gibt es viele. Welche dieser Furten Meisner durchquerte, kann unmöglich festgestellt werden. Die Brücke passierte er jedoch nicht, desgleichen hielt er sich nicht an den geraden Weg.

Der Schlaf überkam ihn in unregelmäßigen Flutwellen: Die Geräusche vom Schankraum, der gerade unter ihm lag, erreichten ihn wie von ferne, und er hörte sie nur manchmal und dann auch nur undeutlich, bis entweder die Geräusche lauter oder sein Schlaf leichter wurde: Da erwachte er und wußte nicht, wo er sich befand.

Die Frau lag an seiner Seite. Die Pest hatte nicht von ihr Besitz ergriffen, der Fluß ebenfalls nicht. Sie hielt sich an ihm fest, und er ließ sie gewähren. Es muß mein Gesicht sein, dachte er: Die Backenknochen fesseln sie, fesseln alle. Die Augen konnten es nicht sein, obwohl sie so schwarz waren, daß man kaum einen Unterschied zwischen Pupille und Iris wahrzunehmen vermochte. Andere Augen, die er gesehen hatte, hatten genauso ausgesehen, und sie hatten ihren Trägern keinerlei Kraft verliehen.

Am Abend vorher hatte er sich sorgfältig gewaschen. Die Frauen waren sofort zu Bett gegangen. Als Meisner auf sein Zimmer gegangen war, hatte die ältere Frau dort in seinem

Bett gelegen. Sie war nackt gewesen, ihre Kleider lagen zusammengelegt auf dem Fußende des Bettes.

Zuvor war er einem Mann begegnet. Dieser hatte einen Bediensteten und war gut gekleidet gewesen. Sie hatten miteinander gesprochen. Meisner hatte erwähnt, er sei Magnetiseur. Der Mann hatte sich da sehr interessiert gezeigt.

Meisner hatte während dieser Zeit einen Magneten bei sich getragen, den er in seine Kleider eingenäht hatte; ursprünglich war er niemals benutzt worden, sondern als Reserve für Notfälle gedacht gewesen. Während der letzten Wintermonate und im Frühling hatte er nur wenig mit einem Magneten anfangen können.

Meisner hatte nämlich seinen Patienten erklärt, es genügten auch Handbewegungen, um den erstrebten magnetischen Schlaf zu erreichen.

Er hatte, um dem Fremden seine Methode deutlicher vor Augen zu führen, diesem den Magneten gezeigt.

Dessen Interesse war da noch etwas deutlicher geworden.

Die Beine der Frau schienen jetzt fett und blaugeädert zu sein. Da sie schlief, hatte er Gelegenheit, ungestört ihren entblößten Körper zu betrachten. Auch stank ihr Schoß beträchtlich. Ihr Schlaf war sehr tief, und sie schnarchte gurgelnd.

Der Weber war von dieser Gunst offensichtlich überrascht gewesen.

»Aber das Mädchen ist ja erst fünfzehn Jahre alt«, hatte er verlegen geäußert. »Sie mag vielleicht nicht mit mir in einem Bett liegen?«

Meisner hatte dieser Fragestellung nur wenig Zeit gewidmet. »Wenn sie nicht will, laß sie schreien«, hatte er gesagt. Man hat jedoch keine Schreie gehört.

Die Frau rekelte sich und schlug die Augen auf. Als sie ihn am Fenster sitzen sah, lächelte sie ihm zu. Er betrachtete sie, ohne eine Miene zu verziehen.

»Komm her«, sagte er düster.
Sie sprang sofort aus dem Bett und ging mit schaukelnden Brüsten auf ihn zu.

Am Abend zuvor hatte Meisner angeboten, bei einem späteren Gespräch die näheren Einzelheiten seiner Methode zu erläutern. Der Fremde war auf dieses Angebot willig eingegangen.
Am folgenden Morgen leisteten sie einander auf einem Spaziergang Gesellschaft.
Sie gingen quer über den Hof, am Stall vorbei, dann direkt zum See hinunter. Nach fünfzig Metern waren beide von der üppigen Vegetation verschlungen.
Niemand sah sie weggehen.

»Der Magnet ist eine altbekannte Erscheinung«, lächelte der Fremde ihm zu. »Ich habe früher schon magnetisches Erz in Händen gehabt, jedoch nicht einen künstlichen Magneten. Für einen Magneten einen hohen Preis zu zahlen, sollte man Schwächlingen überlassen. Nur die Kraft, die dahintersteht, ist ihren Preis wert.«
Sie saßen auf den Steinen am Strand. Kein Haus war zu sehen, noch irgendein Mensch. Die Wellen wanderten in kleinen, gleichmäßigen Reihen auf das Ufer zu. Der Magnet lag vor ihnen, auf einem Felsen, in der Sonne.
»Bist du reich?« fragte Meisner freundlich.
Der Fremde zog einen Beutel aus der Hosentasche und ließ ihn an der Hand baumeln.
»Reich genug, um dich zu kaufen«, sagte er höhnisch.
»Du kannst meine Frauen kaufen«, sagte Meisner prüfend und sah zur anderen Seite des Sees hinüber.
»Die Pockennarbige auch?« fragte da der Fremde spöttisch. »Oder willst du die für den Alten aufheben?«
Der Fremde benahm sich die ganze Zeit über sehr ruhig und sehr herausfordernd. Meisner war unschlüssig, was er nun eigentlich wollte. Um seiner Unsicherheit nicht nachge-

ben zu müssen, entschloß er sich, schnell zu handeln. Der Mann saß Meisner halb abgewandt da und steckte den Beutel in die Tasche. Während einiger Augenblicke war er damit vollauf beschäftigt.

Wenig später kam Meisner zurück. Er drängte zum Aufbruch und ließ Pferd und Wagen vorfahren. Es wurden zwei Pferde und ein recht guter Wagen gebracht. Der Weber drückte sein Erstaunen über den raschen Aufbruch aus, aber Meisner nahm darauf keine Rücksicht. Er bezahlte für die ganze Gesellschaft. Dann setzten sie sich in den Wagen; keiner sagte ein Wort.

Als sie losfuhren, stand der Wirt auf dem lehmigen Hof und sah ihnen nach. Vom Schornstein stieg Rauch auf; Meisner betrachtete ihn unablässig, wie er sich auflöste und über den Hof, die Bäume, den See hinstrich.

Dann war all dies fort.

Die erste Tagesetappe war sehr lang, die zweite sehr kurz. Den Magneten hatte er bei sich. Die Frauen schnatterten die meiste Zeit aufgeregt miteinander: Sie waren es nicht gewöhnt, zweispännig zu fahren.

Nichts störte die Reise.

Er gab teures Geld für die Kleider aus, aber er wußte auch, daß sie ihm gut zu Gesicht standen. Der Weber sah der Verwandlung mit großen Augen zu: Vor ihm wuchs sein Herr heran, verwandelte sich von einem schmutzigen Wundertäter in einen Edelmann, wurde würdig und hart und verschlossen. In Zukunft zog er sich etwas zurück und wußte, daß sich vieles geändert hatte.

Dann kam die Überraschung: Auch er bekam neue Kleider. Er befühlte die Kleidungsstücke, die man ihm vorgelegt hatte; einen neuen Mantel, einen gutsitzenden Anzug aus grauem Stoff. Er befühlte sie mit zitternden Händen und sah zu Meisner auf: Ist es wahr?

»Zieh sie an«, sagte dieser nur kurz.

Danach fühlte sich der Weber zumeist unwohl. Die Kleider fühlten sich wunderlich an, leicht und unsichtbar auf eine fast unanständige Weise. Er ging im Zimmer in kleinen Kreisen auf und ab, um sich an sie zu gewöhnen.

Sie standen auf dem Platz vor dem Wagen. Der Kutscher hielt die Peitsche in der Hand und sah demütig zu Boden. Die Frauen standen daneben und warteten darauf, daß Meisner sie zum Einsteigen aufforderte.

Ein Stückchen können sie noch mitkommen, dachte er und vermied es, sie anzusehen. Dann ist uns der Tod nicht länger auf den Fersen, und sie können mir auch nicht folgen. Ich brauche sie nicht mehr. Ich habe sie benutzt, und jetzt sind sie nicht mehr zu gebrauchen.

Seine Hand fuhr zu dem zusammengenähten Zipfel seines Umhangs hin, zu dem Magneten, den er so lange vergessen hatte, der jetzt aber zu leben und zu ziehen begann, als sei er eine menschliche Kraft. Er war im ganzen Arm, im ganzen Körper zu spüren. Ich brauche einen neuen Anfang, dachte er und schloß die Hand hart um den Magneten, einen neuen und reinen Ausgangspunkt.

Sie warteten nicht länger auf ein Wort von ihm. Sie stiegen ein. Er nickte dem Kutscher kurz zu.

In der Nacht kamen sie in eine sehr kleine Stadt. Sie hatte nur ein einziges Wirtshaus; er befahl den Frauen, auszusteigen und sich in eins der beiden Zimmer zu begeben, die er bestellt hatte. Die ältere sah ihm enttäuscht nach, aber er stellte sich taub. Am Morgen war er frühzeitig auf den Beinen. Er ließ den Wagen vorfahren. Er gab dem Wirt Befehl, die Frauen nicht zu wecken und bezahlte für sie eine Woche im voraus. Der Kutscher sah sie fragend an: Sollten nur sie beide weiterreisen? Meisner beugte sich vor und sagte:

»Ihr Mann ist aussätzig. Sie ist auf der Flucht vor der Ansteckung.«

Dann wandte er sich dem Weber zu und lächelte. Dieser lächelte zurück.

Der Kutscher wurde blaß und fuhr mit hoher Geschwindigkeit aus der Stadt. Meisner lag halb in die weichen Daunen zurückgelehnt und träumte mit geschlossenen Augen. Der Weber saß vor ihm und wußte nicht, was er glauben sollte. Erst nach einer Stunde brach Meisner das Schweigen.

»Morgen werden wir in eine Stadt kommen«, sagte er. Er sagte es zu keiner bestimmten Person, er sprach es in die Weite vor ihm hinein.

Der Weber nickte ihm niedergeschlagen zu. Sie waren auf dem Weg nach einer Stadt, wieder nach einer Stadt. Was den Ereignissen in Seefond vorangegangen war, wird verschiedentlich geschildert: Friedrich Meisner selbst gibt in einem Brief an Hans Wörter, einen Arzt in Wien, eine dürftige, aber sachlich klare Schilderung der Jagd, der Höhle und der Befreiung. Was dagegen in der Zeit geschah, die zwischen der Befreiung und Ankunft Meisners in Seefond liegt, läßt sich nicht eindeutig belegen. In einem Tagebuch des Seefonder Arztes Claus Selinger, das gegen Ende des neunzehnten Jahrhunderts in München veröffentlicht worden ist, wird von einem Gespräch berichtet, das zwischen dem Tagebuchverfasser und Meisner stattgefunden habe. Im Verlauf des Gesprächs soll Meisner andeutungsweise von zwei verirrten Frauen erzählt haben, die ihn und den Weber einige Zeit begleitet hätten. Über den Mann, der hier ›Der Fremde‹ genannt worden ist, den Kaufmann Karl Heintz Bäumler, wird dort kein Wort gesagt. Was ihn angeht, müssen wir uns an andere Quellen halten.

Über Meisners Kindheit und seine Jugendjahre ist sehr wenig bekannt.

Er wurde am dreiundzwanzigsten September 1747 in Iznang am Bodensee geboren; sein Vater war Baumeister im Dienste des Erzbischofs von Konstanz. Seine Mutter, Maria Ursula, soll, den zugänglichen Quellen zufolge, die größte aller mütterlichen Tugenden besessen haben: Sie nahm sich nie heraus, in die natürliche Entwicklung des Kindes einzugreifen oder sie zu beeinflussen, selbst dann nicht, als ihr klargeworden war, daß ihr Sohn nicht Priester werden wollte, wie sie ursprünglich gehofft hatte.

Aber wie es im Leben vieler Menschen Bruchstellen gibt, lange Abschnitte, in denen das Leben pausiert, während der Mensch zum gesichtslosen Wesen wird, dessen Aktivität von einer anonymen Masse um ihn aufgesogen scheint, so gab es offenbar auch in Meisners Leben lange Abschnitte, in denen er verschwand und gleichsam verschluckt wurde. In den einhundertfünfzig Jahren, die seit seinem Tode verstrichen sind, ist er zu einem Spiegel des Menschen geworden; wir können seine Persönlichkeit nur über kurze Strecken hin erkennen.

Einzelne Vorkommnisse aus der Zeit seines Heranwachsens kann man in verstreuten Urkunden finden; zu seinem hundertsten Todestag wurde eine kurze Biographie über ihn zusammengestellt, in der zwar ausführlich über seine Zeit in Paris berichtet wird, in der aber kein Wort über seine Zeit in Seefond fällt. Der Biograph, Dr. Günter Schröder, will in der einhundertvierzig Seiten umfassenden Schrift »die Aufmerksamkeit auf einen Vorkämpfer auf dem Gebiet der praktischen Medizin lenken«. Diese Schrift legt aber nicht Meisners Werke noch seine Briefe zugrunde. Sie vermittelt offensichtlich ein falsches Bild.

Meisners Bibliothek, die bis vor drei Jahren in München zugänglich war, gibt hingegen bessere Anhaltspunkte.

Da aber nur wenige der Bücher datiert sind, gibt es gewisse Schwierigkeiten, zu bestimmen, welche Bücher Meisner zur Zeit des Intermezzos in Seefond gelesen haben konnte (wenn das Wort ›Intermezzo‹ überhaupt eine angemessene Bezeichnung für die tiefgreifenden Ereignisse ist, die eine ganze Stadt erschütterten und auch die Hauptakteure stark berührten). Nur ein Buch trägt ein Datum: Wolffs »Sensible Thoughts on the Effects of Nature«; möglicherweise war Meisner also der englischen Sprache mächtig. Das Buch stammt aus dem Jahre 1785.

Daß er Französisch sprach, wissen wir.

Ihm gehörte auch ein Buch über Paracelsus, das Meisner selbst in den achtziger Jahren geschrieben hatte.

Diese kurzgefaßten Notizen zu einem vollständigen Lebenslauf müssen notwendigerweise unvollständig bleiben. Jedoch sind manche Hinweise von gewissem Interesse, beispielsweise die Tatsache, daß es in den Annalen der Stadt Augsburg Anmerkungen zu einem Prozeß gibt, in den Meisner verwickelt war. Er war des Diebstahls an kirchlichem Geld angeklagt: Eines Diebstahls, den der Angeklagte heftig leugnete. Da ihm nichts nachgewiesen werden konnte und manche Umstände dieser Affäre offensichtlich für die Unschuld des Angeklagten sprachen, wurde er vom eigentlichen Anklagepunkt freigesprochen. Er wurde jedoch zu einer Buße verurteilt, weil »er einen Diener der Kirche beleidigt habe«. Über die Art der Beleidigung werden keine näheren Angaben gemacht. Ebensowenig – und das ist erstaunlicher – wird die Höhe der Geldbuße genannt. Vermutlich handelt es sich bei dem Protokoll um eine unvollständige Abschrift.

In eben den protokollarischen Notizen wird sein Titel mit »Medicus« angegeben. Ob er tatsächlich eine reguläre medizinische Ausbildung erhalten hat, läßt sich nicht mehr feststellen. Nachweisbar ist nur, daß er während eines langen Zeitabschnitts – etwa von 1778 an – als ambulanter Arzt tätig war.

Über seine Behandlungsmethoden wird später noch zu berichten sein.

An Kranken mangelte es selten.

Das Ereignis mit dem Reliquienschrein und dem »vergewaltigten« Mädchen stellt eine Abweichung von seinem gewöhnlichen Verhalten dar, soweit wir ein solches überhaupt ausmachen können. Deshalb lassen wir unseren Bericht an den Punkten beginnen, die eine Abweichung bezeichnen, setzen dort mit der Wiedergabe des treulosen Verrats ein: an diesen Punkten also.

Die Macht kreuzte seinen Weg wie ein reißender Strom. Er wurde aus dem Gleichgewicht geworfen, taumelte nach einem Halt, wurde von der plötzlichen Hingabe der Menge fortgespült.

Noch einmal hält er einen Magneten in der Hand, und mit dessen Hilfe macht er sich auf, die Welt zu verwandeln.

Eine andere Zeitangabe ist ebenfalls möglich: Daß er schon im Jahre 1765 zum ersten Male nach Wien kam. Es wurde angenommen, daß er dort Studien trieb. In einem Brief an seinen Vater, Josef Meisner, in dem er um einen geringen Geldbetrag bittet, wird der Name eines der Männer genannt, die er seine »Lehrer« nennt: Girard de Swieten. Dieser hatte in Holland bei Hermann Boerhaave studiert, dem »Gründer der berühmten Leydener Schule Eklektischer Medizin«.

Die Hinweise sind ungenau. Für die Zeichnung eines Bildes von Meisners Persönlichkeit sind sie ohne Gewicht. Von Bedeutung ist allein die Beurteilung der Gesamtpersönlichkeit, der Grad der Anerkennung beim Anblick des fertigen Bildes, die Beurteilung des Betruges als Kunstwerk.

Das Falsche ist Bestandteil des Echten, das Echte Bestandteil des Falschen. Umrißhaft deutlich ist allein die magische Wirkung, die von ihm ausging. Das Urteil fällen wir nachher. Der Bericht ist dem Betrüger dicht auf den Fersen.

Mit einem Ballast von Halbbildung, Betrügereien, Kenntnissen, die nur zu einem Teil als zufriedenstellend zu bezeichnen sind, dazu von einer großen und feurigen Vision erfüllt, flieht er aus der Höhle. Die Kurve, die er beschreibt, zeichnet sich in uns selbst ab.

Die ›Episode von Seefond‹ ist als abgerundet, beinahe pointiert, zu bezeichnen. Für viele ihrer Ungereimtheiten war der Weg durch die Geschichte zuviel: Die seither vergangenen einhundertfünfzig Jahre haben sie offensichtlich ausgelöscht. Die Vieldeutigkeit von Meisners Wirken und Wirkung tritt bei denen in Erscheinung, die der Woge und ihrem Auf und Ab folgen, nur dort: Sichtbar wird eine Idee, die sich selbst im zeitlichen Geschehen korrumpiert und sich zugleich ständig überlebt.

Von seiner Nürnberger Zeit her vermochte er sich an alles und nichts zu erinnern: Die Fahrten zwar hatte er nicht vergessen, aber sie hatten für ihn jegliche Beziehung und Ausstrahlung verloren.

Er hatte begonnen, eine ambulante Praxis aufzuziehen und eine unbestimmte Anzahl Patienten gewonnen: Sie waren arm und vermochten kaum so viel zu bezahlen, daß es für die Miete der Räume ausreichte. Die Krankheiten waren auch sämtlich trivialer Natur: die üblichen Beinschmerzen, die nach einem einzigen Handauflegen schon wieder verschwanden und wenig Geld einbrachten, und dann die offenen Wunden, deren Behandlung er entweder glatt verweigerte oder aber mit solch zweifelhaften Ergebnissen heilte, daß sie ihm nur Mißtrauen einbrachten.

Dann waren die Polizeibehörden gekommen und hatten nach einer Approbation gefragt; die Ärzte in der Stadt fragten nach seiner Ausbildung, und schließlich waren noch die Priester zu ihm gekommen und hatten ihn gefragt, ob er die Geschäfte Gottes besorge. Die letztgenannten Fragen hatte er mit Ja beantwortet, der Einfachheit halber. In wessen Namen führst du deine Kuren durch, fragten sie dann und sahen ihn mit jahrtausendealter priesterlicher Autorität an. In Gottes Namen, hatte er erklärt, erschöpft und verzweifelt. Da hatten sie ihn zur Kirche mitgenommen, und dort hatte er einen Nachmittag zubringen müssen, während sie ihm die Kranken zuführten, damit er sie bestreiche; er hatte schreien wollen, dies sei ein lächerlicher Irrtum, sie hätten ihn mißverstanden, aber er hatte nicht den Mut dazu aufgebracht. Sie hatten ihn als einen Mönch aus Venedig vorgestellt und gesagt, das von ihm magnetisierte Wasser stamme aus dem Jordan, wer dies Wasser über sich strömen ließe, würde geheilt und des Blutes Christi teilhaftig werden. Er hatte dort gestanden und alles über sich ergehen lassen und schließlich gemeint, der Unterschied sei nicht allzu groß; obwohl er wußte, daß es doppelter Verrat war.

Zwei Tage später hatte er die Stadt verlassen.

Es waren die Priester gewesen, die all dies verursacht hatten, so dachte er oft bei sich. Sie hatten ihm den Gedanken an dies Heilen von Tieren eingeimpft, an dies Hinstreichen über kranke Kuhbäuche, an dies ständige Messelesen über den Heiligen Geist und über das Wasser vom See Genezareth; sie hatten ihm den Gedanken an die Macht Gottes, an dies leichtverdiente Honorar und diese erfolgreichen Tierkuren eingegeben, durch die er sehr schnell reich wurde, aber die Priester waren es auch, die ihn daran hinderten, länger als drei Tage am selben Ort zu bleiben: Soviel Zeit brauchte es, ein aufgeschwemmtes Schwein sterben zu lassen und dadurch einem wütenden Bauern die Gewißheit zu geben, daß sowohl das Schwein als auch das Geld verloren waren. Schweine, dachte er, Menschenschweine.

Eine Gerichtsverhandlung in Nürnberg hat er zu keiner Zeit erwähnt, weder in Briefen noch gesprächsweise.
Diese Verhandlung muß also als reine Mystifikation betrachtet werden.

Die Dinge sind von einer Haut umgeben, dachte er oft, es ist diese Haut, die den Stillstand anzeigt. Die Kraft durchbricht die Haut und setzt die Dinge in Bewegung, und die Bewegung ist Bestandteil unseres Fluidums. Ich nenne es Fluidum.
Ich besitze Macht, dachte er, und versuchte dem nachzuspüren, was hinter dem Wort Macht steht: Wenn Macht potentiell vorhanden ist, und wenn ich fühle, daß ich sie in meiner Gewalt habe, so ergreift diese Macht plötzlich von mir Besitz, beherrscht mich, und alles löst sich auf.
Das, dachte er, das ist die Schwierigkeit: So lange wie nur möglich unbewußt über Macht zu verfügen.

Den Weber hatte Meisner schließlich geduzt.

»Ihr hättet Priester werden sollen«, sagte der Weber. »Dann wärt Ihr ein großer Mann geworden.«

Dies war im Wagen. Sie fuhren schnell. Der Wald zog an ihnen vorbei, Täler öffneten sich, Täler schlossen sich.

»Du redest ohne Sinn und Verstand«, erwiderte Meisner kalt. »Unsere Künste laufen parallel.«

Er versuchte, es dem Weber zu erklären.

»In unserem Leib gibt es ein Fluidum«, erläuterte er geduldig. »Ich allein kann dies Fluidum erreichen, oder besser: Allein meine Kunst ist in der Lage, dieses Fluidum zu erreichen. Ich tue es mit Bestreichen: Man nennt dies Magnetisieren. Es ist nur Glaube erforderlich.«

»Jaa?« erwiderte da der Weber.

Sechs Uhr nachmittags: Noch hell. Zunehmende Müdigkeit. Sie waren den ganzen Tag über gefahren.

»Die Geduld, die Beharrlichkeit, das sind die wichtigsten Kräfte«, sagte er zum Weber. »Man entschließt sich, ein Faktum als das Bedeutungsvollste herauszugreifen; sobald man das kann, ist man frei. Ich hätte der Tatsache die größte Bedeutung geben können, daß man mich gejagt hat, daß ich der Notzucht verdächtigt worden bin, oder daß es mir vor diesem Mißgeschick geglückt war, eine Reihe hübscher Betrügereien zu begehen, und mich jedesmal aus dem Staube zu machen, oder daß ich sieben Tage lang gehungert habe.

Ich habe etwas anderes gefunden: Dich. Ich habe dich dazu ausersehen, für mich von Bedeutung zu sein.«

»Mich?« sagte der Weber und blinzelte Meisner müde zu. Und seine Müdigkeit ist nicht bloße Erschöpfung, ist nicht die Erschöpfung, die vom Schütteln des Wagens herrührt, sondern ist auch Unruhe, Furcht vor dem, was, wie er weiß, kommen wird. Er kann die Beine des Kutschers sehen, wenn er sich aus dem Fenster lehnt: Sie haben lange nicht mehr mit ihm gesprochen. Er hätte tot sein können.

»Du«, sagte Meisner. »Jemand hat dich zu mir gesandt. Etwas hat dir den Befehl erteilt, mich zu bewachen, befahl dir, meinen Worten zu lauschen. Dann bekam ich Macht über dich. Das kann kein bloßer Zufall gewesen sein. Ich habe mich entschlossen, dich bedeutungsvoll zu nennen. Du bist ausgesandt, mir das Zeichen zur Auferstehung zu geben.«

»Zeichen?« fragte der Weber mit hoffnungsloser Stimme, »welches Zeichen?«

Da beugte Meisner sich vor.

»Ich habe viele Male die falsche Wahl getroffen. Ich habe es vorgezogen, das Leichte als leicht, das Schwere als unmöglich zu bezeichnen. Ich bin nicht mehr jung: Jetzt weiß ich es. Du warst ein Losungswort, das mich überkam.«

»Und was wollt Ihr nun tun«, fragte der Weber und gähnte. Bald wird ihn der Schlaf übermannen, und er begreift nichts, nur das eine, daß er sich bald hungrig fühlen wird.

»Ich werde eine Stadt finden«, sagte Meisner. »Das ist alles. Eine Stadt, die genug Kraft aufbringt, auf mich zu warten, bis ich mein Werk vollendet habe. Ich habe es noch nicht vollendet, aber das wird bald der Fall sein.«

»Ich komme«, dachte er, fast schon im Schlaf. »Jetzt werde ich bald wieder stark und bereit und rein sein. Dann werde ich kommen, und sie werden auf mich warten.«

Er erwachte davon, daß der Wagen plötzlich stand. Draußen war es vollständig dunkel und sehr windig.

Er tastete nach der Wagentür; sie glitt mit einem knarzenden Laut auf. Sie waren noch mitten im Wald: Auf beiden Seiten erhoben sich schwarze Wände aus etwas, das er für Bäume hielt, denn die Wände bewegten sich.

Der Boden war trocken: Er ging mit steifen Beinen zum Kutschbock hin. Der Kutscher saß zusammengesunken, still, schlafend da. Die Pferde drehten die Köpfe herum: Er sah, wie ihre Augen ihn wie schwache Laternen anblitzten. Auch sie sind müde, dachte er.

Er stieß den Kutscher in die Seite.

»Fahr weiter«, sagte er.

Mit einem Stöhnen reckte sich die zusammengerollte Gestalt in die Höhe. Meisner stand still auf der Erde; wie durch Zauberei war der Wind plötzlich erstorben, mit dem Wind alle Laute. Kein Vogel war zu hören, nur ihre eigenen Atemzüge.

»Ich bin müde«, sagte der Kutscher mit leiser Stimme. »Ihr bringt uns noch um: Ihr werdet uns umbringen, wieviel Ihr auch bezahlen mögt. Die Pferde sind erschöpft. Ich weiß nicht, wer Ihr seid.«

»Wie weit ist es noch?« fragte Meisner.

»Im Morgengrauen werden wir vielleicht da sein«, kam die Antwort von oben, es hörte sich fast an, als käme sie vom Wagendach: »Wir sollten schlafen.«

Meisner lächelte breit zur Menschensilhouette dort oben hinauf.

»Wenn wir angekommen sind«, erwiderte er, »wenn es die richtige Stadt ist, dann können wir ausruhen.«

Er ließ den Wagen anfahren und sacht einige Meter weiterrollen, bevor er ihm nachlief. Jetzt hatte er sich an die Dunkelheit gewöhnt, und er sah das Gefährt wie einen schaukelnden Würfel vor sich. Es ging langsam voran. Kein Horizont war zu erkennen.

Die Luft war kühl und rein, er ging zu Fuß und brauchte nicht nachzudenken.

Das Tal lag wie eine Schale unter ihnen. Im Licht der Morgendämmerung konnten sie alles ganz klar erkennen: Die schwarzen Berge im Hintergrund, den Fluß, den langgestreckten See, die Insel mitten darin, die Stadt in der Nähe, die Burg, die Mauern ringsumher.

Vom dunklen Grün der Umgebung hob sich die Stadt ab wie eine drohende schwarze Masse, sie lag inmitten des grünen Gürtels: Ein Kuchen aus Häusern, Menschen. Die letzten Kilometer hatte Meisner oben auf dem Kutschbock zugebracht. Jetzt hielten sie an.

»Dort liegt sie«, sagte Meisner.

II

Meine Briefe unterschreibe ich mit Claus Selinger, das ist der Name meines Vaters. Mein Vater pflegte von dem Ort Seefond zu erzählen, den er selbst nur vom Hörensagen kannte (er stammt nämlich nicht aus dieser Gegend): Zusammengewürfelt, um die Burg herumgebaut, liegen die kleinen grauen Häuser da und drängen sich zum Seeufer hin dichter; dann plötzlich hören die Häuser auf, ohne daß eine Mauer oder irgendeine Begrenzung vorhanden wäre; vielmehr ist es so, als habe die Armut eine Schranke erreicht, an der sogar sie ihre Grenzen erkannte, so daß ihr die Kraft fehlte, ihre erbärmlichen, einstöckigen Bruchbuden weiter in das Strandgelände hineinzuschieben. Diesen Abschnitt in der Geschichte unserer Stadt kann ich von meinem Fenster aus sehen: Reste von Resten, übriggebliebene Trümmer, Häuser, die nur aus Versehen oder falsch verstandener Pietät oder gar aus reiner Gleichgültigkeit stehengeblieben sind. Im Sommer sind sie mit Flaggenbändern von Kleidungsstücken geschmückt, die von den Frauen zum Trocknen aufgehängt wurden. Sie sind eingebettet in den Lehm, der zwar für kurze Zeit, in den Monaten Juni bis August, zu kleinen, viereckigen Kuchenstücken zusammenschrumpft, aber den Kindern dennoch ihre ›heroischen Spiele‹ – eine Formulierung meiner Frau – läßt. Sie ist hier geboren, und folglich fällt es ihr schwerer als mir, die Gegebenheiten zu akzeptieren. Manchmal weint sie, wenn sie den Spielen der Kinder zuschaut und sieht, wie sich die Kleinen mit grauem Lehm beschmieren; sie versteht ihre Freude an Spiel und Schmutz nicht, sie hält sie für ein Zeichen von Heroismus.

»Sie wollen es eigentlich nicht«, sagt sie, »es gibt einen Widerstand bei ihnen, sie tun es nur unseretwegen, um uns nicht traurig zu stimmen.«

Ich habe versucht, dieser ihrer offenkundig unlogischen Einstellung entgegenzuwirken, aber ich habe es aufgeben müssen. Im übrigen: Seefond hat sich ja verändert. Schon als ich noch sehr jung war, brannte der westliche Teil der Stadt nieder: Viele kamen um, aber auf den Trümmern wurden neue und größere Häuser errichtet, manchmal sogar Häuser aus Stein. Einige Straßen wurden gepflastert, die meisten erhielten Bürgersteige. Die zentralen Teile der Stadt blieben jedoch unverändert. Ein gewisser Gegensatz kann zwischen den verschiedenen Stadtteilen festgestellt werden. Eine Art gesellschaftlicher Prestigegrenze verläuft vom Dom an westwärts.

Außer mir gibt es acht Ärzte in der Stadt. Meine Frau seufzt mitunter wegen unserer relativen Armut, aber ich weiß ja, daß die Bevölkerung unserer Stadt neun Ärzten genug zu tun gibt. Mehr als genug – wären die Patienten nur etwas großzügiger, könnten wir alle fürstlich leben. Wir können es uns jedoch leisten, Dienstboten zu halten. Gestern kam eine Madame Ecker zu mir herauf; sie klagte über Schwindelgefühle und Schmerzen in der Brust, gab an, unruhig zu schlafen und zu fürchten, diese Schmerzen könnten Geistesschwäche hervorrufen, wenn sie nicht geheilt würden. Ich verordnete natürlich sechs Blutegel, die – je drei – hinter den Ohren zu applizieren seien, weiterhin sagte ich ihr, sie solle eine Tüte Belladonna unter ihrer Kleidung an der betroffenen Stelle ihres Körpers tragen. Aber trotz dieser Maßnahmen konnte ich nur die Hälfte des Honorars bekommen, das ich von ihr verlangte!

Viele prellen mich: Diese Frau prellte mich, indem sie mit hartnäckiger, obstinater Heftigkeit die Zahlung des vollen Honorars verweigerte.

Die Einwohnerzahl der Stadt ist nicht so unbedeutend, wie man glauben könnte. Tatsächlich ist Seefond eine der größten Städte in der Ebene nördlich der Alpen.

Der Kaiser, der vielleicht bald der Steuern aus unserer Stadt verlustig gehen wird, wird damit eine empfindliche Einbuße hinzunehmen haben.

Einige Jahre nach unserer Hochzeit wurde meine Frau Gertrud ernstlich krank. Ihr Puls stieg ungewöhnlich: Zeitweilig erreichte er einhundertfünfundvierzig Schläge in der Minute, und ihr Urin war rotgelb und stank. Im Fieberwahn beschwor sie mich, sie zu retten; ich ließ sie dreimal zur Ader, aber nichts half. Meine hinzugezogenen Kollegen rieten von weiteren Aderlässen ab, da sie schon zu schwach war.

Sie beschwor mich zu wiederholten Malen: Ich erinnere mich noch, daß ich auf den Knien vor ihr lag, den Kopf auf ihren bloßen Arm gestützt, und daß ich stark und eindeutig fühlte, nichts unternehmen zu können. Es ist mir unmöglich, meine Gedanken in diesem Augenblick zu beschreiben: Ich könnte von Lähmung sprechen, aber nichts von der Verzweiflung mitteilen, die diese Lähmung mit enthielt.

Ich versuchte, zu Gott zu beten, gab das aber bald auf, da ich ja auch unter normalen Umständen weder an ihn glaubte noch zu ihm betete. Ich folge da einer Tradition: Mein Vater reichte das Mißtrauen wie ein teures Schmuckstück, einen Edelstein, an mich weiter. Für ihn bedeutete der Unglauben Stolz. Bis in den Tod hinein diskutierte er darüber, über den – wie er meinte – ungewöhnlich starken Unglauben, den er in sich trug. Ich möchte beinahe sagen, er kokettierte damit.

Um nicht dieser Möglichkeit anheimzufallen, mit dem Unglauben auf Kosten anderer zu kokettieren, betete ich also eine kurze Zeit für meine Frau.

Es ging ihr zusehends schlechter.

Das Ganze stellte sich hinterher als eine Bagatelle heraus. Weder Glaube noch Unglaube waren nötig gewesen. Was blieb, war die Erinnerung an die eigene Ohnmacht. Oftmals während der letzten Jahre habe ich an die Möglichkeit gedacht, mich dem Beruf meines Vaters zuzuwenden – dem des Kleiderhändlers.

Mein Freund Arnold Steiner, auch er Arzt, aber dennoch mein Freund, pflegt Seefond eine gespaltene Stadt zu nennen. Damit meint er die Spaltung der Konfessionen. Die Stadt ist sowohl protestantisch als auch katholisch. Das bringt praktische Schwierigkeiten mit sich, vor allem aber politische.

Jetzt, da noch die Vibrationen spürbar sind, die der französische Vulkanausbruch ausgelöst hat, ist alles in der Schwebe und ohne Konturen. Die Staatenlenker sind offenbar im unklaren, wie weit die Auswirkungen der Revolution reichen werden. Man wartet ab, ist mißtrauisch.

Ich selbst bin nominell katholisch, aber natürlich ist diese Tatsache für mich ohne Interesse. Ich habe meine Arbeit.

»Du hast ja deine Arbeit«, sagt meine Frau, und stimmt mit mir überein. »Ja«, sage ich. »Deine Arbeit ist dein Glaube«, sagt sie unklug. »Ja«, sage ich ungeduldig. »Denk doch nur, wie vielen du das Leben rettest«, sagt sie. »Tu ich das?« sage ich. Da sieht sie mich erstaunt an.

Wir reden oft aneinander vorbei.

Nach und nach haben mich Zweifel hinsichtlich meines Berufs befallen. Nicht was die Methoden angeht, aber ich grüble über den Sinn all unserer Bemühungen nach.

Vor drei Monaten war ich für kurze Zeit in Berlin. Dort traf ich mit dem Geheimrat Dr. Graesse zusammen, der mir einen seiner Fälle darlegte. Es handelte sich um einen jungen Preußen, der in seinem letzten Feldzug während des Krieges durch einen Säbelhieb die Nase verloren hatte. Er war verlobt gewesen, aber seine Braut erklärte jetzt, mit dem präzisen Gefühl für das Wesentliche, das allen Frauen eigen ist, sie wolle keinen Mann ohne Nase haben, sei er nun ein Held oder nicht.

Graesse versprach, eine Operation durchzuführen, nach der Methode Tagliacotis.

Am linken Oberarm, und zwar an der Innen- und an der Vorderseite, wurden (oberhalb des musculus biceps) zwei parallele Einschnitte vorgenommen, jeder ungefähr vier Zoll lang, im Abstand von zwei Zoll voneinander. Ich machte mir laufend Notizen, der Bericht ist also in diesem Punkt exakt. Die dazwischenliegende Haut wurde dann von den darunterliegenden Teilen gelöst und mittels eines eingeführten Leinenfetzens von ihnen getrennt gehalten, bis zum Eintreten der Suppuration, der Eiterung. Nach einer bestimmten Zeit wurde der Hautfetzen am oberen Ende gelöst und auf zweckdienliche Weise von der Wunde ferngehalten. Nachdem dieser Hautfetzen, der bei diesem Stand der Dinge geschwollen, lederartig, in unseren Augen fast belanglos aussah, nachdem er sich also auf diese Weise stabilisiert hatte, wurde dieser neue Körperteil in eine passende Form zurechtgeschnitten und mit blutigen Heftpflastern an der Nase befestigt, deren frühere Wunden von neuem aufgeschnitten worden waren. Dabei mußte der Arm natürlich sehr stark gebeugt werden: Mit kräftigen Binden wurden Kopf und Arm zusammengezurrt. Ich habe dieser Operation selbst zugesehen. Das Ganze war äußerst schmerzhaft, aber der junge Mann biß hartnäckig die Zähne zusammen. Der Kopf wurde hart zur Seite gedreht, der Arm gegen den Kopf in eine groteske Stellung gepreßt.

Ich weiß nicht, wie lange ich selbst diese Prozedur ausgehalten hätte. Für ihn werden es etwa dreizehn Tage und Nächte gewesen sein, die er in diesem Zustand zubringen mußte. Das Ergebnis war ein entsetzlicher Klumpen, eine fleischige, rotglänzende Schwellung.

Dr. Graesse sprach mit großem Eifer von den vielfältigen Möglichkeiten dieser Methode. Ich stimmte zu, natürlich. Er erzählte mir, mit glänzenden Augen, von einer zukünftigen Welt, in der das Unmögliche möglich würde, die unmöglichsten Operationen.

Dann fuhr ich zurück nach Seefond.

In der Nacht sind die Straßen fast ganz ausgestorben. Mir ist, als sei ich allein in dieser Stadt: Der einzige Niedergedrückte, Mißmutige, der bei alledem doch gleichmütig in seinem Tun fortfährt.

Reisen nach Berlin sind fast immer aufmunternd. Aber die Rückkehr: Zu den Blutegeln, den Zusammenkünften des Bürgerrats, zu den Fragen meiner Frau, zu meiner täglich wachsenden Gleichgültigkeit. Die Heimkehr spült die Reise immer wieder fort. Nur das Unbehagen bleibt.

Ich klettere aus dem Wagen und gehe an dem Mädchen vorbei, das herausgekommen ist, um mich wieder in meinem Zuhause zu begrüßen: Ein Licht in der Hand, ein schläfriges Lächeln, schlechtsitzende Kleider.

Schweigend gehe ich in mein Haus.

Sehr selten lasse ich es zu, daß meine tägliche Routine zersplittert wird: Ich habe herausgefunden, daß Planung die besten Ergebnisse zeitigt. Diese Äußerung mag ziemlich selbstverständlich erscheinen, ist es aber nicht immer gewesen, jedenfalls, was mich angeht. Mein Freund Steiner hat mich allmählich in die Wunder der Systematik eingeführt.

Er ist einer von denen, die sich ungern aus der Bahn werfen lassen: Die Welt, die er sich selbst zurechtgezimmert hat, ist unerschütterlich und fest. Es gibt auch andere Welten, pflegt er zu sagen, aber ich halte mich an die geregelte, geordnete. Er beugt seinen Kopf über den Schreibtisch, den Kopf mit den schmalen, gekrümmten Lippen, dem tiefen Einschnitt unterhalb der Lippe, dem beinahe blonden Bart, der ihm ein sehr jugendliches Aussehen gibt, obwohl er schon über dreißig ist. Seine Papiere verwahrt er in kleinen Kästen, die er selbst hergestellt hat: Um die Ordnung nicht zu vollkommen werden zu lassen, pflege ich sie umzustoßen, wenn ich ihn besuche. Er nimmt diesen Scherz, der zwischen uns sehr alt und schon seit langem abgenutzt ist, mit gelassener Ruhe hin. Seine Hände sind schwer und vierschrötig, und er gebraucht sie niemals zu Gesten. Sie liegen wie festgenagelt auf dem Tisch und werden nur wie zum Hammerschlag erhoben: »Politik«, sagt er mißbilligend, »ist die Metaphysik der Ungläubigen; ich halte mich von aller Metaphysik fern. Mit uns Ärzten kommt Ordnung in die Welt.« Er teilt die Welt in kleine, viereckige

Abteilungen ein, betrachtet sie kritisch und fegt dann irritiert alle Unruhemomente vom Tisch. »Bald«, sagt er, »wird es uns glücken, den endgültigen Religionskrieg anzuzetteln: Er wird ein Feuer sein, das alle vernichtet, außer denen, die klar und ruhig denken, mißtrauisch und abseits geblieben sind. Dann werden wir von unseren Höhlen in die Berge zurückkehren« (sagt er triumphierend und hämmert mit seinen Keulen von Fäusten auf den Tisch), »und nur noch die Mißtrauischen werden übriggeblieben sein, wir werden die Welt vernünftig ordnen, da wir die Vernunft mit in die Berge genommen haben und sie gemeinsam mit uns selbst überleben ließen.«

Ich nickte lächelnd, um seinen Enthusiasmus nicht zu zerstören. Gestern erzählte er mir eine spaßige Geschichte. Ein Mann war in die Stadt gekommen, gleich am frühen Morgen, allein bis auf einen Diener. Er kam mit Pferd und Wagen und quartierte sich in einem Gasthof ein. Nachdem sein Diener einige Stunden geschlafen hatte, kam dieser herunter und erzählte zwei Angestellten des Kramladens, sein Herr sei ein Wundertäter! Er sei ein Regenmacher! Und könne Tiere heilen! Diese Neuigkeit hatte sich in der Stadt verbreitet, und Steiner sah erwartungsvoll dem ersten Zusammenstoß entgegen: Es ist seine erklärte Aufgabe, Wundertäter zur Strecke zu bringen. »Ich hoffe, daß er tatsächlich ein Wundertäter ist«, sagte Steiner, »denn erst im Zusammentreffen mit einem solchen wird sich meine Größe zeigen.« Ich warf ein, diese seine Größe habe aber bisher nur im Verborgenen geblüht, und zwar auf sehr bescheidene Weise. Er bat mich dann, abzuwarten und zu sehen.

Steiner ist in seiner Kühle auf gewisse Art kindlich. Sein Glaube an sich selbst ist sehr stark, während sein Glaube an das Außermenschliche sehr gering ist. Ich beneide ihn.

Seine Patienten sind im allgemeinen sehr reich, was nicht bedeutet, daß er selbst vermögend ist. Viele Leute in Seefond sind vermögend, aber nicht die Ärzte.

Dann höre ich mehr von dem Wundertäter.

Er soll immer noch in seiner ersten Bleibe wohnen. Niemand hat mit ihm gesprochen. Er geht am späten Abend oft aus; die Leute mustern ihn neugierig, wie sie es mit allen Fremden tun. Etwas anderes geschieht nicht. Vielleicht reist er bald ab.

Gestern habe ich ihn gesehen. Er hat ein eigentümliches Gesicht: Breite Backenknochen, tiefliegende, sehr dunkle Augen. Ich glaube, mongolische Züge bei ihm feststellen zu können. Er sagt, sein Name sei Meisner.

Es gibt etwas in Steiners Weltbild – seiner idealen Welt also – was mit Seefond übereinstimmt. Insofern ist er am rechten Ort gelandet. In der Geburtsstadt meines Vaters, Dorpat, war das Leben immer viel unsicherer. Vater wuchs in einer Atmosphäre auf, die von Zufällen geprägt wurde: Der Herr der Stadt gehörte zu jenen launischen Menschen, die mitunter unerwartet zuschlagen, brutal auf Menschen Jagd machen wie der Habicht es mit Mäusen tut.

Aus diesem Grunde verließ mein Vater die Stadt: Dies habe ich meiner Frau nie in voller Offenheit erzählt. Ich ziehe einen Schleier vor meine Herkunft und lasse sie nur als Klischee zu. Sie akzeptiert das von mir präsentierte Klischee ohne darüber nachzudenken. So bleibt man am ungestörtesten.

In Seefond ist alles progressiv. Die Sanierung der Straßen und der abgebrannten Viertel ist mustergültig durchgeführt worden; auch die Ärzte durften sich zu den anstehenden Fragen äußern. Der Rat der Stadt ließ vor zwei Jahren ein Armenhaus bauen, dessen Vorhandensein dazu beitrug, daß die meisten Armen von den Straßen gespült wurden. Steiner behauptete, mit seiner Stadt zufrieden zu sein: Sie ist fortschrittlicher als viele andere, sagt er.

Ich widerspreche ihm natürlich nicht. Wenn es um solche Fragen geht, stehen mir äußerst wenige Vernunftargumente zur Verfügung. Ich lebe gut in meiner Stadt und weiß, daß es den meisten anderen nicht anders geht: Die Definition des

Wortes »gut« leitet sich hier also von Äußerlichkeiten ab. Die Einwände gegen dieses Leben fallen in sich zusammen, da meine Unlust nicht präzisiert werden kann.

Alles ist gut. Alles wird besser werden. Ich sitze in meiner Kammer, höre die Stimmen von der Straße, sehe die Dämmerung kommen, höre, wie meine Frau sich im Nebenzimmer bewegt. Es gibt nichts, was das Gewicht aller Dinge erschüttern könnte. Ich lebe gut.

Steiner leierte mir gestern einen seiner Beweise für die Nicht-Existenz Gottes herunter. Sie erscheinen mir ebenso einfältig wie die Beweise seiner Existenz. Steiner langweilt mich manchmal entsetzlich. Warum diese Ansichten ständig wiederholen? Das Selbstverständliche kann sich abnutzen, vielleicht sogar sich selbst vernichten.

Der Mann, der sich Meisner nennt, hat jetzt die Wohnung gewechselt. Er hat sich bei Madame Kessel eingemietet, der Witwe des Polen in der Kochbäckergasse. Er soll dort zwei Räume zu seiner Verfügung haben. Es wird auch behauptet, daß er dort Patienten empfängt, Menschen also, keine Schweine; ob er sich Doktor nennt, weiß kein Mensch. Steiner sandte mir heute morgen einen Brief, der offenbar in aller Eile abgeschickt worden war. Er meinte, die Ärzte der Stadt müßten unverzüglich eine Aktion durchführen.

An der Wirksamkeit einer solchen Aktion zweifelte er also nicht. Aber zunächst brauchen wir Beweise dafür, daß er tatsächlich Patienten behandelt, am liebsten noch Beweise für seine Fehlschläge. Eine derartige Aktion, schrieb ich an Steiner zurück, würde von großer präjudizierender Bedeutung sein – einem Arzt, dem man Kunstfehler nachweisen könnte, wäre das Gefängnis schon sicher, die Unterhaltung auf Kosten der Stadt ebenfalls.

Nach Auskunft des Boten soll Steiner dies nur mit einem Schnauben zur Kenntnis genommen haben.

Man behauptet, daß er mittels Streichens mit der Hand seine Patienten heilt; daß er ein Magnetiseur ist. Das Gerücht überrascht mich nicht: In Berlin erfuhr ich vor einem Jahr etwas Ähnliches. Ein gewisser Magnetiseur Wolfart, ein Lehrling Meisners, behauptete damals, manche Krankheiten durch Handauflegen und Magnetisieren des Körpers des Patienten heilen zu können. Er hatte keinen sonderlichen Erfolg. Die Methode ist ja auch noch weitgehend unbekannt. Ich glaube nicht, daß Berlin die richtige Stadt für derlei Unternehmungen ist; es gibt dort allzu viele geschickte und einflußreiche Ärzte. Von einem der Fälle sei folgendes berichtet: Dies waren die Ereignisse.

In einer der städtischen Krankenanstalten lag ein achtzehnjähriges Mädchen, das nach dem Ausbleiben der Menstruation sechs Wochen lang unter den schrecklichsten Krämpfen und einer beharrlichen Übelkeit litt. Wolfart bot sich an, ihr mit Hilfe einer Magnetisierung beizustehen; die Heilung sollte durch magnetischen Schlaf erfolgen. In meinem Beisein fand das Gespräch zwischen dem dortigen Geheimrat und Wolfart statt. Die Patientin war zu dem Zeitpunkt sehr schwach, und der Arzt hatte erklärt, sie habe ihr Todesurteil erhalten, sie müsse sterben. Da kam Wolfart mit seinem Vorschlag, der mit Schärfe zurückgewiesen wurde. Es wurde ihm geantwortet, man »habe schon lange genug unnütze Versuche angestellt; man habe jetzt keine Lust mehr, weiteren zuzusehen«.

Die Patientin starb tatsächlich vierzehn Tage danach. Ich war bei der Obduktion ihrer Leiche anwesend. Man fand nichts. Der Geheimrat erklärte, man hätte auch nicht erwartet, irgend etwas zu finden.

Sie war, wie schon gesagt, sehr jung gewesen. Nach diesen Ereignissen fühlte ich mich niedergeschlagener als gemeinhin üblich.

Ich habe all dies meiner Frau erzählt. Sie lauschte sehr interessiert. Sie sagte, sie sei sehr befriedigt, daß das Mädchen in der Obhut der Vernunft geblieben sei; ihr Tod sei verdienstvoll gewesen, wie sie sich ausdrückte.

Offenbar ist die Theorie über den magnetischen Einfluß auf den menschlichen Körper ein Schwindel.

Die Nachricht, daß ein Magnetiseur in unsere Stadt gekommen ist – denn es handelt sich offensichtlich um einen Magnetiseur –, erfüllt mich deswegen mit Sorge. Ich erzähle dies meiner Frau.

Sie sagt, sie könne meine Unruhe verstehen. Ich liege wach und grüble über ihre Antwort nach: Ist sie in irgendeiner Form zweideutig?

Aus der Bibliothek höre ich, wie meine Tochter Klavier spielt. Die Töne erreichen mich tropfenweise; sie spielt weich und sehr gefühlvoll, vielleicht ist dies eine Folge der Tatsache, daß sie sich erst in die Melodie hat »einhören« müssen. Sie ist nämlich blind. Ich lausche oft und mit Wohlbehagen ihrem Klavierspiel; sie ist sehr geschickt. Sie hat alle Stücke ohne Noten lernen müssen.

Manchmal hat sie im Salon der Madame Crois gespielt. Es wird von ihr gesagt, sie verbreite Glück.

Ich habe auch einen anderen Versuch gesehen. Bei der Gelegenheit stellte Wolfart einen Kompaß auf einen Tisch, führte zuerst einen Magneten in einer kreisförmigen Bewegung um den Kompaß herum, um, wie er sagte, »die fremde Kraft zu beseitigen, die zufällig die Nadel beeinflussen könnte«. Darauf brachte er den Magneten in einem anderen Teil des Raumes unter und begann, mit dem Zeigefinger an der Nadel entlangzustreichen. Nach etwa zehn dieser Bewegungen fiel die eine Seite der Kompaßnadel, wie von einem Stoß getroffen, auf den Boden des Kompasses. Um diese Erscheinung wieder rückgängig zu machen, mußte der Magnetiseur mit seinem Finger in die entgegengesetzte Richtung streichen.

Er erklärte, dies sei ein Bild für seine Behandlung eines Patienten (oder möglicherweise auch ein Beweis, ich erinnere mich nicht mehr so genau).

Ich hatte keine Gelegenheit, den Kompaß näher zu untersuchen.

Er kann recht haben. Dennoch sollte dies, das bewiesene Vorhandensein eines konkreten Fluidums nämlich, eine große Enttäuschung für mich sein. Die Lockung des Unerklärlichen schwindet angesichts der allzu konkreten Erklärung.

Ich ziehe es also vor, weiterhin zu zweifeln und mich von der Verlockung des Mystischen anziehen zu lassen. Es ist jetzt Abend. Ich sehe von meinem Fenster aus die Straße. Durch das langsame Getröpfel der Musik meiner Tochter hindurch wandern sie auf und ab: Die Einwohner meiner Stadt, die Fremden. Hoch erhobene Lampen werden jetzt vorbeigetragen. Licht folgt der Fahrt der Jungfrauen. Die Umrisse meines Gesichts werden nur scheinbar vom Widerschein des Glases entlarvt. Die Musik quält mich. Die Musik tröpfelt unablässig über mich hin: Widerstandslos wiege ich mich hin und her. Ich bin müde. Ich bin zu jeglicher Gegenwehr unfähig. Ich weiß, daß sie nur für mich spielt.

In meiner französischen Enzyklopädie (Neufchastel 1765) lese ich unter der Überschrift »somnambulisme«: »Diese Bezeichnung setzt sich aus zwei lateinischen Wörtern zusammen, somnus = Schlaf und ambulo = ich gehe; also Schlafwandeln. Als Somnambulismus bezeichnet man jene Krankheit, jenes Übel oder eigenartige Unpäßlichkeit, die darin besteht, daß diejenigen, die davon befallen werden, im tiefsten Schlaf gehen, sprechen, schreiben oder verschiedene Handlungen vornehmen können.«

Dies sei anläßlich des schlafähnlichen Zustands gesagt, in den Meisner seine Patienten angeblich versetzen soll. Eine klare Beschreibung seiner Methode ist jedoch bisher noch nicht gegeben worden.

Ich habe auch ein wenig in den Schriften gelesen, meinen Schriften.

Antonius Benivenius, ein Arzt in Florenz, berichtet von einem jungen Mann namens Casper, der von einem Pfeil am

Arm verwundet worden war. Er verbrachte zwei Nächte wachend und betend, und darauf erging er sich in Weissagungen. Er sagte voraus, an welchem Tag der Pfeil aus seinem Arm abgestoßen werden würde sowie andere Dinge und Ereignisse, die dann ganz nach seinen Voraussagen in Erfüllung gingen.
Dies Ereignis ist nachzulesen in »De abditis Morborum causis«, Kapitel X. Erscheinungsjahr 1529.

Auch in den Schriften des Isländers Jon Gudmundsson – dieses vergessenen Mannes, der in der Zeit zwischen 1573 und 1666 wirkte – steht viel Ähnliches zu lesen. Jedoch muß Helmuth Prendler, der zwischen 1692 und 1706 in Greifswald als Professor tätig war, in diesem Zusammenhang als noch bedeutender bezeichnet werden. Seine vierhundertsechzigseitige »Causa« bildet einen der Eckpfeiler meiner Bibliothek; diese Schrift weist mit Verachtung viele der Behauptungen zurück, die in den Werken anderer zu finden sind.
Ich habe Steiner diese Stellen gezeigt. Er hat sie gelesen, scheint aber nicht interessiert zu sein. Für ihn ist all dies selbstverständlich.

Sie spielte langsamer als gewöhnlich – das Stück war eine Polonaise von Mozart, aber da sie so langsam spielte, klang es nicht wie eine Polonaise. Ich sah sie vom Halbdunkel der Treppe aus; ich blieb still stehen und atmete mit offenem Mund gegen die schmale, liebe Gestalt am Klavier.
Ich glaube, sie war müde. Sie hatte nicht die Kraft, schneller zu spielen, obwohl ihre technischen Fertigkeiten dies ermöglicht hätten.
Nach einer Weile sah ich, wie sie aus Versehen die Hände allzu hoch von der Klaviatur abhob, falsch wieder ansetzte und mit schneidender Härte weiterspielte. Dann hörte sie plötzlich auf, mit einem müden Achselzucken versuchte sie, sich am Klavier wieder neu zu orientieren. Dann wußte sie,

wie die Klaviatur aussah und hätte wieder mit dem Spiel beginnen können.

Aber sie begann nicht, und es war still, als ich sie betrachtete: Mein Mädchen am Klavier. Das Fenster lag schräg rechts wie ein diffus leuchtender Lichtfleck: Diese neue Romantik, dachte ich, diese jungen Romantiker, sie sollten sie jetzt einmal sehen. Sie sollten sich ein Bild von ihr machen und dies Bild in die Außenwelt tragen, nicht die sturmzerfetzten Bilder ihrer selbst. Sie stand jetzt am Fenster, streckte die Hand aus, berührte die kalte Fläche. Sie muß gedacht haben: Wenn ich es öffne, höre ich vielleicht etwas.

Sie preßte die Hand hart gegen die Scheibe, gegen den Teil, der dicht neben dem Fensterhaken lag, aber das Fenster blieb geschlossen. Da zog sie sich vorsichtig zurück. Sie wandte den Kopf, lauschte nach einer Seite hin, und ich konnte sehen, daß sie auf einen Laut aus meinem Arbeitszimmer wartete.

Sie wartet auf mich, dachte ich. Und wenn ich hereinkomme, wird sie auf mich zugehen und mich umarmen und mir sagen, mein Anzug bestehe nur aus gepreßtem Tabak, sie könne nicht verstehen, warum ich ihn nicht aufrauche.

Maria, werde ich dann sagen, hör mich an. Es ist ein neuer Arzt in die Stadt gekommen.

Jaa, wird sie sagen, Steiner hat es mir gegenüber schon erwähnt; aber ist er wirklich ein Arzt? Ist er nicht ein Scharlatan?

Das wissen wir nicht, werde ich dann fortfahren. Das weiß noch niemand in dieser Stadt.

Ich löse mich aus dem Schatten und gehe zu ihr hin, mit betont festen Schritten, um sie nicht zu erschrecken. Ich kann sehen, daß sie mich gehört hat. Sie zuckt nicht zusammen, aber sie wartet.

Sie fragt mich, ob ich Angst habe. Ich frage, was sie damit meint. Sie sagt: Ob ich Angst hätte, meine Patienten könnten zu ihm abwandern. Ich antworte: Nein.

Wir saßen auf dem Klavierhocker. Am Klavier selbst, auf der Innenseite des Deckels, ist das Zeichen des Herstellers angegeben. Es handelt sich um eine ovale Arabeske; sie besteht oben aus drei Löwen. Sie haben Hinterleiber wie Pudel und Menschenhände. In den Händen halten sie Lilien. In der Mitte des Ovals fliegt mit kurzen Flügelschlägen ein Hund.

Ich habe schon viele Male da gesessen und dieses Emblem betrachtet. Von den vielen Bildern, die in meiner Wohnung hängen, vermag keins, mich ähnlich stark zu fesseln.

»Maria«, sage ich, »laß uns spazierengehen. Du sitzt viel zu viel im Haus herum.«

Ich sehe, daß sie vor Freude einen Satz macht. Ich weiß, daß ich sie oft ausführe, aber dennoch geschieht es zu selten. Meine Arbeit ist mir im Wege. Meine Frau führt sie oft aus, aber das macht ihr nicht solche Freude.

»Es ist Herbst«, sage ich, »die Luft ist frisch. Wenn die Luft feucht ist, wird der Mensch innerlich gereinigt.«

Sie sieht meiner Stimme lächelnd zu, aber ich verstumme. Da nimmt sie meinen Arm.

»Laß uns jetzt gehen, Vater«, sagt sie.

»Erzähl!« sagt sie und drückt meinen Arm fester. »Von allen, denen wir begegnen!«

»Ich kann nicht«, flüstere ich zurück. »Es ist unfein, über Menschen zu sprechen, an denen man gerade vorübergeht. Man könnte uns hören.«

»Aber wenn sie an uns vorbeigegangen sind, kannst Du doch etwas erzählen«, beharrt sie. »Dann können sie uns ja nicht hören!« Wir gingen dicht aneinandergedrückt. Menschen, denen wir begegneten, grüßten freundlich. Sie konnten möglicherweise sehen, wie meine Lippen sich bewegten, sie konnten aber kein Wort verstehen. Nicht einmal die, mit denen wir zusammenstießen, konnten irgend etwas hören.

Dort geht Selinger, dachten sie sicher: Er und seine blinde

Tochter. Sie ist blaß. Vielleicht ist nur das Tageslicht so unvorteilhaft.

Als wir die Hälfte des Weges zurückgelegt hatten, begegneten wir Meisner. Er war in der Jägerwirtgasse, beim Fuchswinkel. Ich erzählte von ihm wie von den übrigen.

»Jetzt kommt er uns entgegen«, sagte ich ihr leise. »Er sieht nicht alt aus. Er ist nur zehn Meter von uns entfernt. Er sieht uns an. Er geht genau auf uns zu.

Er hat dich die ganze Zeit über angeschaut.«

Am Nachmittag besuchte ich die Haubinger, Therese Haubinger. Nach der Begegnung mit Meisner war ich noch immer aufgewühlt, aber ich ließ mir nichts anmerken. Die Haubinger saß bei meiner Ankunft aufrecht im Bett, ihr Mann hatte sich am Fußende niedergelassen; sie beklagte sich wohl eine halbe Stunde lang über ihr ständiges Erbrechen. Ich setzte mich auf einen Stuhl und hörte zu. Das, was sie ausbrach, war bald Galle, bald Schleim und bald ein Getränk, das sie kurz vorher zu sich genommen hatte. Sie erbrach sich, nach ihren eigenen Erzählungen und denen ihres Mannes, unter heftigen Anstrengungen und großen Schmerzen in der Magengegend. Die Ursache dieser Krankheitserscheinungen schien die Unterdrückung der eben begonnenen Menstruation durch übermäßige Aufregung beim Tanz zu sein, dazu kamen noch einige traurige Dinge, die der Kranken am Tage zuvor widerfahren waren und an denen ihr Mann zu einem guten Teil die Schuld hatte. Dieser stritt das auch gar nicht ab. Am Abend vorher hatte sie wie gewöhnlich Stuhlgang gehabt, und davor hatte sie keinerlei Anzeichen einer Krankheit bei sich feststellen können.

Ich verschrieb ihr eine Mixtur aus Pfefferminzwasser, Zimttinktur und Laudan liquidum, von der sie alle halbe Stunde einen Eßlöffel nehmen sollte, außerdem verordnete ich ihr Fußbäder.

Als ich ging, erbrach sie sich immer noch. Ich hörte ihre gurgelnden Ausbrüche durchs ganze Haus: Sie machte auch keinen Versuch, ihre Unpäßlichkeit zu verbergen. Es war spät am Abend, und ich wußte, daß meine Tochter bei meiner Ankunft schon schlafen würde. Ebenso gewiß war mir, daß die Haubinger wieder gesund werden würde. Jedenfalls glaubte ich zu wissen, daß ihre Füße bald nicht mehr diesen starken Geruch ausströmen würden. Ich versuchte, bei diesem Punkt zu bleiben, bei ihren Füßen, und ging mit einem hartnäckigen Lächeln auf den Lippen durch die dunklen Straßen. Das habe ich immerhin erreicht. Ich versuche, mit ihnen etwas anzustellen, dachte ich, aber sie fahren fort, sich zu übergeben und gesund zu werden oder zu sterben; und dann ... Und die Stadt um mich herum verändert sich, und wir machen Fortschritte, und ich fühle mich weiterhin müde und enttäuscht. Die Enttäuschung nimmt keine Rücksicht auf den Fortschritt. Ich gebe meinen Patienten Zimttinktur, aber meiner eigenen Tochter vermag ich nicht zu helfen. Ich verordne Fußbäder und glaube, etwas geleistet zu haben.

Ich hörte das Geschrei der Seevögel von der Kaimauer her, kurze, gellende Schreie, nichts, was ich hätte verstehen können. Ich blieb stehen und lauschte den Rufen, ich war beinahe schon zu Hause, und ich wollte das letzte Stückchen nicht mehr zurücklegen. Ich fand, die Rufe wurden lauter.

III

Die erste Frau war über fünfzig Jahre alt. Sie hatte Schmerzen in den Beinen und konnte nachts nicht richtig schlafen, wegen ihres schlechten Rückens. Ihre Beine waren stark geschwollen, die Adern traten zu dicken Knoten hervor, lagen wie Wollknäuel unter der Haut. Man hatte ihr Kamillentee verschrieben, dreimal täglich einzunehmen.

Sie hatte einen Aderschnäpper bei sich. Ihr Mann hatte ihn hergestellt. Er war zwei Zoll lang und aus blitzendem Messing; die Mechanik bestand aus einer Feder, die mit einem kleinen, hart zuschlagenden Hämmerchen verbunden war. Man drückte ihn gegen die Haut, und er schlug immer genau und in der richtigen Tiefe zu.

Meisner gebot ihr, sich niederzulegen.

»Ihr seid die erste in dieser Stadt«, sagte er.

Die Frau starrte dümmlich zurück, begriff aber dann, daß er ein Gespräch einleiten wollte und nutzte eifrig die Gelegenheit.

»Ich glaubte, es würden viele hier sein«, sagte sie, »daß wir zu mehreren sitzen würden?«

»Ich werde diese Behandlung mit Euch allein durchführen«, erwiderte Meisner ruhig. Dann befahl er ihr, sie solle sich in aller Ruhe zurechtlegen, denn er wolle sie jetzt magnetisieren. Er holte den Magneten hervor und zeigte ihn ihr.

Schließlich lag sie mit geschlossenen Augen da.

»Braucht Ihr denn den Aderschnäpper nicht?« fragte sie, gerade als er die Hand zum ersten Streichen erhob.

»Nein«, erwiderte er, »nichts derlei.«

So begann es. Auf mancherlei Weise war es wie früher: Es

pflegte oft mit einem unbedeutenden Patienten zu beginnen, einem furchtsamen, bettelarmen, gutgläubigen Patienten. So war es in Paris gewesen: Der lange Winter in Paris, der lange Kampf in Paris. Der große Paracelsus hat auch gegen das Wissen und die Scholastik angekämpft, dachte er, mit gleicher Raserei, mit den gleichen Mißerfolgen.

Er erinnerte sich all der Medici, die, mit einem selbstzufriedenen Lächeln auf den Lippen, sich um ein Krankenbett scharten und erklärten, über eine bestimmte Methode oder eine praktikable Operationsweise glücklich zu sein, auch wenn diese nur zu Qualen und zum Tod führte. Er erinnerte sich an die Toten. Zuerst gespannt und vor Schrecken halb bewußtlos, dann entspannt, auf dem Weg in den Tod, sich nur noch unbewußt windend angesichts des letzten Schmerzes, der sie aus diesem Leben noch erreichen konnte, schließlich außer Reichweite für Experimente und glänzende Theorien. Diese Verstandesakrobaten, dachte er voller Verachtung, diese Konstrukteure ohne jede Vision.

Sie glauben, sie könnten eine Welt auf der Vernunft aufbauen, hatte er damals gedacht, und das, obwohl alles eigentlich unvernünftig ist. Er mochte es gern, an den ›tiefsten Sinn aller Dinge‹ zu denken: Dieser Kern war unerreichbar und deshalb auch unantastbar. Sie haben auch über Paracelsus gelacht, dachte er, obwohl Paracelsus weiter gereist war als all die Lachenden: Er war sogar in Stockholm gewesen, und dort hatte man ihm Verständnis entgegengebracht. Aber hier: Nein.

Wolfart hat wie ich empfunden, dachte er. Er hat das gleiche erlebt. Ich weiß es. Er hat es mir gesagt, bevor wir uns für immer trennten.

In Paris: Allmählich waren sie zu ihm gekommen, mitunter dreißig bis vierzig Menschen, die sich in seinen beiden engen Praxisräumen versammelt hatten. An vielen Abenden hatte er die Empfindung, alles glücke ihm. Das Licht: Der gedämpfte Schein einer brennenden Flamme in irgendeiner

Ecke. Das erwartungsvolle Schweigen. Frauen, die ihm mit den Blicken ständig folgten. Er hatte ihre Blicke auf das kräftige Holzbrett mit den Flaschen und den Eisenspänen ausgerichtet, und schließlich war auch das Schweigen so, wie er es haben wollte. Sie saßen da, den Blick auf den Punkt geheftet, den er ausgewählt hatte, und er ging herum und berührte sie mit dem Glasstab.

Da gab es die Patientin, die schon fünf Jahre an Zittern im ganzen Leib litt: Sie lag zurückgelehnt, stützte den Kopf gegen die Stuhllehne, war allem und jedem aufgeschlossen, hatte jede Gegenwehr aufgegeben. Da gab es den Mann mit dem Ausschlag im Gesicht, der nur abends ausging, mit hochgeschlagenem Mantelkragen, als wolle er sich gegen die Kälte schützen. Da war die Frau, die ihr Kind bei der Geburt verloren hatte und seitdem an Kraftlosigkeit krankte. Er ging umher und berührte sie, blieb die eine Minute stehen, die er für ausreichend hielt, und sie fielen in Schlaf. So war es immer gewesen, wenn die Zeiten gut waren. Und, wie er später zum Stadtsekretär sagte: Hatte es ihnen etwa geschadet? Nahmen sie Schaden? Wie weit führte sie ihre Verzückung? Warum klagt Ihr mich an?

Sie hatten auch einen Gelähmten zu ihm hereingeführt.

Ein Mann namens Ernst Ruder war im Jahre 1786 auf einer von Meisners Séancen aufgetreten und hatte ihn angeklagt, ein aus Wien entflohener Verbrecher zu sein. Die Einzelheiten dieses Auftritts sind unklar. Meisner selbst erwähnte den Zwischenfall nie. Ob die Anschuldigungen sachlich gerechtfertigt waren, wissen wir ebenfalls nicht.

Ernst Ruder war ein Schüler des großen holländischen Philologen van Greeten, der in den sechziger Jahren in Wien lehrte. Er soll Meisner – nach seinen eigenen Angaben – gut gekannt haben.

Einige der Mitarbeiter Meisners warfen den Störenfried hinaus. Doch wurde noch Jahre danach von diesem Ereignis gesprochen. Einmal war ihm Paracelsus im Schlaf erschienen (es war nach der Katastrophe in Wien, aber vor der vollständigen Katastrophe, die die Zeit unter den Kühen mit sich brachte; dieses Magendrücken, dieses Weissagen des Glücks), Paracelsus war ihm im Traum erschienen und hatte zu ihm gesprochen. Du liest meine Schriften, hatte er gesagt, aber du verstehst nicht, worauf ich aus bin. Du bist deiner Vision verpflichtet. Es ist deine Pflicht, sie nicht mit der Wirklichkeit zu verwechseln: Sie im leeren Raum zwischen Erde und Himmel zu belassen. Gibst du ihnen die Wahrheit, hatte er gesagt, brauchen sie dich niemals. Dann können sie mit dir zufrieden sein. Gib ihnen eine Lüge, denn sie brauchen sie.

Aber Paracelsus war verschwunden, und die Schweine waren noch da.

In Bayern – wo er sich vorwiegend aufhielt – hatten sie ihn einmal reichlich bezahlt, und auf Grund eines Unwetters war er gezwungen gewesen, dort zu bleiben. Und alles war ihm gestorben, alles, alles, was er berührt hatte, alle Tiere. Sie hatten ihn festgenommen und ihn ausgezogen und auf die Erde gelegt. Dann hatten sie über ihm gestanden, alle Bauern des Dorfes, und ihre schmutzigen Glieder hervorgeholt und sein Gesicht hochgehalten und seine Kiefer auseinandergedrückt und in seinen Mund gepißt. Aber sie hatten ihn am Leben gelassen.

Pisse geht weg, hatte er gedacht, Pisse kann fortgespült werden, aber nicht der Tod.

Man kann Schweinen keine Vision vermitteln, dachte er. Ich habe mit dem falschen Material gearbeitet. Man muß das rechte Material auswählen, man muß rücksichtslos und treulos und falsch sein, um zu dem zu gelangen, was nicht falsch ist.

Was nötig ist, ist eine reine Stadt. Eine Handvoll Menschen, die für die Vision empfänglich sind. Dann würde er ihre Verzückung wie ein Kunstwerk in die Sonne halten: Ein Kunstwerk, ein Netz von Verzückungen, ein Ornament aus

Schweinen mit Menschenköpfen. So zwinge ich sie, an das Unglaubliche zu glauben, und die Welt wird wanken, die Elfen werden sich zeigen.

Meisner hatte zu dieser Zeit schwarzes Haar, das bis zum Hals reichte und in dieser Länge gerade geschnitten war. Sein Haar war sehr schön. Er war bartlos. Seine Backenknochen traten stark hervor. Er trat ruhig und mit Würde auf.

»Der Wundertäter ging gestern auf den Markt«, berichtete Steiner. »Er hatte einen sehr kostbaren Mantel an. Seine Hände sind lang und schmal, seine Fingernägel sind gepflegt. Er ist mehr als mittelgroß. Ich habe ihn während einer halben Stunde betrachtet. Er ist nicht unter Bauern aufgewachsen.«

Im Protokoll des Nürnberger Gerichtsverfahrens wird zweimal Meisners »ländliche Art, sich zu geben« betont. Der gleichen Quelle zufolge soll er von »rundlichem Körperbau« gewesen sein.

Der Weber hatte zuerst verbreitet, er sei Zahnarzt: Das war ein Fehlgriff, ein schlechter Start, der den Weber einen Vorderzahn kostete. Jetzt hatte er eine andere Botschaft zu bringen: Sein Meister sei Magnetiseur. Der Weber war eine Vorhut, ein Bote, ein Johannes der Täufer.

Und er konnte es sich leisten zu warten.

Aber sie kamen, da sie immer zu kommen pflegten. Eine Woche, und an guten Abenden war sein Zimmer zu einem Drittel gefüllt. Es hätte besser sein können, aber immerhin auch schlechter.

»In Wien«, sagte er zum Weber, »hatte ich einmal hundert Kranke am gleichen Abend. Dort interessierte sich schließlich sogar die Kaiserin für mich. Jetzt haben sie nur noch ihre Vernunft, und die Krankheiten natürlich. Hier brauche ich nur einen sehr kleinen Durchbruch.«

Abends ging er zu langen Spaziergängen aus dem Haus. Der Hafen lag im Sonnenuntergang still und ruhig da. Er saß auf den Holzbrücken und betrachtete die letzten Herbstausflüge der Ruderboote: kleine Pfeile aus Bugwellen, die heimwärts zogen wie Zugvögel. Laub lag auf der Erde, vom Teppich des Tages zu einer weichen Samtfläche aufgelöst. Der Weber folgte ihm wie ein Schatten.

Es gab keinen Anlaß zur Unruhe. Der Vorläufer hatte seine Schuldigkeit getan, und jetzt galt es, nur noch zu warten. Die Abende waren schön. Meisner saß da, unbeweglich und ruhig wie die Wasserfläche, die er betrachtete. Es war im September des Jahres 1793.

Nachträglich ist er mit seinen Konkurrenten verwechselt worden.

Einer von ihnen, der später lebte und allmählich sehr reich wurde, verwendete statt des gewöhnlichen Glasstabes eine Schale mit zerstoßenem Glas. In diese Schale wurden verschiedenfarbige Flüssigkeiten gegossen. Die Menschen setzten sich dann in einem Kreis um diese Schale und hielten ihre Hände an die Eisenstäbe, die überall hervorragten.

Im Hintergrund schritt dieser Magnetiseur hin und her, in einen hellila Anzug gekleidet.

Meisner hatte offensichtlich nie etwas anderes als graue und schwarze Kleidung getragen.

Im Laufe der Zeit bekam er Anhänger. Der Weber war ein guter Vermittler; die Wirtshäuser und Kneipen waren gute Kontaktstellen. Die Würde seines Andersseins, die für ihn so notwendig war, scheint darunter nicht gelitten zu haben.

Sie erzählten ihm von Selinger. »Er hat eine blinde Tochter«, sagten sie ihm. »Sie erblindete vor zehn Jahren: Unsere Stadt wurde in einen Krieg hineingezogen. Es war ein kurzer Krieg, aber einiges kann schon dabei geschehen.«

»Ja«, erwiderte er, beinahe unsichtbar hinter seinen kühlen Augen.

»Die Franzosen kamen«, sagten sie, »sie zogen sie in ein Zimmer hinein und vergewaltigten sie, obwohl sie erst zehn Jahre alt war. Danach erblindete sie, aber es hätte schlimmer kommen können. Sie soll dankbar sein, daß sie überhaupt noch lebt. Allen anderen schnitten sie hinterher den Hals durch, wenn sie nicht schon daran gestorben waren, daß ein halbes Regiment auf sie hinaufgesprungen war. Sie soll dankbar sein: Sie verlor ihre Unschuld und das Augenlicht, aber sie ist noch am Leben. Die Unschuld ist ohnehin nicht viel wert. Es gibt nicht viele Zwanzigjährige in unserer Stadt, die sie noch haben.«

»Und was macht sie jetzt?«

»Jetzt? Muß sie denn etwas tun? Sie hat ihr Klavier: Sie spielt. Sie hat doch ihre Eltern. Er kann ihre Blindheit nicht heilen, aber *er* sieht für sie. Er muß reich sein: Er ist ja Arzt. Sind nicht alle Ärzte reich?«

»Ihr Vater ist Arzt«, sagte er später zum Weber. »Sie ist auf die rechte Weise blind. Ihre Augen müssen wie die anderer Menschen aussehen. Man kann sicherlich keine Gebrechen bei ihr erkennen.«

»Jaa?« sagte der Weber fragend, »jaa?«

»Wie in Wien«, sagte er dann, viel später. »Wie in Wien, als ich nicht weitermachen durfte.«

Es lag vielleicht etwas in ihrer Haltung: Meisner sah sie an der Seite ihres Vaters gehen, mit halboffenem Mund, um alles zu verstehen, was er ihr erzählte, ihren Leib lehnte sie vertrauensvoll gegen ihn.

Es kann Zufall gewesen sein. Auch in diesem Punkt läßt uns die Geschichte im Stich: Sie gibt uns mit ausdrucksloser

Miene Tatsachen und überläßt es dann uns, sie zu deuten. Der klinische Fall als Ratespiel, als Spiegel von Erzähler und Zuhörer.

Wir haben also Zugang zu Selingers Aufzeichnungen über dieses Treffen. Wir wissen, daß eine Begegnung zustande kam.

Sechzehn Tage nach dem Einzug in die Stadt. Eine regnerische Nacht: Am Morgen sind die Straßen überschwemmt. Sie sitzt am Fenster und lauscht den Geräuschen.

Da kommt er zu ihr, Meisner, der Arzt und Meister. Er sieht sie schon von weitem. Jetzt ist der Himmel klar. Er springt geschmeidig zwischen den Wasserpfützen hindurch, dennoch sieht er nicht jung aus. Sie kann ihn nicht hören.

»Ich habe von Eurer Tochter erzählen hören«, sagt er. Er hat diese Worte vorbereitet, aber sie wirken dennoch nur dürftig: Er wird mich hinauswerfen, denkt er mit einem schnellen Anflug von Unlust. Ich habe die falschen Worte gewählt.

»Ich will ihr helfen«, fügt er hastig hinzu: »Ich habe einmal einen ähnlichen Fall behandelt. Ihr müßt mir glauben.«

So beginnt ihr Gespräch.

Als das Gerücht in die Stadt hinausschwirrte, sagten sie, Selinger müsse den Verstand verloren haben. Andere drückten ihre Überzeugung aus, er müsse auf irgendeine Weise überzeugt worden sein, so daß der Fremde, der sich Meisner nenne, nicht länger ignoriert werden könne. Sie versuchten, sich an die Tochter zu erinnern, an Maria, wie sie aussah, aber sie hatten sie immer nur so vor Augen, wie man sich an eine Gruppe von Menschen erinnert: Ihrer erinnerte man sich nur als eines Mädchens in gebeugter Haltung, das sich an Doktor Selinger klammerte. Er muß verzweifelt sein, sagten sie, er muß desperat sein, wenn er sie in die Hände eines fremden Arztes läßt.

Wenn er nun überhaupt ein Arzt ist, sagten sie.

Sie berichteten, sie hätten Steiner zu ihnen hineingehen

sehen, eiligen Schrittes und mit ernstem Gesicht. Einige hatten ihn wieder hinauskommen sehen, viel später. Niemand wußte, was gesagt worden war. Und das Gerücht verstummte nicht, wie ein falsches Gerücht verstummt wäre, und bald wußten alle: Meisner sollte versuchen, sie nach seiner Methode zu heilen.

Sie erzählten das, was sie wußten, und dann begannen die Spekulationen. Die meisten machten Vorbehalte, der Sicherheit wegen, drückten ihre Zweifel an einem glücklichen Ende wenigstens einem anderen gegenüber aus: Die meisten waren nach wenigen Tagen für jeden Ausgang der Affäre gewappnet. Sie war absurd, und sie war möglich, und so war man auf positive Art skeptisch.

Viel später würden sie ja Gewißheit haben.

Steiner saß eines Abends in Wegeners Keller. Er ging im allgemeinen nur äußerst selten dorthin, aber jetzt saß er jedenfalls da. Sie scharten sich um ihn, denn sie wußten, daß er Arzt war und Selinger kannte.

»Jaha«, sagten sie fröhlich und hoben ihre Becher und bekamen breite Münder vor lauter Lächeln, das sie nicht länger verbergen konnten oder wollten, »jaha, so ist das mit den Ärzten: Sie vertrauen einander nicht einmal ihre eigenen Kinder an. Nun ja, niemand ist vollkommen.«

Und er warf ihnen wütende Blicke zu und bereute, dorthin gegangen zu sein: Er wollte zuhören, aber nicht selbst etwas sagen.

»Nicht die Ärzte, aber der Arzt«, sagte er scharf, »beurteilt nicht alle nach dem armen Selinger. Sein Verstand ist verdunkelt, er weiß nicht, was er tut.«

»Natürlich nicht«, sagten sie nachsichtig, »natürlich nicht! Und du hast auch nie versucht, sie zu heilen, Medicus? Hast es nie versucht?«

»Sie ist blind«, sagte er ruhig und versuchte, die letzten Reste seiner Autorität zu bewahren. »Einen Versuch zu wagen, heißt noch nicht, Erfolg zu haben.«

»Aber Selinger glaubt, daß er Erfolg haben wird?« Und jetzt lachten sie laut auf, und er haßte sie, und er haßte Selinger, diesen kindlich offenen und gutgläubigen Verräter, gerade ihn, seinen Freund. Und er wollte Selinger nicht vor all diesen Leuten verhöhnen, aber er fühlte, daß er sich von diesem Experiment, dieser Unwissenheit, dieser Spekulation in Dummheit und Unfähigkeit distanzieren mußte und wollte.

»Es gibt auch geglückte Fälle, die sich aber auf die Dauer doch als Mißerfolge herausstellen«, sagte er bockig in sein Bierglas hinein.

Sie sahen ihn nachsichtig lächelnd an.

»Der Wundertäter wird vielleicht sogar Schwiegersohn im Hause«, sagte einer von ihnen, ein Schlachterlehrling, der im letzten Jahr in der Wertelgasse gewohnt hatte.

Darauf erwiderte Steiner nichts.

Einmal hatte er Maria nach einem Konzert nach Hause begleitet. Irgend jemand hatte am Tage danach scherzhaft angedeutet, er hätte einen ebeneren Weg wählen sollen, da ja schon so viele vor ihm den gleichen Weg gegangen seien.

Seefond lag abseits der großen Kulturzentren. In Paris wäre diese Äußerung vielleicht unmöglich gewesen. Nicht so hier. Wie dem auch sei: Er hatte zugeschlagen, hart und treffsicher. Der andere war schwer auf seine linke Seite gefallen, mit leichten Verletzungen an seiner rechten Gesichtshälfte.

Steiner war unverheiratet. Die Pocken hatten ihm einen Teil seines Gesichts geraubt: Die Stirn und die Schläfengegend. An diesen Punkten sah sein Gesicht aus wie eine Reliefkarte des Totenreichs.

Der Bart, der hell war, verbarg einige dieser Narben. Sie hat mich niemals berührt, dachte er, aber sie weiß, was Pocken sind.

»Was wird sein, wenn er Erfolg hat?« sagte ein Kanzleisekretär vom Rathaus, der ihm gegenübersaß; er lächelte Steiner mit gelben Hauern zu und vermochte seinem Entzücken kaum

Zügel anzulegen; »was wird, wenn sie wieder sehen kann? Werden die Ärzte dann diesen Mißgriff korrigieren, indem sie sie wieder blind machen?«

»Ich werde sie beglückwünschen, wenn sie wieder gesund werden sollte«, erklärte Steiner daraufhin. »Er und sie sollten sich dann glücklich fühlen. Ich schlage aber vor, daß wir von etwas anderem sprechen.«

»Ja, ja doch«, sagten sie nachsichtig. Und sie hüllten ihn in ihr Lachen ein, er konnte kaum noch atmen, da ihr Lachen so fett und stickig war, er bahnte sich einen Weg durch die Menge und ging hinaus. Als er die Tür hinter sich gelassen hatte, schwoll das Gelächter zu einem Orkan an.

Draußen regnete es. Er ging mit langen Schritten: Amtsgerichtsgasse, Heiliggeistgasse, über die Brücke des Kanals, der von allem Unrat, den man in ihn hineingeworfen hatte, schon fast ganz verlandet war; das Regenwasser lief ihm in den Kragen, aber er bemerkte es nicht. Meisner, dachte er, der Wundertäter.

Der erste Kontakt wurde im September geknüpft. Aber nicht vor Mitte Oktober wurden die Behandlungen aufgenommen. Niemand weiß, warum diese Verzögerung entstand.

»Maria«, sagt er schmeichelnd, »Maria Teresa ...«

»Ja, Vater. Ich bin hier.«

»Hast du Angst«, fragt er.

»Nein«, sagt sie, »ich habe keine Angst. Wir haben keine Angst, nicht wahr? Keiner von uns. Wir wissen, was wir tun.«

»Du glaubst nicht, daß ich falsch gehandelt habe«, sagt er schwer. »Steiner besucht mich nicht mehr. Er glaubt, daß ich falsch gehandelt habe.«

»Wir werden es bald wissen«, sagt sie leise; langsam streichelt sie seine Hand.

Ja, denkt er, wir werden es bald wissen. Aber wenn wir es wissen, wissen wir immer noch nichts. Wenn wir Erfolg haben – wenn er Erfolg hat –, gerät alles in Aufbruch. Wir stören ein Gleichgewicht und wissen nicht, wohin wir treiben. Wir opfern das Gleichgewicht unserer Welt. Das ist vielleicht die falsche Form des Opfers.

»Steiner«, sagt er, »hat behauptet, ich hätte einen Verrat begangen. Er glaubt, ein Wunder-*Töter* zu sein, aber jetzt habe ich seinen Weg gekreuzt. Seine Loyalität mir gegenüber behindert ihn. Ich glaube zu wissen, daß er ziemlich aufgewühlt ist.«

Sie lauscht seiner Stimme, findet außer Unruhe aber nichts heraus. Da lehnt sie sich in den Stuhl zurück und schweigt. Es ist Anfang Oktober.

An dem Morgen steht sie zeitig auf; niemand sagt etwas, aber sie spürt es in der Luft und weiß: *Jetzt.* Sie versucht zu spielen: Aber sie spielt zu schnell und ohne das rechte Tempo zu treffen. Es ist ein Menuett, das sie einmal im Salon der Madame Crois vorspielen durfte. Es liegt ihr, gerade ihr, sehr gut, war gesagt worden, da es recht gefällig mit einem wehmütigen Unterton war. Sie wußte, daß es nicht wahr war: Solche Dinge sagten sie nur, um modern zu erscheinen. Sie hatte gehört, daß die neuen romantischen Schriftsteller sich zwischen Freude und Leid hin- und hergeworfen fühlten, und heutzutage sollte eben alles so sein.

Heute sollte er sie treffen.

Vater hat es erlaubt, dachte sie weiter. Er will mein Bestes, er läßt ihn einen Versuch mit mir machen. Er wird mir vielleicht das Augenlicht wiedergeben, und Vater will diese Möglichkeit nicht ungenutzt lassen.

Für dich ist nichts gut genug, Maria, hatte er gesagt, aber sie hatte seiner Stimme angemerkt, daß nicht alles so war, wie es hätte sein sollen: Für dich ist nichts gut genug, Maria ...

Sie klingelte mit der kleinen Glocke.

»Ist Vater ausgegangen«, fragte sie.

»Nein«, sagte das Dienstmädchen, »aber er hat gesagt, er würde bald nach dem Fräulein sehen.«
Und dann, als er zu ihr hineingekommen war:
»Vater, du wirst doch die ganze Zeit hier sein?«

Sie legen sie drinnen in der Bibliothek auf ein Bett. Nur Selinger und Meisner sind anwesend.
Sie trug ein weißes Kleid, das sie im vergangenen Herbst bekommen hatte, als sie vor Publikum spielen sollte. Sie führten sie ans Bett, und dort mußte sie sich hinlegen.
Meisner legte dann eine Binde vor ihre Augen. Während dieser vorbereitenden Prozedur äußerte er nur sehr wenig. Nachdem all dies fertig war, bat er darum, mit dem Mädchen alleingelassen zu werden. Doktor Selinger gab nach einem kurzen Zögern seine Zustimmung.
»Ich sitze draußen vor der Tür«, erklärte er dem Mädchen, das seine Tochter war. »Du kannst mich hereinrufen, wenn du willst.« Sie antwortete nicht.

Das Protokoll, das Claus Selinger später aufsetzte und teilweise veröffentlichte, ist in vielen Punkten unvollständig. Das meiste gilt Einzelheiten des äußerlichen Verlaufs: Die Stellung der Patientin, den Zeitpunkt des Beginns der eigentlichen Behandlung, und so weiter – aber recht wenig über die Behandlung selbst.
Jedoch gibt dieses Protokoll Selingers in mancherlei Hinsicht gewisse Anhaltspunkte.

»Kannst du mich deutlich hören?« fragt er.
»Ja«, sagt sie.
»Drückt die Binde?«
»Nein.«
»Ich werde ganz allmählich mit meiner Behandlung begin-

nen, die in medizinischen Lehrbüchern nicht beschrieben wird, da ich sie selbst entdeckt habe. Sie baut auf dem Studium der Körpersäfte auf. Sie dreht sich um etwas, was man Fluidum nennt, einen bisher unbekannten Bestandteil unseres Organismus, und hat etwas mit dem Verhältnis der Himmelskörper zu dieser geheimnisvollen Körperflüssigkeit zu tun. Ich beabsichtige, dies Fluidum mit magnetischen Bestreichungen zu beeinflussen.«

»Ja«, sagt sie mit kleiner, aber klarer Stimme. »Ich verstehe, Ihr werdet mich mit einem Magneten bestreichen.«

»Wenn dein Glaube für einen Magneten geeignet ist, werde ich ihn anwenden«, sagt er. »Das ist aber nicht immer notwendig. Er ist dazu da, ein Zwischenglied darzustellen, er ist kein Selbstzweck.«

»Ja«, sagt sie, ohne etwas zu begreifen.

»Ich werde dir dein Augenlicht wiedergeben, aber wir müssen lange und geduldig ausharren, bis der günstigste Zeitpunkt da ist.« Er beugt sich näher zu ihrem Gesicht hin und fragt noch einmal: »Hörst du mich deutlich?«

»Ja«, sagt sie, gerade zu der unsichtbaren Decke hin, »ja.«

»Zuallererst mußt du ruhig sein. Du mußt meiner Stimme lauschen, nichts anderem. Mit der endgültigen Behandlung müssen wir warten, bis du meiner Stimme mit so großem Vertrauen lauschen kannst, daß du ihr nicht länger zuhörst: Du hörst sie, hörst sie aber dennoch nicht. Verstehst du?«

»Nein«, sagt sie mit der gleichen deutlichen Stimme, »das verstehe ich nicht.«

Er sitzt auf einem Stuhl an ihrer Seite. Der Raum ist noch hell, aber er weiß, daß die Dämmerung bald da sein wird, daß dies aber keine Rolle spielt, daß die Zeit für ihn arbeitet. Er ist sehr ruhig. Er lächelt ihr zu, und er hört, wie sie seinem Schweigen lauscht.

»Du bist jung«, sagt er lächelnd. »Du hast einen sehr klaren Verstand.«

»Das sagt Vater auch«, erwidert sie.
»Du kannst schon mehrere Sprachen«, fährt er fort. »Du hast ein größeres Wissen als viele andere.«
»Ja«, sagt sie leise.
»Und dennoch kannst du nicht sehen«, sagt er.
Darauf erwidert sie nichts.

Im Korridor ist es fast dunkel. Man kann die Türgriffe erkennen, ein dunkles Viereck auf dem Fußboden, das ein Teppich sein könnte. Da die Dunkelheit mit dem Tageslicht nicht direkt in Verbindung steht, kann er nicht genau ausmachen, ob es tatsächlich die Dämmerung ist, die hereingebrochen ist: Es kann ebenso der Mangel an Verbindung mit dem Licht sein. Er denkt nicht weiter darüber nach. Er versucht lediglich, die Stimmen dort drinnen zu unterscheiden. Sie sind dünn und leise, manchmal völlig erstorben. Es ist ihm unmöglich, irgendwelche Aufzeichnungen zu machen.

Dort beginnt seine Darlegung: Im Halbdunkel.

Der Magnetiseur erklärte, mit der Patientin allein sein zu müssen, schreibt er, und deswegen ging ich hinaus und setzte mich in einen Stuhl im Vorzimmer.

»Ich erinnere mich an nichts«, sagt sie.
»Und woran erinnerst du dich, wenn du dich an nichts erinnern kannst?«
»Wie sie mich hinuntertrugen. Das haben die anderen erzählt: Ich erinnere mich an ihre Erzählung. Mein Vater hat ja auch versucht, mich zum Sprechen zu bringen, aber ich habe nichts zu erzählen. Ich war ja so jung, als es geschah.«

Er hält sein Gesicht in den Händen verborgen: Hier, denkt er, hier, ich darf sie nicht loslassen.

»Sie haben dich vielleicht in den Keller getragen«, sagt er mit überredender Stimme, »und dir weh getan. Du mußt versuchen, dich zu erinnern, um deiner selbst willen.«

»Vater hat gesagt, daß sie mir in der Küche weh getan haben«, sagt sie mit unveränderter Stimme, »dort haben sie mich danach mit zerrissenen Kleidern gefunden. Sie sagten, ich sei schwer verletzt.«

»Ja, ja. Erzähl weiter.«

»Mehr war es nicht. Es wurde gesagt, sie hätten sich an mir vergangen. Es waren viele. Hinterher konnte ich nichts mehr sehen.«

Sie ist zu leidenschaftslos, denkt er wütend und enttäuscht: Sie ist ein Berg aus Leidenschaftslosigkeit, den nichts zu erschüttern vermag.

Jetzt ist es draußen dunkel.

Er ruft Selinger herein. Sie stehen vor ihr, und Meisner ist müde. Es ist unmöglich gewesen, sie zu erschüttern. Sie ist weit weg von ihm, und jetzt ist der Vater da, und er weiß, daß nichts geschehen ist.

»Ich magnetisiere sie jetzt«, sagte er.

Es geht sehr schnell, schneller, als er gedacht hat. Er setzte sich hin, hält eine Hand über ihren Bauch, mit der anderen entfernt er ihre Augenbinde. Sie schließt die Augen. Dann streicht er mit langsamen Bewegungen über ihr Gesicht hin. Es ist absolut still im Raum. Sie liegt unbeweglich, die Binde liegt als weißer, fortgeworfener Strich auf dem dunklen Fußboden. Er bewegt seine Hand fünfzehnmal, dreißigmal. Manchmal senkt er sie so tief, daß sie hart über ihrem Gesicht hinstreicht. Manchmal spürt sie nur den Windhauch seiner Bewegungen.

Sodann erhebt er sich.

»Jetzt schläft sie«, sagt er, »und niemand darf sie in der nächsten Stunde stören.«

»Wie oft muß die Behandlung noch wiederholt werden«, fragt Selinger.

Aber sie wußten ja beide, daß niemand das wissen konnte.

Als sie das Zimmer verließen, lag sie vollkommen still und atmete gleichmäßig, als ob sie schliefe.

Er geht nach Hause und weiß, daß irgend etwas sich ändern muß.

Vielleicht ist es die falsche Methode, denkt er: Ich versuche, ihr die Wirklichkeit zurückzugeben, und sie weigert sich, sie entgegenzunehmen. Sie hat einmal die Wirklichkeit von sich gestoßen, und jetzt weigert sie sich, sie wieder anzunehmen. Ich blieb hartnäckig und machte einen Mißgriff. Das war zwar schlecht, aber noch ist nichts verloren.

Ich habe einen Fehler gemacht, denkt er ruhig. Es ist beinahe unverzeihlich, aber jetzt weiß ich es besser. Der große Paracelsus hätte sich mir offenbaren und mir die Hand über den Mund legen sollen. Ich wurde seiner Vision untreu. Ich hätte sie lieber ihr vermitteln sollen.

Die Wahrheit, denkt er, ist ohne jeden Wert. Ich habe versucht, ihr die Wahrheit zu geben, aber sie versagte, wie sie immer und überall versagt hat. Sie ist untreu: Ich hätte es lieber nicht mit ihr versuchen sollen. Ich hätte ihr etwas anderes geben sollen, da diese Wahrheit sie bereits einmal im Stich gelassen hat.

Ich werde ihr die Lüge geben, dachte er, als er fast schon eingeschlafen war und die Niederlage fast fortgespült: Die Lüge, oder das, was man Lüge nennt. Das.

Das Behandlungsprotokoll ist offensichtlich gleich im Anschluß an die Behandlungen niedergeschrieben worden. Von dem ersten Krankenbesuch wird nur über die äußeren Anordnungen, ihren tiefen Schlaf und die Binde berichtet. Bruchstücke der Unterhaltung werden ebenfalls angedeutet. Selinger erzählt hier von einem bittenden Ton des Magnetiseurs, einem beinahe hoffnungslos bittenden Appell; jedoch keine Einzelheiten.

Im übrigen wird von Hoffnung oder Niedergeschlagenheit kein Wort gesagt. Der Puls dagegen wird angegeben: Vierundachtzig Schläge pro Minute nach der Behandlung.

Selinger ließ sie noch ein weiteres Mal allein. Ihm blieb keine Wahl: Er hatte bereits kapituliert. Die Behandlung mußte fortgesetzt werden. Leises Stimmengemurmel war zu hören; er zeichnete das auf, was er hören konnte.

Meisner versuchte offensichtlich im Laufe der folgenden Besuche, so schrieb er, durch das Erzählen von früheren erfolgreichen Behandlungen das Vertrauen der Patientin zu gewinnen. Ich hoffe, daß er Erfolg haben möge. Ich bin ganz auf seiner Seite.

Selinger kann nur schwer stillsitzen. Er geht in die Küche hinunter und spricht mit den Dienstboten. Sie stellen ihm vorsichtige Fragen, aber er will nicht antworten. »Wir wissen nichts«, sagt er kurz. Meisner behandelt sie immer noch. Die Behandlung geht weiter.

Bewegungslosigkeit vermag keinen Pendelausschlag auszulösen.

In den 1748 erschienenen »Expériences sur l'electricité« von Jean Jallabert wird zum erstenmal sachlich und leidenschaftslos über elektrische Therapie berichtet. Der Schmied Nogués, seit vielen Jahren gelähmt und in weitem Umkreis für seine Erzählungen berühmt (die er selbst erdacht hat), empfing die heilende Wirkung der elektrischen Energie und wurde gesund. Wie seine Lähmung entstand, ist im einzelnen schwer darzulegen. In Montpellier verabreichte der Arzt Sauvager den Armen elektrische Kuren. Er gebrauchte alle damals bekannten Methoden. Entweder elektrisierte er den Patienten und zog Funken aus seinem Leib: Dann flog das Böse aus dem Menschen heraus, und man konnte das Knakken hören, als das Böse platzte. Es versammelten sich viele, um Zeugen dieser Therapie sein zu können. Oder aber die Leidener Flasche kam zur Anwendung. Auf sie sprachen die Patienten stark an: Die Journale sprechen von taumelnden und zitternden Reaktionen.

Man sprach von ›Musschenbroek'schen Schlägen‹.

Im Sommer 1751 wurde auf dem Rittermarkt in Uppsala die von Schmerzen gebrochene Madame Wenman behandelt: Ein berühmter Fall. Der Pfarrer Hjortsberg heilte im Sommer 1759 einen Tischler aus Släp. Dieser kam mit Rückenschmerzen zu ihm, »bekam zwei elektrische Schläge und ging gesund von dannen«.

Allein in Schweden wurden im Jahre 1765 1168 Patienten mit dieser Methode behandelt.

Wir können den Verlauf sehr genau verfolgen: wie auf einem Gemälde. Zur Rechten die große Elektrisiermaschine, eine gläserne Kugel, aus der die elektrische Energie mittels mehrerer Metallketten und einer herabhängenden Eisenstange zum Patienten geleitet wird. Dieser sitzt auf einem Stuhl. Um ihn herum sitzen der Elektriseur, seine Helfer und seine Zuschauer. Man schreibt das Jahr 1754.

Ein von Schmerzen geplagter Mann taumelt von rechts herein. Der Raum ist so beschaffen, daß er einen großen und offenen Eindruck macht. Er öffnet sich zu uns hin. Hohe Fenster, flach einfallende Sonnenstrahlen. Die Beinkleider der Herren sind anliegend, eng anliegend. Der Mund des Patienten ist offen. Das Gespräch ist verstummt. Alle sehen ihn an.

Wir wissen nichts darüber, wie Meisner erzählte.

Wir wissen, daß er von sich selbst sprach. Aber hätte er die ganze Geschichte so erzählt, wie sie sich wirklich abgespielt hat, dann hätte das Ganze einen kürzeren Verlauf genommen und einen wesentlich heftigeren: Eine zunehmende Verwirrung, eine wachsende Furcht, eine akzentuierte Panik, schließlich ein Schrei, der den Vater herbeirief, Meisner aus der Stadt trieb, und der vielleicht, wenn der Zorn über die Klugheit hätte siegen dürfen, den Wundertäter getötet hätte. Aber es war nicht die Wahrheit, die er ihr erzählte: Was er ihr sagte, war etwas anderes, eine tiefere Wahrheit.

»Du leistest Widerstand«, sagte er ihr. »Du weißt nichts davon, aber du stößt meine Worte fort. Du mußt sie in dir aufnehmen. Du mußt dein Bild vom Menschen ändern. Kannst du dir vorstellen, wer ich bin?«

»Nein«, erwiderte sie. »Nein, nein.«
»Da liegt der Fehler. Du kannst dich an diejenigen erinnern, deren du sicher sein kannst, aber von mir hast du keine Vorstellung. Ich bin allzu unsicher, zu risikoreich, eine Falle für deine Ruhe. Du ziehst es vor, an das zu glauben, was die Sicheren zu dir sagen. Du hast meine Hand gefühlt, aber du hast dir nicht vorzustellen gewagt, wie das andere an mir aussieht.«
»Wie sollte ich es denn können«, sagte sie.
»Du mußt es können.«

Einzelheiten erzählte er, aber nicht das, was zwischen den Einzelheiten lag. Er erzählte vom Hof Maria Theresias, erzählte vom höfischen Leben, wie er einmal zu ihr gerufen wurde, um von seinen Erkenntnissen zu berichten. Da sah er, daß sie zuhörte. Und er deutete an, daß er verfolgt worden sei: Wie sie ihn auf einen Berg hinaufgetrieben hatten und ihn hatten töten wollen, er habe sie aber nur angeschaut und sei zurückgekehrt, seelenruhig durch den feindlichen Haufen hindurchgeschritten; sie hatten nicht gewagt, ihn anzurühren.

Sie lag in ihrer warmen Dunkelheit mit der Binde über den Augen und lauschte seiner Stimme: Sie war weicher als zu Anfang, sanfter und einschmeichelnder; die Härte mochte in seinen Erzählungen gelegen haben, aber darum kümmerte sie sich nicht weiter. Sie begriff, daß er ein weitgereister Mann war, daß er viele Länder gesehen hatte, daß er am Hof gelebt hatte. Er hatte etwas Verwirrendes von Bergen und Verfolgern erzählt, aber all dies verstand sie nicht.

Als er sie magnetisierte, fühlten sich seine Hände weich an: Er berührte sie vorsichtig, und seine Stimme war weich. »Alles ist viel schöner, als du glaubst«, sagte er. »Du versuchst vielleicht, dich an die Welt zu erinnern, wie sie vor deiner Erblindung war, aber das ist ein korrumpiertes Bild, ein falsches Bild. Du hast einen Schlußstrich unter die Welt gezogen, und du möchtest das Bild, das du einmal gewonnen hast, nicht mehr verändern. Aber die Welt sieht ganz anders aus.

Du mußt sie dir als ein menschenleeres Tal vorstellen: Du gehst hinein, und du bist die einzige, die sie verwandeln kann, wenn du es nur nicht dazu kommen läßt, daß sie dir ihren Einfluß aufzwingt. Du hast eine Macht wie niemand sonst.

Du mußt dir die Welt schön vorstellen. Du mußt dich zu einem Bild von ihr durchringen, das dir angenehm ist. Du mußt lernen, Vertrauen zu schenken: Das ist das Schwierigste von allem. Du spielst deine Menuette auf dem Klavier, aber du mißtraust allem, was außerhalb der Musik liegt. Ist es nicht so?«

»Vater sagt, daß es so viel Böses in der Welt gibt«, flüstert sie.

»Glaub ihm nicht. Es gibt nichts Böses: Du kannst das Böse vernichten, indem du einfach nicht daran glaubst. Er sieht nur die Wirklichkeit, aber nicht das zarte Spinnengewebe, das sie vor unseren Augen verbirgt. Ich werde dir eins weben. Möchtest du das?«

»Ja«, erwidert sie leise, aber deutlich, »ja.«

»Ich bin weit gereist«, sagt er und sieht aus dem Fenster, »ich habe viele Länder gesehen.« Er verstummt und versucht, sich zu konzentrieren: Er weiß, daß er sich sehr einfach und sehr verständlich ausdrücken muß.

»In Wien«, sagt er dann, »lauschte ich einmal einem jungen Mädchen, das Klavier spielte. Es war blind, die Kleine hatte fast den gleichen Namen wie du. Sie hieß Maria Theresa von Paradis. Der große Mozart widmete ihr ein Stück. Sie stand unter dem Schutz der Kaiserin. Sie saß in einem Saal, der reicher ausgeschmückt war als du dir überhaupt vorstellen kannst. Es gab dort viele Säle: Ein Raum war kreisrund und ganz mit Gold ausgekleidet. Das hatte eine Million Silbertaler gekostet. In dem Raum gab es zwei Spiegel, die einander genau gegenüber angeordnet waren: Wenn man zwischen ihnen stand, konnte man durch sie in die Ewigkeit hineinsehen.«

»Habt Ihr auch hineingesehen?« fragte sie gespannt.
»Nur Menschen von sehr kleinem Wuchs konnten die Ewigkeit sehen«, antwortete er ihr. »Die Menschen von großem Wuchs sahen nur sich selbst im Mittelpunkt.«
»Und das Mädchen?«
»Ich habe sie geheilt. Es war mein erster großer Fall, er ließ die Leute eine gewisse Zeit lang auf mich aufmerksam werden. Ich habe sie geheilt.«

Es war im Jahre 1777. Man hatte sie in eine kleine Privatabteilung verlegt, in einen der Flügel des Kravic-Krankenhauses: Schon sehr bald hatte die Behandlung gute Ergebnisse zur Folge. Als Meisner den magnetisierten Stab zum Spiegelbild des Mädchens emporhob und ihn dann hin- und herbewegte, war sie den Bewegungen des Stabes mit den Augen gefolgt. Er würde nie das schwindelnde Gefühl vergessen, das ihn ergriff, als er erkannte, daß er tatsächlich die Bewegungen ihrer Augen dirigierte. Sehr bald wurde das nervöse Zucken ihrer Augen immer weniger heftig. Sie folgte den gleichmäßigen Bewegungen des Stabes ruhig und fest.

Der ersten Behandlung waren sehr unbehagliche Auswirkungen gefolgt. Sie war in heftiges Zittern verfallen. Dann hatte das Zittern aufgehört, aber sie hatte einen heftigen Schmerz im Kopf gespürt. Mit dem Schmerz kam eine überdeutliche Empfindlichkeit für Licht: Sie konnte durch drei Schichten eines dunklen Verbandes hindurch erkennen, ob sie in einem hellen oder einem dunklen Zimmer lag.

Sehr langsam hatte er sie wieder mit ihrer Umwelt in Verbindung gebracht.

Soweit hatte er von den Ereignissen berichten können, wie sie sich tatsächlich abgespielt hatten, und das Mädchen hatte ihm aufmerksam und folgsam gelauscht. Soweit war alles gut, und er erinnerte sich noch des Glücksgefühls, das sich seiner bemächtigt hatte und in den ersten Tagen alles andere überlagerte, des Begeisterungssturms, der über Wien hinweggefegt war, des Besuchs bei Hofe, den er hatte machen dürfen. Das Mädchen war entzückend gewesen: Sie hatte sich an ihn geklammert und erklärt, er sei ihr Wohltäter, sie wolle nie mehr mit den Behandlungen aufhören.

Dort, dachte er, dort hätte es aufhören sollen. Gerade dort hätte ich getötet werden sollen: Von einem Meuchelmörder, von einem herabfallenden Eiszapfen. Danach war alles wie vertauscht. Ich war wie verwandelt. Alles wurde grotesk.

Er erzählte ihr das, aber nur teilweise. Er näherte sich der Wahrheit, soweit er es wagen konnte, ohne das Netz zu zerreißen. »Ich hatte viele Feinde«, sagte er und hielt den Kopf in den Händen verborgen. »Sie wußten, an welchem Punkt sie mich angreifen konnten. Sie hieß Maria Theresa von Paradis und hatte einen großen Namen als Pianistin, weil sie blind war. Als Pianistin mochte sie mittelmäßig sein, aber nicht als blinde Pianistin.«

Er sah, wie es im Gesicht des Mädchens zuckte, wie sie dalag, und er beugte sich vor und strich mit seiner Hand über ihr Gesicht: »Ruhig«, sagte er leise, »ruhig.«

»Blindheit ist auch eine Eigenschaft«, sagte er, »aber keine große. Viele werden die Blindheit vielleicht als eine Eigenschaft wie andere begreifen, nicht als Hemmschuh. Sie ernährte ihre Familie damit: Daß sie blind war und Klavier spielen konnte. Sie wurde am Hof vorgezeigt, und wer Geld hatte, gab ihr ein reichliches Auskommen. So war das. Das war der Punkt, an dem sie mich angriffen.

Nach einigen Monaten, als sie wieder ganz sehen konnte, hörte man auf, von ihr zu sprechen: Der Fall war bereits alt und verbraucht. Sie spielte noch immer bei Hofe, aber jetzt immer seltener. Und da ich viele Feinde hatte, wie zufällige Erfolge immer viele Neider und Feinde hervorbringen, fanden sie dort den Punkt, an dem sie ansetzen konnten, um mir in den Rücken zu fallen, so, wie sie es wünschten.

Niemand wird sie mehr hören wollen, sagten sie zu den Eltern. Niemand gibt ihr eine Unterstützung. Rechnet nach, was Euch noch an Einkünften bleibt: Ihr werdet bald arm sein.

Ich wußte von all dem nichts. Eines Nachmittags, vier Monate nach Beginn der Behandlung, kamen die Eltern zu ihr in den privaten Pavillon, in dem sie wohnte. Sie verlangten, sie solle nach Hause kommen. Sie verlangten, sie solle die Behandlung abbrechen. Frau von Paradis erklärte, sie habe mit Mitgliedern der Ärzteschaft Fühlung aufgenommen – in Wahrheit war es genau umgekehrt. Sie hätten erklärt, ich übe einen schädlichen Einfluß auf das Mädchen aus, ich sei ein Scharlatan, dem man das Handwerk legen müsse.«

»Konnte sie denn sehen?« fragte das Mädchen auf dem Bett vor ihm; er hörte, daß ihre Stimme zitterte.

»Ja«, sagte Meisner, »sie konnte sehen. Ihr Augenlicht war besser geworden, ohne restlos wiederhergestellt zu sein.«

»Und was habt Ihr getan?«

»Ich habe sie abgewiesen. Am Tage danach erschien eine Delegation, der unter anderen die Professoren van Swieten und Bart sowie Doktor von Störk angehörten. Sie untersuchten das Mädchen und gingen dann ohne eine Wort. Draußen vor der Tür standen die Eltern. Sie unterhielten sich eine Weile mit der Abordnung. Dann kamen sie herein und erklärten, die Verbesserung der Sehkraft beruhe hauptsächlich auf der Einbildung des Mädchens! Der Einbildung! Professor Bart habe weiterhin festgestellt, ›die Patientin müsse auch weiterhin als blind betrachtet werden, da sie die Gegenstände, die man ihr gezeigt habe, nicht beim richtigen Namen habe nennen können‹. Dabei hatte sie sie ja noch nie vorher gesehen!

Herr von Paradis verlangte, ich solle das Mädchen sofort freigeben. Ich erwiderte, sie sei frei, daß ich aber die Behandlung gern zu Ende führen wolle. Da bedrohte er mich mit einem gezogenen Degen. Unterdessen war die Mutter zum Mädchen ins Zimmer gerannt. Nach einem kurzen Augenblick kehrte sie zurück, das Mädchen an den Armen mit sich ziehend. Sie versuchte, sich an mir festzuklammern, aber sie zogen sie von mir fort.

Am nächsten Tag erreichte mich ein Ausweisungsbefehl der Kaiserin. Ich sollte Wien innerhalb von vierundzwanzig Stunden verlassen.«

Das Zimmer lag jetzt im Halbdunkel. Er hatte über eine Stunde lang erzählt. Das Mädchen lag immer noch still und unbeweglich da.

»In dem Augenblick«, sagte er mitten in den Raum hinaus und wußte nicht, ob er zu jemandem sprach, »in dem Augenblick zweifelte ich sehr an meiner Umwelt. Ihre Motive waren viel zu durchsichtig, um von mir akzeptiert werden zu können.«

Da bemerkte er die erste Bewegung bei seiner Zuhörerin, sie wandte ihm das Gesicht zu und fragte ruhig:

»Wie erging es dem Mädchen, das Ihr behandelt habt?«

»Es erging ihr gut«, sagte Meisner und lächelte. »Sie wurde wieder blind. Es gelang ihnen alles ganz vortrefflich.«

»Warum erzählt Ihr mir das alles?«

»Um unserer Aufgabe eine Komplikation hinzuzufügen. Sie ist eine Komplikation wert. Du bist nicht Maria Theresa von Paradis. Dein Vater heißt nicht von Paradis. Und du bist eine andere, und du willst wieder sehen. Das willst du doch?«

»Ja«, erwiderte sie.

Da beugte er sich vor, strich mit der Hand leicht über die Stirn des Mädchens und lächelte wieder.

»Dann wollen wir mit der Behandlung beginnen«, sagte er.

Es ist denkbar, daß Selinger in seinen Aufzeichnungen über diesen Fall Tatsachen, die sich bei der Behandlung seiner Tochter ereigneten, mit anderen verwechselt hat, die erst bei der Gerichtsverhandlung bekannt wurden. Die Behandlung der Maria Theresa von Paradis kam ja dort ebenfalls zur Sprache.

In den Protokollen Selingers, die wir uns als kontinuierlich geführt vorstellen müssen, wird ein wesentlicher Teil dieses Gesprächs angeführt. Der Abschnitt, den er durch den dämpfenden Wall der Tür hindurch mithören konnte, endet nach dem Satz: »Ich sollte laut Befehl Wien innerhalb von vierundzwanzig Stunden verlassen.«

Es ist sehr einfach, auch mit Hilfe anderer Quellen den Wahrheitsgehalt des erwähnten Berichts zu belegen. Die Kommission, die von der Medizinischen Fakultät der Universität Wien eingesetzt worden war, um das Mädchen zu untersuchen, hat eine Stellungnahme hinterlassen, die in der Meisner betreffenden Literatur oft zitiert wird. Die Beiträge zum Unterhalt der Maria Theresa von Paradis sind in den Akten des kaiserlichen Hofs aufgeführt: Die Papiere sind vergilbt und brüchig, aber noch heute deutlich lesbar.

Die Behandlung dauerte vom neunten Januar 1777 bis zum vierundzwanzigsten Mai des gleichen Jahres. Meisner verließ Wien am sechsundzwanzigsten Mai.

Bei der medizinischen Untersuchung des Mädchens, die von der Kommission später vorgenommen wurde, wurde u. a. festgestellt, daß ihr Hymen nicht intakt gewesen sei. Aus dieser Tatsache wurden jedoch keine weiteren Schlüsse gezogen. Ergänzend zu dieser Stellungnahme wurde noch ein weiterer Fall herangezogen, der von Meisner gleichzeitig behandelt worden war. Es handelte sich dabei um einen Mann, der an Syphilis in einem späten Stadium litt. Meisner hatte ihn zwei Monate lang mit magnetischem Bestreichen behandelt, wonach der Patient in ein Irrenhaus überführt werden mußte.

Diese beiden Patienten, der Syphilitiker und das Mädchen von Paradis, wurden im gleichen Krankenhaus gepflegt.

»Es paßt nicht zusammen«, sagte sie. »Ihr habt gesagt, die Welt sei schön, und dann erzählt Ihr mir dies.«

»Das beweist nur die Schwierigkeiten«, erklärte er. »Auch ich erleide mit meinem Netz Schiffbruch. Ich baue es auf,

und dann wird es von anderen zerrissen – manchmal bin ich selber der Urheber meines Unglücks. In diesem Fall wurde das Netz von einem Degen zerrissen.«
»Aber es war nicht Eure Schuld«, flüsterte sie.
»Nein, es war nicht meine Schuld.«
Als Selinger hereinkam, war sie gesammelt und sehr ruhig. Die Augenbinde mußte die ganze Zeit über angelegt bleiben; »um das Wachstum der knospenden Sehkraft nicht zu gefährden«, wie Meisner es ausdrückte. Die Behandlung wurde diesmal auf eine Stunde ausgedehnt. Als Meisner nach Ablauf dieser Zeit zu wiederholten Malen seine Hand über ihr Gesicht hinstreichen ließ, von oben nach unten und umgekehrt, erwachte sie langsam. Später am Abend wurde sie von Selinger gefragt, ob sie sich wohlfühle. Sie bejahte dies.

Auf direktes Befragen hin erzählte Meisner, daß er bei der Behandlung dieser Patientin von seiner Praxis abgewichen sei: Im allgemeinen pflege er mit den Patienten während des magnetischen Schlafs zu sprechen, nicht vorher. Er erklärte jedoch, daß er sich nicht einmal an seine eigenen Gewohnheiten gebunden fühle.
»Wenn es um das Mädchen geht«, sagte er, »folgt die Behandlungsmethode ausschließlich ihrem astrologischen Muster.«
Er wollte jedoch nicht näher erläutern, was er damit meinte.

Er war in die Schweiz und nach Bayern gereist. Zu dem Zeitpunkt hatte er immer noch nicht aufgegeben. Sie haben mich einmal erledigt, hatte er sich gesagt, aber Wien ist nicht die Welt. In Paris, dachte er, gibt es eine andere Welt. Im Januar 1778 reiste er zum erstenmal dorthin.
In Paris lebt heute noch Voltaire, erklärte er ihr; es war am vierten Behandlungstag. Diderot lebt, ebenfalls d'Alembert. Er war nach Paris gekommen und hatte feststellen können, daß die Religion nicht mehr in Mode war. Das hatte ihn mit Hoffnung und Furcht erfüllt. Aber er war nicht als erster

nach Paris gekommen: Ein Leinenhändler aus Berlin namens Wiessled empfing gleichfalls Patienten, die er kurierte, ohne sie zu berühren.

Paris war voller Mißtrauen, erklärte er ihr, aber ich habe auf jeden Fall ein Memorandum für die Akademie abgefaßt. Ich hatte keine Hoffnung, schrieb es aber trotzdem. Es war natürlich sinnlos: Sie werden meine Thesen nicht gelesen haben, und den Menschen, denen ich helfen sollte – half ich auf andere Weise. Sie kamen heimlich zu mir und weigerten sich, Außenstehende als Zeugen an den Behandlungen teilnehmen zu lassen. Sie mißtrauten nicht mir, sondern vielmehr meinem Ruf. In der wissenschaftlichen Welt von Paris wurde ich verhöhnt, aber ich hatte viele Patienten. Es floß ein breiter Strom von Kranken auf mich zu, und ich habe sie alle empfangen; ich weiß, daß ich Erfolg hatte.

Mit den Pariser Ärzten wurde ein einziges Treffen arrangiert. Sie fanden sich zu einem Souper ein: Dagegen weigerten sie sich, meine Fälle anzusehen. Ich wußte, daß es leichter war, sie zu einem Souper zu bitten als in ein Krankenhaus.

Ein Zug von Ungeduld fuhr über das Gesicht der Patientin: Er hatte lange erzählt. »Ihr erzählt nur von Mißerfolgen«, sagte sie, »gibt es denn nichts anderes zu berichten?« Und da beugte er sich wie gewöhnlich zu ihr vor, voller Unruhe, und erklärte, daß es keine Mißerfolge gewesen seien. »Es waren Widrigkeiten, keine Mißerfolge! Ich hatte ja meine Patienten! Im Gegensatz zu ihnen! Mein Ruf schwand dahin, aber ich hatte ja meine Patienten!«

»Und dann«, fragte sie, »dann?«

Er saß lange Zeit still da.

»Ich habe Paris verlassen«, sagte er schließlich. »Es blieb nichts anderes zu tun. Paris war infiziert.«

»Wie lange seid Ihr dort gewesen?«

»Lange genug, um zu spüren, wie sehr alles roch.«

»Und warum seid Ihr nicht abgereist, bevor es zu riechen anfing?«

»Ich verdiente vierzigtausend Livres im Jahr. Für die Summe hält man eine Menge Gestank aus.«
»Und dann?«

Er muß ihr beinahe alles erzählt haben. Der Bericht war natürlich nicht wahrheitsgetreu, so wie wir heute die Dinge sehen. Keine Erzählung ist wahr, nur mehr oder minder wirkungsvoll.

Im Protokoll Selingers findet sich keine Andeutung darüber, ob dem Mädchen die Episode in der Höhle erzählt wurde. Ihr wurde natürlich nur das andere Bild Meisners vermittelt: Das des Verfolgten, des ständig Erfolgreichen, der ebenso beharrlich und beständig von vermessenen und egoistischen Neidern behindert wurde.

Man kann eine beherrschende Linie in seinem Erzählen verfolgen. Sie beruht auf einer Art Sentimentalisieren der Sachlichkeit: einem Versuch, das Mädchen mit Hilfe der Wahrheit in kleinen Schockdosen aus dem Gleichgewicht zu bringen, die allerdings immer durch die Brille des Meisters gesehen wird oder die seiner Jünger. Die Wunderwerke leuchten in seinen Erzählungen auf eine phantastische Weise; sie müssen es tun, weil wir sie aus einem anderen Blickwinkel nicht betrachten können. Möglicherweise gibt es auch bei ihnen Schattenseiten.

Aus der Pariser Zeit sind manche Briefe erhalten. In einem, der an Jean Sylvan Bailly adressiert ist, schreibt er: »Meine Behandlungen scheinen mir jetzt widerliche Grimassen zu sein, auf die niemand ernsthaft vertrauen kann.«

Jetzt, nachträglich, kann man die Schwankungen seiner Karriere leicht verfolgen. Sie reichen von Übermut bis zu Ekel über sich selbst. Für das Stadium des Ekels sind immer erhöhte Einnahmen charakteristisch.

Worauf der Ekel sich letztlich gründet, können wir nicht beurteilen. Vielleicht auf der zunehmenden Gleichgültigkeit

Meisners seiner Aufgabe gegenüber, vielleicht auf dem lawinenartig anschwellenden Erfolg. Dann schlägt das Pendel zur anderen Seite hin aus: Katastrophe, Anfangspunkt, Erfolg, Katastrophe. Durch die Jahre hindurch, wiederholt, durch die Zeiten. Vision, Korruption.

Wir legen an Meisner unsere Maßstäbe an, und wir verdecken ihn damit; er ist ein Spiegel, und wir sind ein Spiegel seines Mißerfolgs.

Wie eine Idee die Materie, in der sie wirksam wird, verwandelt, das ist eine sehr lange Geschichte. Wir machen in Paris halt, gegen Ende seines Aufenthalts in dieser Stadt. Alles ist auf dem Wege, bergab zu gehen. Die Katastrophe ist sehr nahe. Meisner hat schon aufgegeben, ein weiteres Mal.

In diesen Zeitraum fiel es, daß ein gewisser Dr. Burdin demjenigen eine Summe von dreitausend Francs bot, der einen unbekannten Text mit verbundenen Augen lesen könne. Meisner hatte während einer langen Zeit durch verschiedene Experimente mit Somnambulen Aufsehen erregt. Ein männlicher Somnambule namens Paul (Nachnamen sowie Stand unbekannt) war bei einer Séance mit Meisners Hilfe in einen tranceähnlichen Zustand versetzt worden, in dem er, trotz seiner verbundenen Augen, drei Zeilen aus einem Buch lesen konnte, das an einer beliebigen Stelle aufgeschlagen worden war. Ebenso hatte er die Werte sieben verschiedener Spielkarten angeben können.

Meisner stellte sich sodann mit einem kleinen, zehnjährigen Mädchen zu einer Probe ein, der Tochter eines gewissen Jean Pigeaire, eines Magnetiseurs aus Montpellier, der von Meisner stark beeinflußt worden war und von dem man sagen könnte, er sei ein Schüler Meisners. Der Versuch fiel nicht günstig aus. Zwischen Meisner und den anwesenden Mitgliedern der Akademie entbrannte eine äußerst heftige Diskussion. Die Diskussion galt der Frage, welcher Verband oder welche Bandage vor den Augen des Mädchens angelegt werden sollte. Sie klagten ihn an, die von ihm mitgebrachten Bandagen hätten dünne Sehschlitze gehabt. Er seinerseits widersetzte sich heftig der Forderung, das Gesicht des Mädchens mit einer Maske zu bedecken, die hauptsächlich aus einem Maschendrahtgestell bestehen sollte. Gegen Ende der Diskussion zerriß man die von Meisner mitgebrachte Maske. Meisner nahm daraufhin das Kind an der Hand und verließ unter Protest den Saal.

Im gleichen Jahr gab Maria Theresa von Paradis in Paris ein Konzert; sie soll zu der Zeit vollkommen blind gewesen sein. Zwischen Meisner und der von Paradis wurde kein Kontakt aufgenommen, soweit man weiß.

Er machte keinen Versuch, sich vor Maria zu entschuldigen. »Guter Wille ist nichts Beständiges«, versuchte er ihr zu erklären. »Er wird verbraucht und vergeht. Manche Männer, wie zum Beispiel der große Paracelsus, scheinen ihre Vision lagern zu können, sie nur für wichtige Aufgaben einzusetzen. Meine Vision verbrauchte sich, wurde beinahe vernichtet. Sie verschwand oder verbarg sich, während ich tief in einem Talgrund lebte, in der sich keine Vision am Leben halten kann.

Du mußt das verstehen«, sagte er beharrlich, »du darfst mich nicht als eine Person beurteilen. Ich bin mehr als ein Mensch. Aber mein unterstes Ich rät mir, mich zu erheben, und also erhebe ich mich, und nichts von allem Alten bleibt übrig.

Verstehst du mich? Das ist mein Kennzeichen: Ich bin einer, der die Kraft hat, immer wieder von vorn zu beginnen. Verstehst du mich? Glaubst du mir?«

»Vielleicht«, sagt sie. »Nicht ganz und gar, aber vielleicht.«

»Es wird schon werden«, sagt er und streichelt ihre Hand. »Ich mach's dir nicht leicht. Ich versuche dich nur zu lehren, daß man glauben muß, um nicht zu fallen. Du kannst mir glauben. Ich bin kein Scharlatan.«

»Das glaube ich«, sagt sie.

»Dann mußt du auch dahin gelangen, mich als einen Retter zu betrachten«, sagt er ruhig. »Nimm das in dich auf. Behalt es.«

»Ich weiß nicht, ob ich es kann«, sagt sie.

»Du kannst es«, sagt er. »Du kannst es. Und du willst es.«

»Ich glaube, daß es mir gelingen wird«, sagt er nachher zu Selinger. »Ich glaube daran.«

Aber in Selingers Protokoll findet sich bereits zu diesem Zeitpunkt ein Zug des Mißtrauens. Er drückt seine Zweifel aus. Er erklärt, die Behandlung ziehe sich nun schon mehr als erwartet in die Länge, und außerdem habe er noch kein greifbares Ergebnis gesehen.

Ich traue mich nicht einmal in die Stadt, sagt er. Man dreht sich nach mir um. Offenbar wissen die Leute alles. Die Behandlung dauert jedesmal eine Stunde. Die Schmerzen, die bei anderen Patienten eine normale Nebenerscheinung zu sein pflegen, sind bei den Magnetisierungen bisher noch nicht aufgetreten. Sie schläft bei jeder Behandlung ruhig ein und erwacht ebenso ruhig. Die Binde bleibt jetzt die ganze Zeit über angelegt: Ein weißer Strich in der Dämmerung.

Vielleicht erzählte er ihr von der Welt.

»Du glaubst, sie sei gleichgeblieben«, sagt er: »Da irrst du dich aber. Alles hat sich verändert. Du hast dich in deiner Dunkelheit vergessen, dich in deiner Musik verborgen, aber da draußen hat sich alles verändert. Du mußt dich bald einmal hinauswagen. Nichts ist schwerer zu erlangen als Mut. Aber du mußt bald sehr mutig sein. Du spielst schön auf deinem Klavier, aber die Welt ist schöner. Du mußt den Mut haben zu sehen, wie schön sie ist.«

»Es ist nicht die Angst«, sagt sie daraufhin. »Ich bin zufrieden gewesen. Ich habe es bei Vater immer gutgehabt.«

»Du weißt, daß du lügst. Du hast nur geglaubt, es gut zu

haben. Du hast dich hinter dir selbst versteckt. Du hast deine Menuette gespielt und regelmäßig gebeichtet, und du hast geglaubt, mit dem zufrieden zu sein, was du begreifen konntest. Du darfst nicht zufrieden sein. Du mußt dir eine phantastische Vision errichten, eine unmögliche Großtat, mußt dich begeistern.«

»Ich weiß nicht, was Ihr mir geben wollt«, flüstert sie.

»Einen Augenblick, eine Sekunde: Den Augenblick, in dem du aus dir selbst heraustrittst. Das will ich dir geben. Den phantastischen Anblick einer Befreiung. Du kannst sie bald mit Händen greifen.«

»Ich vertraue Euch«, sagt sie.

»Das ist gut«, sagt er hart, »aber nicht einmal das genügt. Zutrauen genügt für eine gute Strecke des Weges. Dann mußt du von dir selbst etwas abgeben. Ich werde verschwinden, aber du wirst noch da sein. Ich befreie dich und vermittle dir die Ekstase, dann mußt du auf eigenen Beinen stehen. Du wirst den Schmutz auf den Straßen sehen und die schreienden Kinder und das ganze Elend: Und dennoch wirst du es nicht sehen. Das werde ich dir beigebracht haben.«

»Ich bin wohl nicht stark genug dazu«, sagt sie; »Ihr habt Euch in meiner Kraft geirrt.«

»Ich habe mich nicht geirrt. Du bist jetzt bereit, sehr bald. Das weißt du selbst.«

»Und die Behandlung? Wird sie mir wirklich die Sehkraft zurückgeben?«

Sie war jetzt sehr aufgewühlt. Die Finger waren nicht still, sie schlangen sich umeinander und müssen sehr feucht gewesen sein.

»Ich werde dich behandeln, und du wirst wie gewöhnlich einschlafen. In diesem Schlaf liegt die Heilung. Ich führe meine Bestreichungen aus, und dein Fluidum wird ins Gleichgewicht gebracht werden. Die Krankheit deiner Augen beruht auf dem Zustand dieses Fluidums. Deine Augen werden also geheilt werden. Wenn ich dich aufwecke, wirst du sehen können. Du wirst dieses Sehenkönnen als einen Triumph erleben, einen Triumph der Unvernunft. Dein Entzücken wird groß sein. Du wirst es sehen, du wirst es erleben.«

Sie wartete lange, bis die nächste Frage kam. Da war ihre Nervosität schon zur Ruhe gekommen, und sie lag still da. Sie machte einen entspannten Eindruck.

»Ihr habt einmal von einem Spinngewebe gesprochen«, sagte sie dann, »einem Spinngewebe, das die Dinge verbirgt? Mir ist der Zusammenhang nicht ganz klar geworden.«

»Ich bin das Spinngewebe«, sagt er darauf, er ist sehr müde, und es ist spät. »Ich bin das Loch im Gewebe, das den Blitz auf die dahinterliegenden Dinge freigibt, ich bin die blitzenden Wassertropfen. Ich bin alles. Aber du mußt auch von mir Gebrauch machen.«

»Ja«, sagt sie. »Ihr könnt mich zu allem verwenden. Ich bin jetzt bereit.«

Sie ließen die Zeugen ins Zimmer eintreten: Zwei Ärzte aus der Stadt und einen Händler aus Rostock, der auf der Durchreise war. Selinger stand auch da, ebenso wie Meisner. Das Mädchen lag auf dem Bett, sehr ruhig, beinahe ermattet.

»Ich werde sie jetzt zum letzten Male magnetisieren«, sagte Meisner.

Er ging zu ihr ans Bett und beugte sich über sie. Die Zeugen, mit Selinger zusammen vier an der Zahl, standen gut drei Meter hinter Meisner; der Händler aus Rostock jedoch noch etwas näher. Sie sahen, wie seine Lippen sich bewegten, sie konnten einzelne Worte verstehen, aber nicht alles.

Das Mädchen sollte hinterher jedoch alles erzählen.

»Dies ist die letzte Behandlung«, sagte Meisner zu ihr. »Deine Augen sind jetzt geheilt worden, und diese Behandlung bezweckt nur, den letzten Schleier zu beseitigen, der deiner Sehkraft noch im Wege steht. Du wirst sehen können, wenn ich nachher die Binde fortnehme. Das erste, was du sehen wirst, ist mein Gesicht. Du sollst ein Zeichen machen und auf mich zeigen, sowie du es erkannt hast. Dann wirst du auch die anderen sehen. Du wirst großen Mut zeigen: Du siehst alles. Wenn ich dich aus dem Schlaf aufwecke, wirst du alles erleben, was dir bisher verborgen geblieben ist. Dann wirst du von deiner Blindheit befreit sein. Verstehst du?«

»Ja«, erwiderte sie.

Zu den Zeugen sagte er:

»Wenn sie mich sieht, wird sie auf mich zeigen. Das wird das Zeichen dafür sein, daß die Behandlung erfolgreich gewesen ist.«

Darauf hielt Meisner seine rechte Hand über ihren Bauch. Mit seiner Linken strich er wiederholt über ihr Gesicht hin, von oben nach unten und umgekehrt. Er strich mit sehr langsamen Handbewegungen.

Nach und nach entspannten sich ihre Gesichtszüge. Die Atemzüge wurden ruhiger.

»Jetzt schläft sie«, sagte Meisner.

Sie setzten sich auf Stühle, die neben ihrem Bett standen. Es war ungefähr sechs Uhr nachmittags, aber immer noch recht hell draußen. Eine Lampe hatte man dennoch im Zimmer angezündet. Niemand sagte auch nur ein einziges Wort. Es sollte eine Stunde dauern.

Das Mädchen schlief ruhig und schwer. Sie bewegte sich nicht ein einziges Mal: Es sah aus, als sei sie in tiefe Bewußtlosigkeit gesunken. Er weckte sie nachher wie gewöhnlich. Ohne sich auch nur im mindesten auf ihren Körper zu stützen, strich er mit der Hand über ihr Gesicht, in einem Abstand von etwa fünf bis sechs Zentimetern. Da begann das Mädchen, sich unruhig hin- und herzuwerfen und machte Anstalten aufzuwachen. Meisner legte seine rechte Hand unter ihren Kopf, löste den Knoten der Binde und nahm sie von ihrem Gesicht. Die Binde hatte ihre Wangen fest umschlossen, und an den Schläfen konnte man rote Striche erkennen.

Sie lag mit geschlossenen Augen auf ihrem Lager.

Meisner setzte seine Handbewegungen noch ein paar weitere Male fort, trat aber dann von ihrem Bett zurück. Nach nur einer Minute begann ein langsames Zucken ihrer Augenlider. Sie schlug die Augen auf und sah geradeaus. Meisner stand vor ihr, in einem Winkel von fünfundvierzig Grad zur

Längsachse des Bettes. Selinger sah ihn unfreiwillig an. Sein Gesicht trug einen gedankenschweren und gespannten Ausdruck.

Das Mädchen richtete sich langsam auf. Sie konnten sie jetzt sehen, alle, die dort an ihrem Bett standen: Die Ärzte, der Lederhändler, ihr Vater, Meisner selbst. Sie sah geradeaus, und sie sah Meisner, sie wandte sich ihm beinahe unmerklich zu und hob den Arm, sie gab das Zeichen und zeigte auf ihn, und niemand von ihnen vermochte etwas zu sagen.

IV

Claus Selinger: Tagebuch, 1.-22. November 1793

1. November

Noch ist alles recht verwirrend. Steiner besuchte uns gestern; er kam nur auf einen Sprung und erklärte, das Mädchen nicht sehen zu wollen. Er fragte, ob es wahr sei, was sich die Leute erzählten, daß sie nämlich jetzt wieder sehen könne.

Ich erwiderte: Ja.

Er betrachtete mich still und ging dann ohne ein Wort. Ich sorge mich um ihn. Er machte eigentümlicherweise einen sehr niedergeschlagenen Eindruck. Ich vermute, daß das Wunder sein Gleichgewicht gestört hat.

Marias Augen sind noch sehr lichtempfindlich. Sie darf sich vorerst nur in halbdunklen Räumen aufhalten. Ich leiste ihr ständig Gesellschaft.

Draußen in der Stadt sollen die unglaublichsten Gerüchte umlaufen. Ein Lichtkegel soll plötzlich durch die geschlossenen Fenster gedrungen sein und ihr Gesicht getroffen haben. Da soll sie gellend geschrien haben und ohnmächtig in Meisners Arme gefallen sein. Als sie dann wieder die Augen öffnete, soll sie nicht nur die im Raum anwesenden Personen gesehen, sondern auch die Fähigkeit gehabt haben, die ganze Stadt zu erkennen, durch die Wände hindurch.

Einem anderen Gerücht zufolge soll aus ihren Augen Blut geflossen sein und sich in einem Kreis um ihr Herz gesammelt haben. Als Meisner dann ihre Hand berührte, soll sich dieser Blutkreis verflüchtigt haben.

Es kann sehr schwierig werden, alle Gerüchte zu dementieren. Die Ärzte, die Zeugen der ganzen Angelegenheit gewesen sind, werden vermutlich Stillschweigen bewahren und hoffen, das Gerede möge bald verstummen. Der Lederhändler ist abgereist. Nur ich bin noch da, ich und meine Protokolle.

Wie Meisner sich zu diesen Gerüchten stellt, ist mir unbekannt. Er ist jetzt durch seine Behandlungen voll und ganz ausgelastet.

Wie dem auch sei, das ganze Haus ist auf den Kopf gestellt. Die Dienstmädchen kamen heute zu mir hinauf, schluchzend, und baten mich darum, einen Zipfel von Marias Kleid berühren zu dürfen. Sie glauben, sie sei eine Heilige.

Ich habe sie mit Schärfe abgewiesen.

Dennoch bin ich sehr glücklich. Ich sitze bei meiner Tochter, wir halten das Glück zwischen uns, ganz vorsichtig, damit es nicht zerbricht.

4. November

Meisner schaute gestern zu einem kurzen Besuch herein. Er erzählte mir, er habe bereits einmal ein Mädchen geheilt, das an Erblindung litt: Dies Mädchen sei noch sehr lange Zeit äußerst empfindlich für Licht gewesen. Sie sei von Kindesbeinen an blind gewesen und habe nicht mehr gewußt, wie Menschen aussehen. Als sie dann ihre Sehkraft zurück erhielt, habe sie sich vor den Gesichtern geekelt, die ihr unter die Augen kamen. Besonders entsetzt war sie über die menschlichen Nasen. »Mir ist, als ob sie sich mir drohend näherten«, habe sie gesagt, »um meine Augen auszustechen.«

Wir beide fanden dies bemerkenswert.

Dies Mädchen soll auch gesagt haben, der Anblick von Hunden sei ihr angenehmer. Sie habe weiter erklärt, daß ihr die hohen, turmartigen Frisuren ›à la Matignon‹, wie sie damals üblich waren, mißfielen. Solange sie blind gewesen war, hatte sie sich gern ihr Haar derart auftürmen lassen, aber als sie sehen konnte, sei sie mit den Proportionen zwischen Gesicht und Haar äußerst unzufrieden gewesen.

Meisner glaubte jedoch nicht, daß bei diesem späteren Fall ähnliche Schwierigkeiten auftreten würden.

6. November

Maria hat gestern zum ersten Male den Himmel gesehen. Wir führten sie in den Garten, auf ihren eigenen, eindringlichen Wunsch hin. Da es Herbst ist, stehen schon viele Laubbäume kahl, aber die hohe Ulme neben dem Springbrunnen hat ihre Blätter noch nicht verloren. Sie betrachtete die Szenerie mit leicht zusammengekniffenen Augen. Als ich näher hinschaute, entdeckte ich, daß sie weinte.

»Du weinst ja, Maria«, sagte ich.

»Der Wind weht etwas zu heftig, es tut meinen Augen weh«, erklärte sie darauf.

Es war aber um diese Stunde so gut wie windstill. Dann zeigte sie jedoch auf das große Steinbassin des Springbrunnens und nannte es eine Suppenschüssel. Ich klärte sie in freundlichem Ton über den wahren Sachverhalt auf. Wir standen etwa eine halbe Stunde draußen im Garten. Dann kam mit einem Male ein Wind auf. Da wollte sie noch länger im Garten bleiben, um zu fühlen wie es ist, wenn der Wind um die Fesseln weht, da sie ihre Fesseln zwar schon oft befühlt, aber noch nie gesehen hatte. Ich führte sie jedoch vorsichtig ins Haus zurück.

Ich muß ihr das Sehen mit großer Behutsamkeit beibringen. Sie kann jetzt zwar sehen, weiß aber überhaupt nichts von dem, was sie sieht.

7. November

Sie hat viele Wochen lang nicht mehr Klavier gespielt, aber heute hat sie es zum ersten Male wieder versucht. Leider mißlang es ihr teilweise. Sie behauptete, zu stark auf ihre Hände geblickt zu haben, das habe sie verwirrt und unsicher gemacht und darum sei auch ihr Spiel mißtönend gewesen.

Das Ganze endete damit, daß sie weinend zu mir ins Zimmer kam.

Ich tröstete sie. Ich erklärte ihr, daß sie sich an das Sehen gewöhnen müsse, wie sie sich einmal an die Blindheit habe gewöhnen müssen.

Sie hatte sich früher an die Dunkelheit gewöhnen müssen. Es mußte also auch möglich sein, die Helligkeit zu meistern.

Sie scheint jetzt sehr labil zu sein.

Sie fragt oft nach Meisner, aber dieser zeigt sich jetzt sehr selten. Gestern kam er zum ersten Male seit mehreren Tagen zu uns. Wir führten ein langes Gespräch miteinander. Ich habe nicht die Kraft, es jetzt schon niederzuschreiben. Ich bin allzu verwirrt und erschöpft.

Maria geht es gut. In ihrer Umgebung haben sich alle beruhigt, sie wird sich sicher auch bald beruhigen. Ihr physischer Zustand ist gut. Ihr seelischer weniger gut. Was mich selbst betrifft, so bin auch ich aus dem Gleichgewicht geraten. Das Gespräch mit Meisner hat mich sehr aufgewühlt.

8. November

Ich muß zuerst eine Erklärung abgeben, die vielleicht prahlerisch scheint: Ich habe immer von mir gesagt, ich besäße ein ungewöhnliches Maß von Ehrlichkeit. Ich habe fast immer nach einer bestimmten Art von Ehrenkodex gehandelt. Dies hat manchmal zu Unannehmlichkeiten geführt, ja mitunter – und dies ist eine Feststellung, die einmal von Steiner getroffen worden ist – hat meine Ehrlichkeit zu Unredlichkeit geführt.

Ich kann nicht von mir behaupten, daß ich einen scharfen Intellekt besitze. Für einen Mann, der studiert hat, bin ich sicherlich ungewöhnlich dumm. Das hält mir auch Steiner vor; ich erhebe dann dagegen Einwände, die vielleicht belegen können, daß er unrecht hat. Er ist aufrichtig, und eigentlich auch freundlich, und es trifft vielleicht zu, daß er auch in diesem Fall meint, was er sagt. Meinen mangelnden Scharfsinn versuche ich durch Ehrlichkeit und integres Verhalten wettzumachen.

Vor Meisner spüre ich auf mannigfache Weise meine Unzulänglichkeit. Von seiner Ehrenhaftigkeit bin ich nicht überzeugt, aber ich fühle, daß er etwas besitzt, was mir fehlt: Dabei meine ich nicht nur die äußerliche Eleganz. Maria fragte mich vor ein paar Tagen, ob ich Meisner gern hätte. Ich bejahte diese Frage. Das war vermutlich eine aufrichtige Antwort.

Meine Haltung ihm gegenüber kann man vielleicht als ›Bewunderung‹ bezeichnen.

Gestern leitete er unser langes Gespräch mit der Frage ein, ob ich glaube, daß die Heilung des Mädchens ein Betrug sei. Ich erwiderte: Nein. Dann fragte er mich, ob ich denn glaube, daß er selbst ein Betrüger sei. Darauf antwortete ich ebenfalls mit nein; die Fragen wurden aber so formuliert, daß sie eine andere Antwort ausschlossen. Er fragte mich weiter, wie denn meine Einstellung zu seinen Heilmethoden sei.

Ich berichtete ihm von meinen früheren Erfahrungen mit dieser Methode, von der ich ja schon früher gehört hätte. Auch hatte ich verschiedentlich Gelegenheit gehabt, bei der Ausübung dieser Methoden Zeuge zu sein. Ich erzählte von meinen Berliner Erlebnissen und zog das Manuskript zu der kleinen Schrift hervor, die ich zu veröffentlichen gedachte. Dort steht zum Beispiel folgendes:

»Über den animalischen Magnetismus sind die Meinungen bei uns noch recht geteilt. Während meiner Zeit bei Dr. Wolfart habe ich keinen einzigen Fall gesehen, der nicht mit ebenso großem Recht von einem gewöhnlichen Medicus hätte geheilt werden können. Ein Herr Gemlin, mit dem ich dort oft in den Krankensälen sprach, äußerte die Absicht, daß der Magnetismus ein gefährliches Medikament sei, das man der Kontrolle durch die Gesundheitspolizei unterwerfen sollte. Er erzählte mir dann von einem Fall, bei dem ein Magnetiseur aus der Schule Wolfarts von sich behauptete, mit Bestreichungen Knochenerweiterungen an der Stirn eines neunzehnjährigen Mädchens vornehmen zu können. Als dieser Fall näher begutachtet wurde, stellte sich heraus, daß die Knochenerweiterung von der Patientin selbst hervorgerufen wurde, die sich mit den Händen die Stirn rieb und dann die Augenbrauen kräftig zusammenzog, so daß eine Schwellung entstand. Sie erklärte auch bei der Gelegenheit, dadurch den Kopfschmerz losgeworden zu sein, der sie nun schon acht Jahre lang plagte. Mich selbst kann deshalb noch nichts in diesem Glauben wankend machen, ich sähe vielmehr gern, daß dies Heilmittel, wenn es sich wirklich um ein solches handelt, der Menschheit zu Nutz und Frommen diente.«

Meisner fragte mich dann, ob ich der Ansicht sei, daß die wiedergewonnene Sehkraft meiner Tochter mit der von mir erwähnten Knochenerweiterung gleichzustellen sei. Ich sagte, nein. Weiter fragte er mich, ob ich damit sagen wollte, daß die von ihm bewirkte Heilung wirklich ein Beweis für die Zuverlässigkeit der Methode sei. Ich blieb stumm. Er fragte mich noch einmal. Ich antwortete ausweichend. Er fragte mich dann, ob ich der Meinung sei, daß meine Tochter vorher tatsächlich blind war.

Darauf antwortete ich natürlich mit einem Ja. Er fragte mich, ob ich sie jetzt als sehend betrachte. Ja, erwiderte ich. Danach entstand eine kleine Pause, vor der er mich ermahnt hatte, die Konsequenzen meiner Antwort auch ja gut zu bedenken.

Ich hätte ihm ausweichen können, indem ich auf andere Autoritäten hinwies. Aber ich zog es vor, es mir schwer zu machen: Ich gab zu, daß die Methode ausgezeichnet gewirkt hatte. Ich gab zu, daß ich mich geirrt hatte. Ich nahm die Konsequenzen meines Tuns auf mich und kapitulierte.

Die Ereignisse ergreifen jetzt von mir Besitz. Mir ist, als sei mein früheres, ruhiges Dasein zerschlagen worden: Da ich früher Mißvergnügen empfunden habe, kann ich nun nichts anderes tun, als diese Entwicklung dankbar zu begrüßen, – im Namen der Konsequenz. Ich versuche auch, an dem festzuhalten, was früher mein Stolz war: der Ehrlichkeit. Ich bekenne, daß er recht hatte. Ich verrate meine Kollegen, die Ärzte, in dem Maße, wie sie sich durch eine erfolgreiche Behandlung verraten fühlen können.

Und dieser Mann, Meisner, der vor mir saß, näherte sich mir dann mit seinem mongolischen, scharfgeschnittenen Gesicht und fragte mich in ruhigem und festem Ton, warum ich denn nicht die Konsequenzen aus meinem Glauben zöge und ihm bei seiner Tätigkeit assistierte. Er bat mich, sein Gehilfe zu werden.

Ich bat ihn um eine Bedenkzeit von fünf Minuten. Danach antwortete ich ihm.

Ich habe Steiner meinen Beschluß mitgeteilt. Er fragte mich sofort, ob ich mir über die Folgen meines Schrittes im klaren sei: Daß ich die Autorität der Ärzteschaft in Gefahr brächte, wenn ich in den Dienst eines Magnetiseurs träte. Ich erwiderte ihm, daß ich mir aller Risiken meines Tuns voll bewußt sei, aber daß ich nicht in Diensten Meisners, sondern einer Heilkunst stünde. Darauf wandte er sich heftig ab und ging.

Ich bin traurig und niedergeschlagen. Ich bin mir bewußt, daß Meisner meine Ehrenhaftigkeit gegen mich selbst ausgespielt hat, daß er vielleicht sogar um meine drängende Sehnsucht nach einer Entscheidung gewußt hat. Er fragte mich auch, wo ich nach meiner Meinung den Menschen mehr nutzen könnte: Als sein Mitarbeiter oder als Hausarzt der an Migräne leidenden Damen der Stadt. Er stellte die Frage so: provozierend.

Bis auf weiteres habe ich also akzeptiert.

Die Aufgabe, vor die mich Meisner gestellt hat, lockt mich ungemein; ich würde lügen, wenn ich etwas anderes behaupten sollte. Er ist ein Mann von außerordentlichen Gaben, und es soll offenbar meine Aufgabe sein, all sein Tun vom medizinischen Standpunkt aus zu überwachen. Er stellt mich als Experten an. Ich bin davon überzeugt, daß er Großes zu vollbringen vermag.

Gerade in diesem Augenblick finde ich, daß meine Apathie nie vorhanden gewesen ist. Meisner hat sie fortgeblasen. Er ist immer noch bei uns, und es ist meine Pflicht, ihm zu helfen.

Es wäre feige, nicht die Konsequenzen aus dieser Überzeugung zu ziehen.

10. November

Meine Frau kam gestern zu mir und teilte mir entzückt mit, die ganze Stadt koche förmlich vor Aufregung. Die unglaublichsten Gerüchte sind offenbar im Umlauf. Sie erzählte auch, daß Meisner beim Notar Hermanns einen Salon für seine Behandlungen gemietet habe. Dort seien auch »Maschinen« installiert worden; meine Frau gebrauchte tatsächlich diesen Terminus. Sie erklärte, stolz auf mich zu sein: Alle sprächen davon, daß ich Meisner bei seinen Behandlungen assistieren sollte. Auf unerfindliche Weise ist es also bekanntgeworden. Vielleicht hat Meisners Diener als Zwischenträger fungiert.

Ich bin nicht der Ansicht, daß es falsch ist, eine Volksmeinung zu beeinflussen, wenn dieser Einfluß so ausgeübt werden kann, daß man ihn in den Dienst der Menschlichkeit stellt. Meisner weiß offensichtlich sehr genau, was er tut.

12. November

Ich habe jetzt selbst die von Meisner getroffenen Vorbereitungen genau verfolgt und überwacht.

Ihm stehen vier Räume zur Verfügung; dies scheint mir etwas reichlich zu sein, aber Meisner war sehr guter Laune und erklärte, alle Räume würden gebraucht. Er macht jetzt einen unbesiegbaren Eindruck.

Das größte Zimmer soll als allgemeines Behandlungszimmer dienen. In der Mitte des Raums steht eine Wanne; um dies Gefäß herum sind Stühle gestellt worden. Im Nebenzimmer sollen nach seinem Willen Musiker untergebracht werden, die während der Behandlungen musizieren sollen. Ich drückte meine Zweifel an der Seriosität einer solchen Maßnahme aus, aber da wandte er sich mir sehr heftig zu und erwiderte, man dürfe kein Mittel scheuen, das geeignet sei, die Krankheit aus den Leibern der Betroffenen zu vertreiben.

Die beiden angrenzenden Räume, die er »salles de crises« nannte, waren schwierigen Patienten vorbehalten. Er erzählte mir, daß viele Patienten unmittelbar vor der Krise so heftige Konvulsionen bekämen, daß sie sich selbst und anderen schaden könnten, brächte man sie nicht in besonderen Räumen unter.

»Bei Wolfart habe ich schon einmal etwas Ähnliches gehört«, sagte ich.

Bei diesen Worten fuhr er herum und sagte mit überraschend harter Stimme:

»Wolfart ist nicht würdig, mein Schüler zu sein. Ihm mißlang einmal ein Fall, der mir sehr am Herzen lag. Er ist ein erfolgreicher Mißerfolg. Ich wünsche nicht, daß sein Name hier erwähnt wird.«

Ich zuckte zusammen und verblieb danach stumm.

Meisner hat sich in den letzten Tagen sehr verändert. Von dem Mann, der in der ersten Zeit still und verschlossen in unserer Stadt umherging, ist nicht viel übriggeblieben. Seine Autorität und Würde sind auf verblüffende Art gestiegen.

Ich bin jetzt davon überzeugt, daß er an unseren Kranken Großes vollbringen kann.

14. November

Meine Tochter kann sich jetzt mehrere Stunden bei hellem Sonnenschein im Freien aufhalten. Ihre Labilität hat beträchtlich nachgelassen, aber ich kann sie immer noch manchmal weinen hören.

Sie fragt immer noch nach Meisner. Ich versuche, sie damit zu trösten, daß er ein vielbeschäftigter Mann ist und sie sicher bald einmal besuchen wird.

Sie scheint mit dieser Auskunft zufrieden zu sein.

15. November

Gestern wies er mich zum ersten Male in meine Aufgabe ein; ich war mir vorher nicht ganz im klaren, worin sie nun eigentlich bestehen sollte. Er erklärte, ich solle als wissenschaftlicher Kontrolleur bei schweren und schwer zu beurteilenden Fällen Dienst tun, darüber hinaus würde ich mit weitreichenden Vollmachten ausgestattet. Bis zum Eintreten solcher Fälle sollte meine Aufgabe einfach darin bestehen, daß ich ihn abends den Patienten vorstellte, um danach bei den Behandlungen anwesend zu sein, ohne aber dabei in irgendeiner Form einzugreifen. Meine Rolle sollte also die des Aufpassers sein.

Ich bin sehr zufrieden damit. Es freut mich, die Rolle des Kontrolleurs übernehmen zu können. Steiner behauptete, ich hätte die Vernunft verraten, aber wie könnte gerade ein Kontrolleur die Vernunft verraten?

Nur zweimal in der Woche, dienstags und freitags, sollen Behandlungen durchgeführt werden. Die Anmeldungen zu jeder Sprechstunde sind in so hoher Zahl erfolgt, daß wir beide begeistert sind. Menschen aller Gesellschaftsschichten suchen Meisners Dienste in Anspruch zu nehmen.

Meine Frau fragte mich gestern nach der Höhe des von Meisner für jede Behandlung geforderten Honorars. Ich erklärte ihr, daß mich das nichts anginge. Ich selbst sollte für meine Hilfsdienste eine kleinere Summe erhalten. Sie sei für mich ausreichend, erklärte ich ihr.

Ich trage mich mit dem Gedanken, ein Journal über die in unserer Stadt durchgeführten Experimente herauszugeben. Das Journal soll allen Forderungen nach wissenschaftlicher Strenge gerecht werden. Der erste medizinische Bericht soll sich mit der Heilung meiner Tochter befassen.

Bei meinem nachmittäglichen Spaziergang wurde ich wiederholt von Menschen angehalten, die mehr von Meisner und seinen Kuren wissen wollten. Sie hätten erfahren, daß ich mich auf seine Seite geschlagen hatte. Ich erklärte, das sei der Fall; in Zukunft würde ich als wissenschaftlicher Aufseher bei seinen Behandlungen Dienst tun.

Sie erklärten sich alle sehr mit meiner Handlungsweise einverstanden und ermunterten mich nachdrücklich dazu.

22. November

Gestern ging die erste Behandlung über die Bühne. Die Eindrücke stürmen noch zu sehr auf mich ein, als daß ich alles zu Papier bringen könnte. Es ist ein Glück, daß zwischen den einzelnen Sitzungen mehrere Tage verstreichen. Das läßt mir Zeit und Muße zum Nachdenken. Wie dem auch sei: Ich erzählte den im Raum Anwesenden, etwa fünfzehn Personen, meist Frauen, was mit meiner Tochter geschehen war. Ich pries Meisner und erklärte, es sei meine feste Überzeugung, daß er entweder über Heilkräfte verfüge, die das Vorstellungsvermögen gewöhnlicher Menschen übersteigen, oder aber eine wissenschaftliche Methode entdeckt habe, die die Medizin revolutionieren würde. Ich erklärte auch, daß ich den Behandlungen aus nächster Nähe zu folgen gedächte, um gegebenenfalls Stellung nehmen zu können.

Danach begann die Behandlung.

Die Patienten saßen atemlos still und hielten einander an den Händen, so daß eine Kette gebildet wurde. Die Beleuchtung war sehr gedämpft: In einer Ecke flackerte eine kleine Kerze. Aus dem Nebenraum erklang verhaltene Musik von zwei Violinen. Fünf Minuten verstrichen schweigend, dann begann Meisner zu sprechen. Ich kann mir seine Worte jetzt nicht mehr exakt ins Gedächtnis zurückrufen. So viel jedenfalls steht fest: Er ging in seiner kurzen Ansprache auf den periodischen Wechsel im Leben des Menschen ein, darauf, daß Ebbe und Flut im menschlichen Organismus eine Parallele haben, daß auch die Himmelskörper auf den Menschen einwirken. Er sprach von der Gesundheit, die die Krankheit ablösen müsse, und er erklärte, mit seiner Behandlung der Gesundheit zum Durchbruch verhelfen zu wollen. Er habe die Absicht, den Lauf der menschlichen Gezeiten zu brechen; er wolle die Bindung des Menschen an die Erde aufheben und ihn den Gesetzen des Universums unterwerfen.

Seine Art der Behandlung, so sagte er, ziele darauf ab, den Menschen dem Würgegriff irdischer Mächte zu entreißen und ihn darüber hinauszuheben. Er könne zwar den Menschen nicht in einen göttlichen Zustand versetzen, aber ihn doch außer Reichweite böser Mächte bringen. Diese Anschauung, sagte er, habe sich auch bei der neuen, der sogenannten romantischen Bewegung durchgesetzt, denn sie wolle gleichfalls den Menschen von Grund auf ändern.

Er sagte, diese Messe, – zu meiner Überraschung gebrauchte er gerade dieses Wort, – diese Messe diene dazu, den Menschen über das Böse hinauszuheben: Die Krankheit sei ein Teil des Bösen, und Erde und Krankheit gehörten zusammen. Das Fluidum, das er jetzt mit Hilfe magnetischer Kräfte beeinflussen wolle, stehe auf diese Weise mit den Himmelskörpern in direkter Verbindung.

Gegen Ende seiner Ansprache äußerte er etwas, was mich wiederum in hohem Maße überraschte: Er erklärte, da diese Messe dazu diene, das Böse und Wirkliche aus dem Menschen zu entfernen, könne sie auch nicht unseren Gesetzen, den irdischen Gesetzen, unterworfen sein. Ich bezweifle, daß irgend jemand in dieser Versammlung den Sinn dieser Worte begriff. Er brachte sie in einem beinahe leiernden Ton vor, gegen Schluß sprach er mit leiser und unklarer Stimme. Alle waren totenstill, wie versteinert. Er trat einen Schritt zurück und machte sich daran, sie mit seinem magnetischen Stab zu berühren, einen nach dem anderen, die Stille wurde nur von den beiden Geigen im Nebenzimmer unterbrochen. Einige Patienten schliefen ein; diese führte er sofort in die angrenzenden Zimmer. Sie gingen mit geschlossenen Augen, taumelnd, aber mit einem eigentümlichen Lächeln auf den Lippen.

Er ist ohne Zweifel ein großer Mann.

V

Im Dezember 1793 hatte Meisner mehr als zwei Monate seine Sitzungen abgehalten.

Zum Weber sprach er oft von seiner Müdigkeit. Sie zerren an mir, erklärte er. Sie kommen zu mir, und ich nehme sie auf, und sie laugen meine Kräfte aus. Mit dem Mädchen Selingers war es besser. Sie war allein, und ich brauchte mich nur auf sie zu konzentrieren. Sie gab mir etwas von der Kraft wieder, die ich auf sie übertrug. Aber die Patienten, die hier sitzen, geben mir nichts zurück. Sie hocken auf ihren Stühlen, fühlen, wie der Stab sie berührt, und lassen die Kraft auf sich einwirken: Aber sie lassen nichts zurück. Sie zehren an mir.

Zu Selinger sagte er, die Erschöpfung sei nur vorübergehend. Nichts ermüdet so sehr wie unablässiger Erfolg. Es sind die Widerstände, die Erholung in sich bergen.

Er war jetzt ein sehr bekannter Bewohner der Stadt. Seine Nachmittagsspaziergänge zum Hafen hatte er eingestellt. Jetzt ging er an andere Stellen, und man drehte sich auf der Straße nach ihm um. Seien Einkünfte waren sehr zufriedenstellend.

Dennoch fühlte er einen Anflug von Ungeduld, wenn er an das Erreichte dachte: Es war zu begrenzt, zu sehr eingeschnürt von den Schranken der Medizin. Ich sollte noch eine weitere Macht besitzen, sagte er dem Weber. Macht ist eine Eigenschaft, die man nicht begrenzen kann. Ich schränke mich selbst ein. Meine Macht sollte auch auf andere Gebiete ausgedehnt werden.

Er wählte seine Patienten mit immer größerer Sorgfalt aus. Jetzt war es nicht mehr so einfach, in seinen Salons einen Platz zu bekommen. Die Einzelbehandlungen hatten nach der Gesundung Maria Selingers ganz aufgehört. Auf direktes Befragen gab er jedoch an, dies solle nur vorübergehend der Fall sein.

Er hatte ein langes Gespräch mit dem Landesfürsten des Herzogtums Seefond. Als der Weber Fragen stellte, erklärte er, daß es nur um eine Behandlung gegangen sei: Die Frau des Fürsten hatte kurze Zeit ein leichtes Rückenleiden gehabt. Die gleiche Antwort gab er auch Selinger, aber dieser sah Meisner verwundert an: So lange Gespräche, so wenig Absichten?

Nach und nach vervollkommneten sich seine Behandlungsmethoden mehr und mehr.

Am 12. Dezember meldete sich eine Frau namens Helene Stesser, die sich einer Behandlung durch Meisner unterziehen wollte. Er akzeptierte willig, nachdem die Honorarfrage zufriedenstellend geklärt worden war. Eines Abends saß sie also da, ganz in Schwarz gekleidet, und betrachtete Meisner mit neugierigen und forschenden Blicken.

Meisner hatte die Vorstellung wie gewöhnlich eröffnet; die Eröffnungsrede war jedesmal verschieden, der sakrale Unterton seiner Worte aber nicht. Schräg hinter ihm, außerhalb des von den Patienten gebildeten Kreises, saß der offizielle Kontrolleur Claus Selinger einsam auf einem Stuhl, von der Dunkelheit fast verschluckt. Wie gewöhnlich brannte nur ein einziges Licht. Meisners Schatten war lang und flackernd und bedeckte fast eine ganze Wand.

Er sprach von der Pflicht, das Böse aus den Menschenleibern zu entfernen. Er sprach wieder von Ebbe und Flut, wobei seine Stimme sich im Takt hob und senkte. Er gebot den Patienten, sich unter der Macht der Worte hin- und herzuwiegen, und sie gehorchten ihm.

Diesmal war nur Frau Stesser neu.

Sie war verheiratet, zweiunddreißig Jahre alt, in Seefond geboren. Sie hatte ihre gesamte Jugend in der Stadt verbracht, und die wenigen Aufzeichnungen, die es über sie gibt, lassen keinen Schluß auf eine höhere Bildung zu. Ihr Mann war Händler, sie hatten keine Kinder. Der Mann war über fünfzig.

Die Frau hatte während der letzten zwei Wochen unter Schmerzen in der Brust und im Magen gelitten. In der letzten Woche hatte sie das Bett hüten müssen. Hinzugezogene Ärzte hatten wechselweise kalte und warme Umschläge verordnet, jedoch ohne sichtbaren Erfolg.

Dann hatte sie sich an Meisner gewandt. Aber am Tage nach der Festsetzung des Behandlungstermins hatte sie einen heftigen Anfall bekommen. Selinger war gerufen worden, und auf seine Aufzeichnungen gründet sich diese Darstellung ihres Krankheitsbildes.

Die Frau war bei seiner Ankunft bewußtlos gewesen, oder jedenfalls sehr wirr. Versuche, sie wieder zu Bewußtsein zu bringen, blieben fruchtlos: Selinger schrieb etwas von Frottieren und Waschungen, aber nichts schien zu helfen.

Sie wurde dann an beiden Armen zur Ader gelassen, aber das Blut soll nur sehr spärlich oder überhaupt nicht geflossen sein. Nachdem man es mit einem warmen Bad versucht hatte, begann man nach vierstündiger Ohnmacht der Patientin damit, ihren Hals mit einer in Öl getauchten Schreibfeder zu kratzen. Dabei sickerten kleine Mengen Blut hervor, und den Berichten der Anwesenden zufolge – dies steht jedoch nicht im Journal Selingers verzeichnet, das offenbar nicht in allen Punkten vollständig ist – soll dann Blut aus den geöffneten Adern geströmt sein, und die, wie man geglaubt hatte, Scheintote erwachte wieder zum Leben.

Selinger hat sich in seiner Darstellung der Krankengeschichte darauf beschränkt, von »heftigen Hustenattacken und Brechreiz, der vom Kratzen mit der Schreibfeder hervorgerufen worden war«, zu sprechen.

Es wurde Katalepsie diagnostiziert.

Als er nur noch einen Meter von ihr entfernt stand und schon den Glasstab vor sich hinhielt, fuhr sie heftig zusammen und sah ihn an. Er hielt inne und wartete. Ein schnelles Lächeln huschte über ihr Gesicht, dann drehte sie sich wieder um und fixierte die Wanne ebenso scharf wie vorhin. Er fuhr in seiner unterbrochenen Bewegung fort und berührte sie mit dem Stab.

Das Lächeln erlosch auf ihren Lippen. Sie schloß die Augen, und er sah, wie sie erbleichte. Da zog er den Stab langsam über ihren Hals, ließ ihn um das Ohr herumgleiten, über das Gesicht. Sie holte heftig Atem und fiel vornüber.

Selinger half ihm, sie in das angrenzende Zimmer zu tragen. Die übrigen Patienten saßen unterdessen still; sie waren daran gewöhnt, daß derlei im Laufe eines Abends eintrat, und außerdem hatten sie ja die Musik. Einige von ihnen hatten jedoch noch genügend Kraft und Interesse, den Frauenkörper zu mustern, der mit willenlosen Gliedern an ihnen vorbeigetragen wurde.

Aber es war schon spät, und bald war alles vorbei. Als Selinger zurückkam, teilte er ihnen dies mit.

»Er sagt, daß die Behandlung für heute zu Ende ist«, teilte er jedem der Anwesenden mit leiser Stimme mit. »Meisner bittet Euch, zu gehen. Frau Helene Stesser erfordert jetzt seine ganze Kraft.«

Sie standen da und schauten sich im Zimmer um, sahen einander an, dann zogen sie sich durch die Tür zurück. Selinger überwachte ihren schattengleichen Abgang.

Schließlich war der Raum leer.

Als er in das Zimmer zurückkam, schlief die Frau offensichtlich schon tief und fest. Er kümmerte sich nicht um sie, sondern wandte sich direkt an Meisner.

Dieser zögerte eine Sekunde, sagte aber dann:

»Setzt Euch in das andere Zimmer. Ich will mit ihr allein sein. Sie ist jetzt sehr labil und leicht zu beeinflussen.«

Selinger ging hinaus und setzte sich in das äußere Zimmer. Er schloß die Tür hinter sich, als er ging.

Da noch ein Lichtschein von außen hereindrang, unterließ

Meisner das Anzünden einer Lampe. Der Raum lag fast im Dunkeln, aber er konnte ihr Gesicht erkennen. Er hörte das Heulen des Windes. Es war kalt, und vorgestern hatte eine dünne Schneeschicht auf den Dächern gelegen. Der Lichtschein erhellte das Zimmer nur schwach, aber er wußte, wie es aussah, wie er gleichfalls wußte, wie das Zimmer draußen aussah: Leer, als wäre eine Horde von Menschen plötzlich von Angst ergriffen worden, als hätte sie das Zimmer fluchtartig verlassen, so daß die Stühle und die magnetischen Geräte in Unordnung zurückblieben. Er wußte, daß Selinger auf einem der Stühle saß, auf einem der Stühle ohne Armlehne, und er nahm an, daß er rauchte. Der Wind pfiff, die Musiker hatten aufgehört zu spielen. Sie waren allein. Sie bewegte sich vor ihm.

Er beugte sich vor, hob die Hand und strich mit behutsamen Bewegungen über ihr Gesicht, unaufhörlich, von oben nach unten, von unten nach oben, mit schweren Händen. Ihr Gesicht lag ganz im Schatten, war aber dennoch ein heller Fleck. Es war weiß und gespannt, der Kopf war nach hinten gelehnt.

Sie bewegte sich. Sie nahm ihn wahr.

»Könnt Ihr meine Worte verstehen«, sagte er leise. Er ließ seine Hand auf ihrem Bauch liegen, er konnte fühlen, wie langsam sie atmete. Sie öffnete den Mund nicht.

»Könnt Ihr jetzt meine Worte verstehen«, fragte er wieder, jetzt langsamer, aber gleichwohl deutlicher. Sie wandte ihm den Kopf zu und lächelte.

»Ihr könnt jetzt mit der vereinbarten Behandlung beginnen«, sagte sie mit fester Stimme.

Sie lag nun entspannt auf dem Sofa und sah zur Decke hoch. Er legte seine linke Hand auf ihre Magengrube und drückte hart und fest zu. Seine Rechte hielt er über ihr Gesicht.

»Ich werde Euch jetzt in magnetischen Schlaf fallen lassen«, sagte er. »Ihr werdet dann mit der Anziehungskraft der Himmelskörper übereinstimmen, und das Böse wird verschwinden.«

»Ich weiß«, sagte sie darauf.
Einen Augenblick sah er sie verbittert an, dann ließ er seine Hände beginnen. Seine rechte Hand führte er in leichten, rhythmischen Bewegungen dicht über ihr Gesicht hin, wobei er es berührte, mit der linken Hand führte er kleine knetende Bewegungen in der Magengegend aus.
Sie schlief nicht sofort ein. Nach einer Weile sagte sie mit leiser Stimme:
»Das Böse sitzt im Magen. Es sitzt auf der linken Seite. Daher kommen die Krämpfe.«
»Ja«, erwiderte Meisner ungeduldig, »Selinger hat es mir erzählt.«
»Dort sitzt es«, wiederholte sie. »Wie etwas Böses, das herausmuß, mitten im Magen.«
Er hörte nicht auf, seine Hände kreisen zu lassen. Es war so dunkel im Zimmer, daß er fast nicht gesehen hätte, wie sie ihren Arm von der Seite hob, ihn sacht nach unten führte und das Kleid langsam nach oben zog.
»Dort«, sagte sie, und jetzt waren ihre Augen endlich geschlossen. »Dort, in meinem Bauch, sitzt das Böse.«
Sie hatte das Kleid weit nach oben gezogen; auf der einen Seite war es schon oben an der Taille. Sie trug keine Unterwäsche, er konnte ihren Schoß als ein breites Dreieck inmitten all dem Weißen erkennen. Langsam veränderte er die Lage seiner Hand, führte sie weiter nach unten, ließ sie kreisen, kreisen.
»Ja«, sagte er mit belegter Stimme, »ich werde jetzt den magnetischen Schlaf vom Bösen Besitz ergreifen lassen.« Ihre Atemzüge waren gleichmäßig und ruhig, sie lächelte. Selinger, dachte er und sah zu der geschlossenen Tür hin. Kein Laut war zu hören, und er sah wieder auf die vor ihm liegende Frau.
Er bewegte seine Hand im Kreis, strich vorsichtig über die weiche, weiße Haut auf ihrem Bauch. Wie zufällig fuhr er mit dem Handrücken über das dunkle Haar, strich über das Dreieck, das sich rauh anfühlte, ließ seine Hand dort verweilen. Hier bewegte er seine Finger, ließ den Mittelfinger zwischen

ihren Schamlippen hereingleiten, fühlte, daß sie feucht waren, sah in ihr Gesicht: Es war weiß und unbeweglich, beinahe kindlich unschuldsvoll, ein kleines, fast unmerkliches Lächeln umspielte ihre Lippen.

Da bewegte er seine Hand von neuem, ließ die Finger zwischen den feuchten Lippen hineingleiten, führte sie tief hinein, rührte herum.

Er sah, wie sie sich unmerklich wand, wie sie langsam ihre weißen Beine bewegte. Das Kleid lag schräg über ihrem Unterleib, mit dem Handrücken führte er es weiter nach oben, sah, wie der Bauch sich zur Leistengegend hin rundete, wie schlaff ihre Beine lagen. Er ließ seine Finger sehr langsam in ihr arbeiten. Sie atmete immer noch gleichmäßig und ruhig.

Dann hob er ihr linkes Bein und ließ es zur Seite gleiten. Er drückte härter zu, und er sah, daß die Dunkelheit nicht so dunkel war, wie er geglaubt hatte, er sah zur Tür, aber sie war immer noch geschlossen, Selinger, der draußen saß, kam nicht herein, aber dennoch wußte er, daß etwas falsch war, er sollte eigentlich aufhören, solange noch Zeit dazu war. Aber dann sah er nur noch ihren Unterleib, der sich jetzt rhythmisch bewegte, und er sah seine Hand, die sich im Takt mit ihr bewegte. Es war dunkel, aber er sah trotzdem alles.

Der Wind heulte und pfiff dort draußen, aber er konnte nur ihre Atemzüge hören, die jetzt unregelmäßig und sehr schnell waren. Er ließ seine Hand in ihrem jetzt schleimigen Schoß weiterarbeiten, mit der anderen zog er seine Hosen herab; alles ging schnell, und er holte sein Glied hervor, das sehr hart war, sehr steif, sie wimmerte leise und streckte sich ihm entgegen, als hätte sie alles gesehen, obwohl ihre Augen geschlossen waren. Er drückte sie mit sanfter Gewalt zurück, zog aber an ihren Beinen, bis sie über den Rand des Sofas hinausragten. Dort hingen sie hinab, entspannt, er fiel auf die Knie, und er kam mit einem Mal in sie hinein, kein Laut war zu hören, von Selinger war nichts zu hören, die Tür war geschlossen, sie blieb geschlossen, und er atmete durch die Nase, um keinen Laut von sich hören zu lassen, und sie lag offen vor ihm, sie war offen, sie öffnete sich ihm weit und vollständig.

Dann hörte ihr leises Wimmern auf. Er lag mit seinem Kopf zwischen ihren Brüsten, er konnte die Schatten der Lichter von der Straße sehen, sie zuckten und flackerten gespenstisch, er zog sich aus ihr heraus, jetzt war er draußen, war für immer außerhalb dieser Frau, und der Wind schrie und heulte, und dann stürmten die Gedanken wieder auf ihn ein, kamen in sein Gehirn zurück, als sei es ein luftleerer Raum gewesen, der sich mit einem Mal wieder öffnet: Es ist falsch gewesen, dachte er, grundfalsch, auf irgendeine Weise ist alles wieder falsch gelaufen.

Er glitt langsam von ihr herunter. Sie bewegte sich nicht. Er lehnte seinen Kopf gegen eines ihrer Beine, die schlaff und gelöst vom Sofa herabhingen; es war naß, und alles war vorüber.

Da, dachte er, da haben wir unsere Vision. So ist das also. So ist sie mir also ein weiteres Mal entglitten. Dort ist der Fehler wieder einmal zu suchen.

Und die Tür wurde nicht geöffnet, und niemand kam herein, und so vollendete er seine Behandlung.

VI

»Zuweilen kann es dahin kommen, daß Menschen, die die Gabe besitzen, Offenbarungen, Visionen und Erscheinungen zu empfangen, sehr vieles zu sehen scheinen, was sonst verborgen ist, sogar durch Berge und die Erde hindurch. Die auf diese Art Scharfsichtigen können auf Fels und Gestein Buchstaben erkennen, die man Felsrunen nennt. Die bleiben anderen Menschen bei Tageslicht oder bei Sonne verborgen, und nur im Schatten oder bei Mondschein können sie wahrgenommen werden.«

Und weiter heißt es bei Lambrosius Careniensis, dem Theologen und Menschenkenner:

»Ich habe mich bis zum Äußersten angestrengt, zu erkennen, was hinter dieser nebelhaften Wolke liegt, dieser Wolke, die an klaren Tagen meinen Freund umhüllte. Ich begriff, daß etwas Lustiges oder Schreckliches dahinter vorging, und ich sagte mir, dies sei etwas für ein Gespräch im Konsistorium.

Doch konnte ich immer noch nicht erkennen, daß dieses Absonderliche, das mich so sehr entsetzte, nicht auf der anderen, der verborgenen Seite geschah.«

Meisner verbrachte diesen Abend in Wegeners Keller.

Kaum hatte er sich an einen Tisch gesetzt, wurde er von einem unbekannten Mann angesprochen, der angab, ein Schauspieler aus Berlin zu sein. Dieser war im Lauf des Tages angekommen und hatte jetzt Durst, war aber bester Laune.

Meisner leistete ihm beim Bierkrug Gesellschaft.

Viele Menschen waren zusammengekommen. Da Meisner

zu diesem Zeitpunkt bereits ein berühmter Mann war, wollten sich viele um den Tisch versammeln, an dem die beiden Männer saßen, die immer besserer Laune wurden. Sie hatten nichts dagegen einzuwenden.

Gegen Ende des Abends, als der Tabaksqualm immer dichter geworden war und alle betrunken waren, gab der Schauspieler einige kleine Proben seiner Kunst zum besten. Er verschwand für einen Augenblick und kam durch die Küche zurück, auf dem Kopf die Hörner einer Kuh, die Wangen mit einem den anderen unbekannten Kleister rot beschmiert; so ausstaffiert sprang er in der Gaststube herum. Ein anderer Gast, ebenfalls ein lustiger Gesell, schmückte sich mit den Hauern eines Ebers und gab vor, ein Stier zu sein. Dann machte er einige Versuche, den Schauspieler zu decken, was ihm aber schändlich mißlang.

Meisner gebot Schweigen und sagte, er könne aus dem Rauch lebende Gestalten hervorzaubern. Alle schrien, er solle es nur ruhig tun. Er ließ jeden seinen Becher leeren und blies dann eine gewaltige Rauchwolke in die Luft. Dieser Wolke entstieg ein Mann mit einem Schweinskopf und einem Umhang, und alle sahen sofort, während sich eine plötzliche Stille ausbreitete, daß dies keine Maske war.

Der Mann mit dem Schweinskopf ging auf den Schauspieler zu und stieß den einen Hauer in seinen Arm, so daß ein Bluterguß entstand.

Danach löschte jemand das Licht.

›Grotesk‹ ist wohl von ›Grotte‹ abzuleiten.

Auf einem Gemälde Jacques Callots erkennt man vier Gestalten. Alle vier führen weiträumige Gesten aus, als stünden sie auf einer Bühne. Ihre Gesichter sind von Masken verdeckt. Die Masken drücken bestimmte Funktionen aus, doch sind sie gleichförmig, abgenutzt, ohne Leben.

Im Hintergrund ist ein Vorhang zu sehen. Aus einem Loch in diesem Stoffvorhang schaut das Gesicht eines Schauspielers hervor. Sein Körper ist zur Hälfte sichtbar. Er trägt eng anliegende Hosen, und sein Kopf ist von einer Hundemaske verdeckt.

»Also ist das Groteske das Innerste des Menschen«, sagt der Schauspieler, »die unterste Schicht, der verabscheute, aber ständig vorhandene dunkle Grundriß des Bildes. Wir nehmen ihn als Ornament wahr: Häuser, Straßen, Menschen, Schlangen, Tierköpfe, Vogelbeine, Exkremente, Lachen, Ekstase. Ohne Umriß kein Bild. Es ist ein Bild von Agostino Veneziano: Eine Komposition, die uns ein Lächeln abzwingt«, sagt der Schauspieler.

Aber da ist noch Hieronymus Bosch, und bei ihm lüftet das Groteske das Geheimnis seiner Identität. Hier treten die Figuren deutlicher hervor.

Wir starren dieses Gesicht an, und was zunächst ein Taumeln war, das uns schwindeln machte, läßt uns jetzt fallen. Dort haben wir es: Das Kunstwerk, das uns verleitet, verführt, verurteilt, verdammt.

Ein Mann auf einer Bühne. Jemand bringt die Fugen der Bühne dazu, sich zu lösen. Niemand traut seinen Augen: Die Welt ist eine Fallgrube. Der Mann steht dort auf der Bühne und lächelt uns an.

»Wir glauben, die Bestandteile des romantischen Gemäldes zu kennen«, sagt der Schauspieler zu Meisner. »Aber wie die romantische Idee ein Spiegel unserer innersten Hoffnung ist, so ist das groteske Bild ein Spiegel der Wahrheit über uns selbst.« Meisner sieht ihn voller Verachtung an. Kein Spiegel, denkt er, kein Bild, überhaupt nichts.

»Das Bild gibt nur das Groteske an uns wieder: Unsere Verzückung, unsere Begeisterung.«

Hinterher wurde hervorgehoben, daß sie sehr betrunken waren. In der Stadt schwirrte ein Gerücht, alle seien betrunken gewesen, die Schnapsdämpfe hätten ihre Augen so verwirrt, daß sie hätten annehmen müssen, phantastische Dinge auch wirklich zu sehen.

Der Schauspieler wurde von Steiner behandelt. Dieser entdeckte eine tiefe Wunde im Arm des Mannes von etwa vier Zoll Länge, sie war recht breit, der Wundrand unregelmäßig. Diese Wunde konnte nicht von einem Messer stammen, auch nicht von einer Axt; es war nicht auszuschließen, daß sie von einem Wildschweinhauer stammte.

VII

Im Jahre 1749 wurde in Würzburg eine Hexe namens Maria Renata verbrannt, oder, wie es in der distinguierten und klarstellenden Sprache der Kirche hieß, »durch Rauch gereinigt und zum Himmel gesandt«. Sie war zweiundsiebzig Jahre alt und hatte fünfzig Jahre ihres Lebens als Unterpriorin im berühmten Kloster Unterzell bei Würzburg gedient – ein weiterer Beweis dafür, welch listige und ausgeklügelte Wege der Teufel mitunter geht. Wie es bei Hexen üblich war, wurde sie rückwärts auf die Anklagebank geführt, »damit der Richter nicht von ihrem Anblick gerührt oder von ihren alten, triefenden Augen verhext werden möge«.

Ihr Verbrechen bestand darin, daß sie durch Anhauchen und Berühren mit den Händen dem Leibhaftigen Zutritt zu vier Nonnen verschafft hatte. Die Nonnen waren daraufhin in schmerzhafte Krämpfe und schreckliche Zuckungen verfallen.

Dies als Ergänzung des folgenden Berichts.

Im Jahre 1774 ging in Württemberg und Bayern ein Gerücht um, demzufolge ein Mönch namens Johann Joseph Gassner die übernatürliche Gabe besaß, Krankheiten auszutreiben. Er hatte selbst unter schweren ›Haupt-, Magen- und Brustbeschwerden‹ gelitten, sich aber durch Beschwören dieses Übels selbst geheilt. Er bekam sehr bald großen Zulauf. An manchen Tagen, so wird angenommen, versammelten sich bei seinen Behandlungen gegen zehntausend Menschen. Und, wie es in Eschenmayers und Kiesers »Archiv für den tierischen Magnetismus« heißt (dieser Satz stammt aus der Sammlung privater Briefe Gassners an einen Prior in Frankreich): »Die Buchdrucker schwitzten Tag und Nacht an ihren Pressen, um eine zufriedenstellende Anzahl von Gebetbüchern liefern zu können, und Goldschmiede und Gürtler kamen nicht dazu, etwas anderes als Amulette herzustellen, und zwar in Form von Agnus-Dei, Kreuzen, Herzen und Ringen.«

Über die Behandlungen Gassners gibt es viele Aufzeichnungen. Eine der Patientinnen, Katharina Munderin aus Würzburg, äußerte bei einer Gelegenheit die später in der Literatur so oft zitierten Worte vom »Teufel als reinigendem Saunabad«.

Gassners Laufbahn endete jäh, als sich eine Kommission der Universität Ingolstadt vornahm – sie bestand aus vier Professoren (je einer aus jeder Fakultät) –, seine Kuren einer wissenschaftlichen Untersuchung zu unterziehen.

Einer von ihnen, der Theologieprofessor Stattler, äußerte jedoch enthusiastisch die Überzeugung, Gassner habe sich keines Betruges schuldig gemacht, »alles, was er tut und unternimmt, geschieht einzig und allein im Namen Jesu«.

Nicht lange danach trat Anton Mesmer in Erscheinung.

Das Baquet, so nannte man die Wanne, gab es in verschiedenen Ausführungen.

Eine, sie wurde später in Paris verwendet, sah folgendermaßen aus: Mitten auf dem Fußboden stand die mit einem Deckel versehene runde Wanne von etwa fünf Fuß Durchmesser. Auf dem Grund der Wanne lagen Flaschen, die so angeordnet waren, daß einige mit den Hälsen zur Wannenmitte zeigten, andere wieder zum Wannenrand. Die Wanne wurde mit Wasser gefüllt, so daß die von der gleichen Hand magnetisierten Flaschen zugedeckt waren. Durch den mit mehreren Löchern versehenen Deckel ragten gekrümmte Eisenstäbe. Die Wände des Raumes waren, in diesem besonders aufwendigen Fall, mit Spiegelglas verkleidet, damit sich die magnetischen Strahlen darin brächen, wie Sonnenstrahlen im Spiegelglas. Die Sonne wurde als auslösender Faktor des Magnetismus oder als Baquet angesehen, je nachdem, an welche Quelle man sich hält.

Das Baquet, das Meisner in Seefond gebrauchte, war von bedeutend einfacherer Konstruktion. Selinger hat in seinem Bericht an einer Stelle die Art der Konstruktion angedeutet. An Stelle von Flaschen gebrauchte Meisner nämlich eine mit Papier überzogene Glaskugel. Woher er dies Gerät hatte, ist nicht bekannt. Auch streute er nicht – wie so viele seiner Nachfolger – Eisenspäne über das Glas. Die Eisenstäbe hatte er durch eiserne Ketten ersetzt.

Die äußeren Anordnungen waren ja auch im übrigen ohne Bedeutung. Auf dem Gut Busancy verwendete de Puysegur eine große Eiche als Baquet. In ihrem Schatten schliefen sich die Landbewohner gesund. Er erzielte damit sehr gute Ergebnisse.

Ein Jansenist, der Diakon François Paris, starb im Jahre 1727 infolge allzu heftiger Kasteiungen. Sein Grab auf dem Friedhof von Saint Médard wurde rasch zu einem Platz, an dem, den Berichten zufolge, Wunder geschahen. Schon nach einem Monat konnte man täglich achthundert Kranke versammelt sehen, von denen die meisten auf Grund der heiligen Kraft, die aus dem Grab nach oben drang, von den schwersten Konvulsionen befallen wurden. Viele führten sich wie wilde Tiere auf.

Einer von ihnen, der Advokat Pinault, der zur Sekte der Jansenisten gehörte, bellte täglich drei Stunden lang – von elf bis zwei – wie ein Hund. Als dies bekannt wurde, begannen auch mit dem Hofsekretär des Königs, Fontaine, wunderliche Dinge zu geschehen. »Sechs Monate lang, täglich von neun bis elf Uhr, verspürte er den Zwang, sich um die eigene Achse zu drehen, und das mit einer solchen Geschwindigkeit, daß er sich sechzigmal in der Minute drehte, während er gleichzeitig laut aus Quesnels ›Moralischen Reflexionen‹ las.«

Diese Geschehnisse kamen einmal bei einer Unterredung zwischen Meisner und Selinger zur Sprache. Meisner erwähnte diese Dinge zuerst. Er bedauerte lebhaft, daß Betrügereien und Fälschungen sich so oft im Gefolge des Absonderlichen befänden. Die Trennungslinie zwischen Betrug und phantastischem Ereignis sei mitunter sehr schwer zu ziehen, sagte er. Dies erschwere seine Aufgabe noch mehr.

Ein Mann namens Karl Morand erschien um diese Zeit in den Behandlungsräumen Meisners. Er war sehr schwach und seine Haut war bleich; er war bis auf die Knochen abgemagert. Meisner nahm sich seiner nur nach äußerstem Zögern an.

Aber dann behandelte er ihn doch.

Während der ersten Sitzung bekam Morand einen schweren Krampf. Er wurde wie üblich in das angrenzende Zimmer geführt, und dort suchte man seine Qualen auf jede erdenkliche Weise zu lindern. Meisner arbeitete unterdessen im großen Behandlungsraum; es war der Weber, der sich Morands annahm.

Der Mann war sehr schwach. Er war vor einem Jahr nach Seefond gekommen, und sein Vermögen, das bei seinem Einzug in die Stadt beträchtlich gewesen war, war unaufhaltsam und ständig geschrumpft.

Der Weber kam nach einer halben Stunde zu Meisner ins Zimmer, seine Augen flackerten und seine Hände zitterten.

»Die Zuckungen haben jetzt aufgehört«, sagte er. »Der Mann ist jetzt ruhig.«

Meisner nickte und hielt sich nicht weiter auf. Es waren viele Patienten da, die seiner Hilfe bedurften.

Um neun Uhr war die Behandlungszeit vorbei. Selinger war längst nach Hause gegangen. Meisner war sehr müde und ließ sich in einen Stuhl vor dem Baquet fallen.

»Jetzt«, sagte er müde, »gehen wir nach Hause und schlafen.« Der Weber sah ihn unruhig an.

»Aber der Mann dort drinnen ist doch noch da«, sagte er.

Meisner schaute zu ihm hoch. Nachdem er einige Augenblicke still verharrt hatte, erhob er sich und ging in das Zimmer, in dem der Mann lag.

Kein Licht brannte. In Paris pflegten die Krisenräume mit Polsterstoff ausgeschlagen zu werden, aber das hatte er sich bislang noch nicht leisten können. Es war ja auch nur eine Geste, eine Art Reklame. Er zündete eine Kerze an und ging zu dem Mann hin, der auf dem Sofa lag. Der Weber schlich mit steigender Unruhe hinterdrein.

Der Mann lag ausgestreckt da, mit geschlossenen Augen. Seine Haut war fast gelb, kein Atemzug war spürbar. Meisners Augen zeigten plötzlich ein wachsames Glitzern. Er beugte sich vor und berührte ihn. Keine Reaktion. Er schüttelte ihn heftig, faßte sich dann aber und begann, mit seiner Hand über ihn hinzustreichen. Nach ein paar Minuten hielt er inne. Der Mann lag unbeweglich.

»Er schläft fest«, versuchte der Weber zu sagen, aber Meisner brachte ihn sofort zum Schweigen.

Er fühlte den Puls, und wie er sich auch mühte, er konnte ihn nicht ertasten. Er berührte mit der Hand das Gesicht des Mannes, fühlte aber nur die kalte, rauhe Haut, keine Regung. Er öffnete die Augenlider des Mannes, und endlich sah er es.

Tote hatte er schon früher gesehen. Jetzt sah er noch einen.

Wenn es gefährlich wurde, bewahrte er immer seine Ruhe. Er ließ einen Wagen vorfahren und trug die Leiche mit dem Weber hinunter. Alle waren nach Hause gegangen, niemand sah sie. Sie fuhren ruhig und mit vorgezogenen Vorhängen zu Morands Wohnung.

»Jeder auf einer Seite«, befahl er dem Weber mit gedämpfter Stimme. »Laß seine Beine auf dem Erdboden schleifen.«

Sie stiegen aus, der Kutscher war schläfrig und schaute nicht näher nach den drei Fahrgästen hin. Sie gingen durch die Tür ins Haus, und auf der Treppe begegneten sie der Wirtin Morands. Sie kam aus einem Zimmer heraus und glotzte die beiden Männer neugierig an, die den Kranken auf dem Weg in sein Zimmer behutsam stützten.

»Er ist krank und schwach«, erklärte Meisner über die Schulter. »Er sollte sein Zimmer nur im Notfall verlassen.«

Sie stimmte mit einem Wortschwall zu. Sie nahmen keine weitere Notiz von ihr, sondern setzten ihren Weg fort.

Meisner schloß die Tür hinter sich. Dann rissen sie dem Toten die Kleider vom Leibe. Er war noch nicht steif, und es ging leicht, weil er nicht fett war. Sie zogen ihm sein Nachtgewand über und legten ihn ins Bett.

Er lag sehr schmal und gelb und tot zwischen den weißen Laken. Meisner sah ihn einige Augenblicke lang mit gerunzelten Augenbrauen an. Dann gingen sie wieder hinunter.

Zur Wirtin sagte er:

»Er ist sehr schwach. Er hat gesagt, er wolle schlafen. Stört ihn bitte nicht vor zehn Uhr morgens.«

Sie zeigte sich sehr eifrig, ihm zu Gefallen zu sein. Sie erbot sich, dem großen Mann einen Krug Kaffee oder Bier zu reichen, je nach Belieben, aber er lächelte und sah freundlich in ihre braunen, lebhaften Augen und erklärte, er sei müde.

»Wir müssen jetzt alle schlafen«, sagte er.

»Er ist zu spät zu mir gekommen«, erklärte er später. »Er starb, bevor meine Behandlung sich auswirken konnte. Sie haben ihn sicherlich in seinem Zimmer tot aufgefunden. Er muß schon sehr schwach gewesen sein, als er zu mir kam.«

Sie stimmten zu. Nie wieder stellten sie ihm deswegen irgendwelche Fragen. Er wurde in aller Stille begraben, da er keine Verwandten und kaum Freunde hatte. Seine Wirtin gab ihm das letzte Geleit, ebenso der Weber, der es tat, ohne seinen Meister um Erlaubnis gefragt zu haben.

An dem Tage regnete es in Strömen. Am gleichen Abend zelebrierte Meisner eine großartige und sehr erfolgreiche Behandlung; viele Patienten waren anwesend und gerieten im Verlauf der Sitzung in heilsame Krisen.

Der Weber war jedoch bei dieser für seinen Herrn und Meister so glücklichen und erfolgreichen Séance nicht anwesend.

VIII

Claus Selinger: Tagebuch, 7. Januar - 9. Februar 1794

7. Januar

Gestern besuchte Meisner meine Tochter. Er blieb ein Weilchen und ging dann wieder, ohne meine Einladung zum Mittagessen angenommen zu haben. Er besucht sie immer seltener: Höchstens noch einmal in der Woche.

Maria wartet ungeduldig auf jeden seiner Besuche, sagt aber, sie habe dafür Verständnis, daß er beruflich so in Anspruch genommen sei. Sie hat auch mehrere Male nach Steiner gefragt, aber dieser hat sich mit Erfolg drücken können. Ich sehe darin die Kehrseite des Glücks: Wenn das Leben am sinnvollsten zu sein scheint, kehren einem die ganz alten Freunde den Rücken, und ich bin traurig darüber.

Soweit ich sehen kann, arbeitet Meisner jetzt nach zwei Richtlinien. Mit Hilfe einer seiner beiden Behandlungsmethoden läßt er eine große Gruppe von Menschen der magnetischen Kraft teilhaftig werden. Das geschieht während der Sitzungen, die ich bereits beschrieben habe: Sie sind immer mehr vervollkommnet worden. Frau Stesser ist infolgedessen nahezu vollständig genesen. Während der Sitzungen geschieht es weiterhin, daß bis zu fünfzig Prozent der Anwesenden in Schlaf fallen. Meisner bezeichnet immerhin einige von ihnen als Somnambule, als Medien mit außermenschlichen Eigenschaften. Er hält viele phantastische und überraschende Hypothesen bereit, aber mindestens einer von ihnen stimme ich voll und ganz zu: Seine Kuren bringen selbst bei solchen Menschen das Skurrile und Phantastische zum Vorschein, die ich früher für Vertreter eines knochentrockenen, rationalistischen Denkens gehalten habe.

Mitunter habe ich das Gefühl, als ob Meisner sie von unserer Stadt losreißt, als ob er sie unsere Welt verlassen läßt, als ob er ihnen eine neue Welt erschafft. Manchmal wünsche ich mir sogar, er möge sie nie wieder aus ihrer Verzückung aufwecken.

Die zweite Behandlungsform ist individueller, und meiner Frau zufolge, die eine immer sarkastischere Einstellung zu Meisner zeigt, ist diese zweite Behandlungsform die weniger gewinnträchtige. Ich pflege sie bei solchen Äußerungen scharf zurechtzuweisen.

Meisner verdient es, vor dem Gerede böser Zungen geschützt zu werden.

Vor einigen Tagen begegnete ich Meisner schon am Vormittag, und wir führten ein Gespräch miteinander. Er zeigte sich darüber bekümmert, daß er kaum noch zur individuellen Behandlungsform kommt. Mir fiel die Beschuldigung meiner Frau ein und ich mußte lächeln und konnte nicht umhin, festzustellen, wie sehr diese Bemerkung Meisners die Unterstellung meiner Frau widerlegte.

»Ich brauche wieder einen Fall«, seufzte Meisner. »Einen großen Fall, der mein Lebensschiff wieder vorwärtstreibt. Frischen Wind in den Segeln.«

Er gebraucht oft sehr kühne Vergleiche, die ich häufig nicht verstehe. Dieser jedoch scheint mir sehr deutlich sein Verlangen auszudrücken, die ärztliche Wissenschaft voranzutreiben.

Ich erzählte von einem Fall, der mir jüngst zu Ohren gekommen war. Mein Freund Steiner behandelte eine Madame Keiser, die an einer schweren und sehr eigenartigen Krankheit litt. Seit einem Jahr hatte sie eine Geschwulst im Magen, die ihr große Schmerzen bereitete. Man hatte sie mit Blutegeln, Aderlassen und allerlei Medikamenten behandelt, aber ohne jeden Erfolg. Steiner hatte zuerst angenommen, die Frau sei schwanger, aber der inzwischen verstrichene Zeitraum machte eine solche Annahme ja unhaltbar.

Frau Keiser ist ein sehr labiles Frauenzimmer, und ihr Mann hat im Lauf des letzten Jahres sehr gelitten. Die Krankheiten einer Frau pflegen ja Männer am härtesten zu treffen, und ich habe Steiner vorgeschlagen, er solle sein Wohlwollen auf ihren Mann konzentrieren, der jetzt abgezehrt und ohne jeden Lebensmut ist. Er hat dies jedoch abgelehnt und gesagt, er ziehe es vor, allein bei der Behandlung der Frau einen Mißerfolg einzustecken.

Im vergangenen Monat jedoch hat sich ihr Zustand verschlechtert. Die Geschwulst ist weiter gewachsen, und in der Stadt, in der viele von ihrem Zustand wissen, glaubt man allgemein, daß sie bald sterben müsse. Brechreiz und Ohnmachten sind in der letzten Zeit sehr häufig gewesen.

Dies erzählte ich Meisner. Er schien meinen Bericht sehr interessant zu finden.

10. Januar

Meisner ist offenbar ein Mann von sehr schnellen Entschlüssen. Schon am Tage danach hatte er mit Frau Keiser Kontakt aufgenommen und ihr angeboten, sie zu behandeln. Sie hat dankbar angenommen.

Dieser Fall scheint ganz offensichtlich sehr kompliziert zu werden; wohl genauso schwierig wie die Wiederherstellung der Sehkraft meiner Tochter. Jetzt ist auch, seitdem Meisners Initiative in der Stadt bekanntgeworden ist, eine Flut von Gerüchten im Umlauf. Es wird behauptet, die Geschwulst in ihrem Magen sei tatsächlich ein Kind, aber dieses liege in ihre Gedärme eingebettet, nicht am gewöhnlichen Ort, der Gebärmutter. Meine Frau, die eine sehr robuste und deftige Person ist, sagte mir, sie schenke diesem Gerücht Glauben: Ich hatte es ihr in allen Einzelheiten wiedergegeben. Sie glaubte, der Mann müsse sehr schlechte Augen haben, und bei irgendeiner Gelegenheit habe er dann eben ihre Körperöffnungen verwechselt.

Ich habe Meisner über den Wahrheitsgehalt all dieser Vermutungen befragt. Er erwiderte, ich würde in meiner Eigenschaft als medizinischer Kontrolleur selbstverständlich Gelegenheit bekommen, diese Frau gründlich zu untersuchen.

Die Ohnmachtsanfälle, Paralysen und anderen Symptome, die Madame Keiser im Laufe der letzten Monate gezeigt hatte, lassen jedoch ihr Krankheitsbild unklar erscheinen. Ich sehe aber mit Spannung der Untersuchung entgegen, die am neunzehnten dieses Monats stattfinden soll.

14. Januar

Gestern war Meisner nicht zu erreichen. Ich hatte mit ihm über die inzwischen neu angemeldeten Patienten sprechen wollen – der Zugang an Neuanmeldungen hat sich in der vergangenen Woche verringert –, aber der Mann, den er den Weber nennt, sagte mir, Meisner befinde sich gerade in einer Audienz beim Fürsten.

Das überraschte mich sehr. Da ich nicht wußte, wie diese Mitteilung zu deuten sei, zog ich es vor, mich in seinem Namen geschmeichelt zu zeigen. Er ist auf dem besten Wege, ein einflußreicher Mann zu werden.

15. Januar

Steiner begegnete mir heute auf der Straße. Er fragte mich, ob ich wüßte, wie hoch das augenblickliche Honorar für Meisners Behandlungen sei. Ich sagte nein. Da nannte er mir die Höhe des Honorars. Ich war äußerst unangenehm berührt.

Bei näherem Nachdenken schien mir jedoch nichts Böses darin zu liegen, daß er für seine Kuren eine reichliche Bezahlung fordert. Eine gute Sache verlangt eben ihren Preis. Meisner hätte mir jedoch etwas davon sagen können.

20. Januar

Gestern untersuchte ich Madame Keiser.
Bei der Untersuchung waren folgende Personen anwesend: Ihr Gatte, ein vierzigjähriger Mann, der Bademeister Pedersen, der jetzt seit zwei Jahren in unserer Stadt wohnt, Herr Polinsky, Meisner und ich.
Bei meiner Ankunft fand ich die Patientin im Bett. Der Bauch war sehr stark geschwollen, wobei ich feststellte, daß die linke Seite ein wenig, aber immerhin auffällig stärker betroffen war. Als ich die Schwellung berührte, stöhnte sie leicht und sagte, an der Stelle habe sie manchmal Schmerzen, jedoch nicht immer. Der Nabel trat nicht hervor, sondern bildete eine tiefe Grube. Die Geschwulst war hart und gespannt. Sie sagte, vor einigen Monaten habe sie Bewegungen im Magenraum wahrgenommen, aber seitdem nicht mehr. Auf ihre Frage, ob es wohl möglich sei, daß sich eine Schlange in ihrer Bauchhöhle eingeschlichen habe, erwiderte ich nichts.

Bei näherer Untersuchung fand ich ihre Gebärmutter klein, den Gebärmutterhals schmal sowie den Gebärmuttermund fest, glatt und verschlossen. Die Geschwulst mußte also höher liegen, und zwar außerhalb der Gebärmutter.

Ich erklärte, eine Niederkunft sei nicht zu erwarten, da hier kein Kind zu entdecken sei, eine Schlange sei natürlich ebensowenig im Magenraum vorhanden wie ein anderes Tier, ob nun Ratte oder Flußpferd. Bei diesen letzten Worten, die von einem Lächeln begleitet wurden, schnaubte die Frau entrüstet und wandte sich von mir ab. Ich ermahnte sie, den Lauf der Natur mit Geduld abzuwarten. Möglicherweise, so erklärte ich, könne eine extrauterine Schwangerschaft angenommen werden (graviditas extrauterina), ich könne jedoch nicht daran glauben. Immerhin – in Anbetracht ihres trägen Stuhlgangs und der Beschwerden beim Wasserlassen verordnete ich ihr Cremor tartari, nach Bedarf einzunehmen.

Danach erklärte sie, die Geschwulst verursache große Schmerzen. Ich entschied, bei Auftreten dieser Symptome solle sie an der am meisten gespannten und höchsten Stelle der Geschwulst zehn Blutegel ansetzen lassen, nämlich unterhalb der untersten Rippen, oberhalb des mittleren Teils des Hüftknochenkamms.

Meisner verhielt sich während meiner Untersuchung still und lauschte meiner Ordination ohne jeglichen Kommentar. Danach ergriff er vor den Versammelten das Wort.

»Wir haben nun gehört, was vom medizinischen Fachwissen in diesem Fall verordnet wurde«, sagte er. »Ein hochberühmter Arzt, Doktor Steiner, hat diese Frau lange Zeit gepflegt und sie nicht heilen können. Im Gegenteil, wir können feststellen, daß ihr Zustand sich laufend verschlechtert hat. Die Untersuchung, deren Zeugen wir soeben geworden sind, wird sie ebenfalls nicht von allem Bösen erlösen.«

Bei seinen Worten standen wir alle still und erstaunt. Wir warteten darauf, daß er fortfahren würde, und also geschah es auch.

»Wenn im Laufe der nächsten Tage keine Besserung eintritt, muß diese Frau ganz und gar meiner Pflege überlassen werden. Dann haben wir die Möglichkeit, die Brauchbarkeit der zwei Methoden zu beurteilen. Diese Gegenüberstellung wird von einzigartiger Beweiskraft sein.«

Ich war stumm. Das hatte ich nicht erwartet. Ich öffnete meinen Mund, wie zum Protest, aber er brachte mich mit einer einzigen Handbewegung zum Schweigen. Mein Respekt vor ihm war auch so groß, daß ich nichts sagte.

Dann zogen sämtliche Zeugen von dannen.

»Ich bin der Ansicht, daß dieses wettbewerbsmäßige Vorgehen ungeeignet und geschmacklos ist«, erklärte ich hinterher mit Schärfe. »Ich bin der Meinung, daß die von Steiner praktizierte Methode korrekt und absolut ehrenhaft ist und daß es sich nicht ziemt, einen derart hingebungsvollen Arzt wie Steiner, der zufällig einen Mißerfolg hat einstecken müssen, in dieser Weise abzuwerten.«

»Seid auch Ihr der Ansicht, daß meine Methode nicht zur Anwendung kommen soll«, fragte er daraufhin.

Ich erklärte, natürlich solle auch sie angewandt werden, da nun die konventionellen Methoden nicht geholfen hätten, daß mir aber der provozierte Vergleich beider Methoden zu aufsehenerregend erschien.

»Eine gute und richtige Sache kann nicht genug Aufsehen erregen«, sagte Meisner daraufhin.

Sehr bald verbreitete sich die Neuigkeit in der Stadt. Schon eine Stunde nach meinem Heimkommen trat meine Frau zu mir ins Zimmer und erzählte, Meisner habe die Ärzte der Stadt herausgefordert.

Ich habe ihren Eindruck korrigiert. Sie hörte mir zwar zu, schien aber von meiner Erzählung nicht allzusehr beeindruckt zu sein.

Seefond hat jetzt ein neues Gesprächsthema. Ich kann schon die Stimmen hören: neugierig, schadenfroh, triumphierend. Meine Sympathien sollten auf Meisners Seite sein, aber ich kann nur Mitgefühl für Steiner empfinden, gerade jetzt. Der Mißerfolg liegt ja bei ihm, auch wenn er ihn mit der Ärzteschaft der gesamten Stadt teilt.

Die Frau machte bei seiner Behandlung keine Fortschritte. Sie wird unter den Händen Meisners Fortschritte machen. Das weiß ich. Steiner weiß es. Meisner weiß es am besten von allen.

Meine Tochter spielt wieder. Ich höre ihre geliebte b-Moll-Sonate durch die Decke: glättend, wehmütig, eine Zuflucht für meine Gedanken. Ich schließe meine Augen ganz fest und höre ihr zu.

26. Januar

Gemeinsam mit Steiner habe ich gestern Madame Keiser untersucht. Am Vormittag hatte sie wiederum einen heftigen Krampfanfall gehabt, zugleich hatte sie ihr Bett verlassen und auf dem Fußboden tanzen wollen. Ihre Schmerzen, so sagte sie, seien unvermindert heftig.

Steiner betrachtete sie lange, ohne ein Wort zu sagen. Die Patientin lag jetzt still in ihrem Bett und sah zur Seite. Sie war noch nicht alt, ihr Aussehen konnte man nicht als unangenehm bezeichnen. Wir fragten sie, ob die Blutegel ihren Zustand verbessert hätten; die Antwort war verneinend.

Wir hatten auch keine andere Antwort erwartet.

Die Geschwulst war nicht zurückgegangen. Steiner nahm eine weitere innere Untersuchung vor, ohne etwas Neues zu finden. Dann verließen wir sie.

Während der Heimfahrt war Steiner sehr niedergeschlagen.

»Dies wird ein Triumph der Scharlatanerie werden«, sagte er bitter. »Meisner wird ein noch größerer Wundertäter werden, als er ohnehin schon ist: Die ganze Stadt wird ihm zu Füßen liegen. Es wird nicht nur bei unserer Stadt bleiben. Sein Ruf wird sich verbreiten. Scharlatanerie ist etwas Ansteckendes: Nichts vermag sie aufzuhalten, wenn das Böse es so will. Sie wird lange Zeit überleben und viele vergiften.«

»Wenn die Frau gesund wird, hat er immerhin etwas Gutes getan«, wandte ich ein.

»Das Bild ihrer Krankheit ist nicht klar«, entgegnete Steiner. »Die Geschwulst ist unser einziger Anhaltspunkt, dazu kommen höchstens noch ihre eigenen Aussagen. Sie betrachtet uns mit Freude, wenn wir kommen. Die Aufmerksamkeit ist Gift für diese Frau.«

Ich fragte ihn dann des weiteren, wie er denjenigen, der meine Tochter geheilt hatte, als Scharlatan bezeichnen könne, ob er *ihr* Krankheitsbild ebenfalls als unklar erachte.

Steiner wich einer Antwort auf diese Frage aus und fuhr fort, als spräche er zu sich selbst:

»Er hat es nur allzu leicht. Er appelliert an den Betrüger in uns allen.«

Ich unterbrach ihn heftig und erklärte, ich könne es nicht länger dulden, daß jemand Meisner mit dieser Bezeichnung belegte, er habe es nicht verdient, ein Betrüger genannt zu werden. Steiner wandte sich ab und lächelte in sich hinein.

Als ich wieder zu Hause war, dachte ich lange über seine Worte nach. Die Wut auf diesen erfolgreichen Wundermann hat ihn offensichtlich verblendet. In Steiners Augen stellen diese unkontrollierbaren Kräfte – die, wie er richtig sagte, bei uns allen anzutreffen sind – eine negative und gefährliche Macht dar. Das ist aber offensichtlich falsch gedacht. Wieviel Gutes bringt er nicht den Menschen! Er strebt nicht nach persönlichem Ruhm, nur danach, daß seine Gedanken verbreitet werden und der Menschheit dienen. Seht, wie er meine Tochter geheilt hat!

Steiner fragte mich auch, warum ich so leicht der Scharlatanerie in medizinischem Gewand zum Opfer fallen konnte, ich, der ich nicht einmal gläubig sei.

Ich tat, als verstehe ich seine gewundene Parallele nicht, ich lächelte nur leicht und klopfte ihm auf die Schulter. Er ist ja noch so jung.

30. Januar

Meisner hat jetzt öffentlich erklärt, daß er Steiners Behandlung als mißlungen ansieht und daß er sich jetzt Madame Keisers annehmen wolle.

Das überaus rege Interesse der jüngsten Zeit an diesem Fall sowie die Spekulationen, ob Meisner sich ihrer annehmen würde, haben bewirkt, daß der Zulauf zu Meisners Sitzungen weiter angestiegen ist. Er soll auch sein Honorar heraufgesetzt haben. Nur noch die wohlsituierten Bürger besuchen jetzt seine Abende. Ich bin über diese Entwicklung nicht sehr froh.

Am liebsten würde ich mich aus der ganzen Affäre zurückziehen. Aber Meisner erklärt, ich müsse als medizinischer Kontrolleur anwesend sein. Auch hat mich Steiner indirekt ermahnt, den Behandlungen beizuwohnen.

Dies ist jedoch nicht der einzige Grund, weshalb ich bleibe. Irgendwie habe ich das Gefühl, daß er, Meisner, eine letzte Hoffnung für mich ist, eine Rettung vor meiner eigenen Gleichgültigkeit, eine rettende Hand, die mich vor der Erstarrung bewahrt.

Auch wenn Steiner recht haben sollte, habe ich gerade jetzt ein Bedürfnis nach Betrug, Verstellung und Scharlatanerie. Kein Licht ohne Schatten.

2. Februar

Gestern begann Meisner mit seiner Behandlung. Ich war anwesend. Während der Behandlung schrieb ich alles nieder, was sich ereignete.

Ich spüre jetzt ein Bedürfnis, über alles Rechenschaft abzulegen: alles.

Sechs Uhr nachmittags. Anwesend waren: das Kindermädchen, Madame Keisers Zofe, Madame Streuver, Bademeister Pedersen, Graf von Drenert, Herr Levijn, Meisner und ich.

Wir befanden uns zuerst in einem Zimmer, das neben dem lag, in dem die Patientin sich aufhielt. Meisner erklärte, er wolle die Patientin in sogenannten magnetischen Schlaf fallen lassen. Während dieses Schlafes solle sie aufgefordert werden, in ihr Inneres hineinzublicken, und sie würde auch, dank des durch Bestreichen erreichten magnetisierten Zustands, dazu in der Lage sein. Eventuell würde sie sogar die geeignetsten Methoden zur Heilung des Übels nennen können.

Wir lauschten alle mit größter Spannung.

Dann gingen wir zu ihr.

Meisner ging zu der Patientin hin und setzte sich an ihre Seite, ohne mit einem Wort zu erwähnen, was er mit ihr zu tun gedachte. Er legte die Hand auf ihre Stirn, als wolle er fühlen, ob sie Fieber habe. Genauso ungekünstelt strich er ein paarmal über ihre Augenbrauen, worauf die Augen mit einer zitternden Bewegung geschlossen wurden; daran konnte ich die normale Reaktion vor dem magnetischen Einschlafen erkennen. Darauf strich er einige Male über ihre Brust und auch über den restlichen Rumpf, schließlich legte er seine Hand still auf ihr Herz. Die Patientin war jetzt vollkommen ruhig. Sie atmete langsam und zeigte entspannte Gesichtszüge. Nachdem sie zehn Minuten geschlafen hatte, fragte Meisner: »Hilft dies?«

Er beugte sich über sie und sprach mit recht leiser Stimme, aber dennoch so deutlich, daß alle im Zimmer ihn hören und verstehen konnten.

»Ja!« erwiderte die Patientin mit ähnlich klarer Stimme und ohne zu zögern. Sie lag immer noch mit geschlossenen Augen da und schlief offenbar. Ohne seine weiteren Fragen abzuwarten, sagte sie:

»Ich kann alles deutlich hören und sehen, auch mich selbst und mein Inneres.«

Meisner fragte dann:

»Auf welche Weise soll Euer Übel geheilt werden?«

Ohne Zögern kam die Antwort:

»Ich bin jetzt in die Lage versetzt worden zu wissen, was den Kopfschmerz lindern könnte«, sagte sie. »Es sind Kölnisch Wasser und Essig, äußerlich anzuwenden.«

Meisner schien einen Augenblick lang von dieser präzisen und schnellen Ordination verwirrt zu werden, aber er nahm sich zusammen und fragte, ohne auf die starke Erregung Rücksicht zu nehmen, die sich bei uns bemerkbar gemacht hatte, da wir das Ganze hatten verfolgen können:

»Was enthält die Geschwulst im Magen?«

»Ein Kind.«

»Lebt es noch?«
»Nein, es starb am Dritten des vergangenen Monats.«
»Aber das Kind muß ungewöhnlich groß sein, da Ihr ja vor einem Jahr sagtet, Ihr fühltet ein Kind in Euch heranwachsen?«
»Nein, es ist ziemlich klein, obwohl es jetzt ein Jahr und drei Monate alt ist. Dort, wo es liegt, hat es nicht genug Nährstoffe bekommen können. Deswegen ist es so klein.«
»Wo liegt es denn?«
»Außerhalb der Gebärmutter, hinten am Rücken, fast eingeschlossen von den Darmschlingungen.«

Bei diesen Worten entstand ein Gemurmel im Zimmer, das Meisner einen Augenblick beträchtlich irritierte. Er drehte sich unangenehm berührt um und winkte uns zu, wir sollten schweigen. Die Patientin hatte sich dagegen von unserer Reaktion nicht stören lassen: Sie lag immer noch still und ließ nicht einmal mit einem Zittern der Augen Anzeichen eines Erwachens erkennen.

Meisner wandte sich ihr wieder zu.

»Wie sollt Ihr denn gesund werden?« fragte er.

Bei dieser Frage entstand zum erstenmal eine Pause. Bis dahin hatte sie bereitwillig und ohne Zögern geantwortet. Jetzt schien sie sich einige Augenblicke zu sammeln, wie vor einer sehr wichtigen Botschaft. Wir waren alle äußerst gespannt. Dann antwortete sie.

»Das Kind wird sich auflösen und abfließen; was nicht aufgelöst werden kann, wird ausgeschieden werden. Aber während der Behandlungen sollte ich blutreinigende Mittel bekommen: Eine Mischung aus blutreinigender Erde von roter Farbe und gewöhnlichem Rotwein. Dadurch werden Auflösung und Ausscheidung gefördert.«

»Welche Art von Erde meint Ihr?«

Sie zögerte noch einmal, als sähe sie tief in ihr Inneres und könne noch nicht alles genau erkennen. Meisner sah sie gespannt und aufmerksam an, als ob er ihr mit seinem Blick Kraft geben wollte. Dann kam es heraus:

»Eine dreiviertel Meile westlich von Seefond liegt ein Stein.«
»Wo dort? Könnt Ihr seine Lage etwas genauer angeben?«
»Diese Erde gibt es in einem Wäldchen, unter einem Stein, der so groß ist wie ein Menschenkopf und auch so aussieht. Neben diesem Stein liegt ein anderer, kleinerer. Diese beiden Steine berühren einander. Unter diesen Steinen ist die Erde zu finden.«
»Wer hat Euch das gesagt?«
Diesmal zögerte sie nicht und sagte:
»Die Kraft hat mich gelehrt, in mich selbst hineinzusehen.«
»Wie wird es mit Euren Krämpfen weitergehen? Werden sie sich noch lange Zeit wiederholen?«
»Nein, in dieser Woche werde ich nur zwei Anfälle bekommen. Einer wird mich morgen früh treffen, der nächste am Abend des folgenden Tages. Keiner von ihnen wird schwer sein oder sehr lange andauern.«

Meisner erhob sich von seinem Platz an ihrer Seite. Keiner der Anwesenden sagte ein Wort; wir taten nichts weiter als ihn abwartend anzusehen. Dann lächelte er mir plötzlich zu und breitete seine Arme aus.
»Jetzt, Herr Kontrolleur«, sagte er, »ist die Behandlung eingeleitet worden.«
Er ließ sie eine Stunde lang schlafen.

3. Februar

Ich ging gestern zu Steiner ins Haus und erzählte ihm von allem, was sich zugetragen hatte. Er hörte zu, ohne ein Wort zu sagen. Die ganze Zeit saß er da und sah auf seine großen, schweren Hände herab; der helle Bart war zerzaust und schmutzig. Er sah ungepflegt aus. Ich glaube, die Ereignisse der letzten Tage haben ihm hart zugesetzt. Er ist empfindsamer, als man gemeinhin annimmt.
»Wie geht es Maria?« fragte er dann unvermittelt.

Mir ist jetzt allmählich aufgegangen, daß Meisner sehr weitgespannte Pläne hat. Er denkt offensichtlich nicht daran, sich ausschließlich in der medizinischen Sphäre zu bewegen. Er hat mir erzählt, daß er an einer Schrift über die Führung des Staates arbeitet.

Ich fragte, ob er lediglich über die Leitung der Geschicke Seefonds schreibe.

Er warf mir einen Blick zu, den ich als verachtungsvoll deuten mußte. Nein, erwiderte er, die Schrift zielt natürlich auf mehr ab.

Hartnäckigen Gerüchten zufolge soll er auch versuchen, seine Theorien in die Praxis umzusetzen. Vor einer Woche hat er mir in einem Anfall von Vertrauensseligkeit einen Ausschnitt aus einer Göttinger Zeitung, dem »Anzeiger«, gezeigt, der von einem gewissen Herrn Schlötzer herausgegeben wird.

Die von ihm angestrichenen Zeilen lauten wie folgt:
»Eine der größten Nationen der Welt, das vornehmste Kulturvolk, ist endlich dabei, das Joch der Tyrannei abzuwerfen. Gewiß haben die kleinen Engelchen Gottes im Himmel darob ein Te Deum Laudamus angestimmt.« Ich fragte ihn, ob damit die französische Nation gemeint sei. Er bejahte dies. Dann erinnerte ich mich, daß er sich in diesem Land längere Zeit aufgehalten hatte.

Ich kann in all dies keine Klarheit bringen. Er spricht viele Stunden lang mit dem Herzog von Seefond, offensichtlich über politische Fragen, zeigt mir aber gleichzeitig Ausschnitte aus einer Zeitung, die der Befreiung von der Tyrannei das Wort redet. Diese Dinge sind vielleicht nur scheinbar unvereinbar.

Jedoch: Das neue Frankreich ist eine Macht, die unserem Kaiser feindlich gegenübersteht. Daß unser Herzogtum Seefond schon seit langem größere Selbständigkeit und Unabhängigkeit vom Kaiser anstrebt, ist ebenfalls bekannt. Möglicherweise hat Meisner Beziehungen zu Paris, die uns einmal nützlich sein können.

Es ist auch denkbar, daß der Herzog die Autorität Meisners für andere Zwecke nutzen will. Aber wo bleibt dabei seine Vision, von der er so oft spricht? Kann sie auf jedes beliebige Gebiet ausgedehnt werden? Kann sie durch politische Absichten korrumpiert werden, ohne deswegen an Schlagkraft zu verlieren?

Ich wage mit keinem darüber zu sprechen, nicht einmal mit meiner Frau. Eine weitere Frage, die mich oft beschäftigt: Warum schweigt die Kirche? Warum bezieht die Kirche nicht Stellung, sei es nun für oder gegen Meisner?

Ich habe Steiner gebeten, zu mir nach Haus zu kommen, um meine Tochter zu besuchen. Er saß still bei diesen Worten und erwiderte nichts.

Er hat vielleicht Angst davor, den Beweis für Meisners Größe mit eigenen Augen zu sehen.

4. Februar

Gestern nahm ich als Beobachter an der Suche nach dem blutreinigenden Sand teil. Am Tage davor war eine kleine Expedition ausgeschickt worden, um diesen roten Sand zu finden, sie war aber zurückgekehrt, ohne ihren Auftrag erfüllt zu haben. Wir teilten dies der Somnambulen mit – diese Bezeichnung wird von Meisner jetzt regelmäßig gebraucht, und ich schließe mich manchmal seiner Ausdrucksweise an. Bei dieser Nachricht war sie niedergeschlagen, hielt aber an ihrer Behauptung fest.

Sowohl das Befragen als auch die Auskünfte erfolgten natürlich während ihres magnetischen Schlafs. Nach dem Erwachen kann sie sich an nichts mehr erinnern.

Wir überlegten dann, was zu tun sei: Meisner, Bademeister Pedersen, der an der ersten Expedition teilgenommen hatte, und ich selbst. Wir beschlossen, mit ihrer Hilfe weiterzusuchen; vielleicht würde sie in magnetisiertem Zustand den Ort leichter angeben und zeigen können.

Am Vormittag des Dritten wurde sie auf die übliche Weise magnetisiert. Danach wurde sie schlafend zu dem draußen wartenden Wagen gebracht. Die Abfahrt erregte großes Aufsehen.

Ich saß ihr gegenüber und betrachtete sie die ganze Zeit sehr aufmerksam. Sie hielt die Augen geschlossen; manchmal war ein leichtes Zittern festzustellen, aber es war so unbedeutend und kaum merklich, daß es nichts zu besagen brauchte. Sie schlief. Ich war davon überzeugt, daß sie tatsächlich schlief.

Eine halbe Stunde fuhren wir so schweigend dahin. Dann fragte Meisner, der neben ihr saß, ob sie uns ein wenig exakter führen könnte. Sie befahl uns, langsamer zu fahren. Gerade in dem Augenblick hatte ich den Eindruck, daß ihre Augenlider ein wenig flackerten, aber ich war dessen nicht sicher.

Plötzlich rief sie aus, der Wagen solle halten. Wir fragten, ob hier der rechte Ort sei, und sie bejahte dies.

Links von uns lag tatsächlich ein Wäldchen, oder richtiger gesagt, es handelte sich dabei um *zwei* Wäldchen. Wir sahen uns an und fragten uns, welches von beiden sie wohl gemeint haben mochte.

An diesem Tag war das Wetter sehr schlecht. Bei der Abfahrt aus Seefond war der Himmel bedeckt gewesen, ein leichter Nieselregen hatte eingesetzt. Jetzt goß es mit erschreckender Heftigkeit.

Bademeister Pedersen wurde als Kundschafter ausersehen; er sollte suchen, bis die Somnambule ihm stehenzubleiben befahl.

Pedersen verschwand im Regen. Wir anderen blieben im Wagen sitzen. Wir verhielten uns still.

»Ist er jetzt in der Nähe«, fragte Meisner nach einer Weile. Pedersen war gerade in einem Wäldchen verschwunden.

»Noch nicht«, erwiderte die Frau ruhig mit geschlossenen Augenlidern.

Aber dann, nachdem nur wenige Augenblicke verstrichen waren, rief die Frau plötzlich Meisner zu:

»Jetzt ist er in der Nähe! Sagt ihm, er soll stehenbleiben und sich bücken!«
Ich öffnete die heftig quietschende Wagentür und rief Pedersen zu, der jetzt hinter den Büschen und Stämmen des Wäldchens vollständig verborgen war:
»Bleibt stehen! Bleibt jetzt stehen!«
Ich vernahm ein schwaches Echo aus dem Wäldchen. Es hörte sich wie ein »Ja« an, aber der Regen prasselte nieder und erstickte fast jedes andere Geräusch. Ich stieg aus und ging ihm nach.
Ich fand ihn still dastehend, triefend naß, er zeigte mit einem Fuß auf die Erde. Sie war vollkommen eben, kein Stein war in der Nähe zu sehen, hier war nur Gras. Wir begannen zu graben, aber die Erde war schwarz. Wir gruben weiter bis zu einer Tiefe von etwa einem Fuß: Die Erde war immer noch schwarz. Wir gingen zurück. Frau Keiser lag noch immer gegen ein Kissen gelehnt, sie schlief. Wir teilten ihr das Ergebnis der Suche mit. Sie schien niedergeschlagen zu sein, erklärte aber, der Ruf müsse Pedersen zu spät erreicht haben; er müsse über die Stelle hinausgegangen sein, an der die Erde sich befindet.
Wir sollten es also noch einmal versuchen.
Es regnete sehr heftig, und es war kalt. Der Regen war teilweise mit Schnee vermischt. Wir gingen zurück, über das lehmige Feld, in das Wäldchen hinein. Wir suchten zunächst nach dem Platz, an dem wir vorhin gegraben hatten, dann rekonstruierte Pedersen seinen Weg zu diesem Platz, und diesem Weg folgten wir dann rückwärts bis zu seinem Ausgangspunkt. Nach dreißig Metern kamen wir an eine sehr steinige Partie, und Pedersen erklärte, er sähe zwei Steine von der Größe eines menschlichen Kopfes, die einander berührten. Er stellte fest, daß der eine Stein, wie angegeben, kleiner war als der andere. Ich machte ihn darauf aufmerksam, daß diese Tatsache nicht außergewöhnlich sei, denn zwei Steine würden wohl schwerlich gleich groß sein.
»Hier kann es aber sein«, sagte er jedoch.

Wir gruben unter den Steinen. Die Erde war hier sandig und gelb. Nach einer Weile kam Pedersen an eine Schicht, die von rotgelber Farbe war; möglicherweise hätte man sie auch als braungelb bezeichnen können, aber wir stimmten beide darin überein, daß die Farbe dieser Erdschicht den Angaben Frau Keisers entsprach.

»Hier ist also der Sand«, stellte Pedersen fest.

Wir setzten uns nieder. Wir waren vom Graben recht müde geworden, außerdem völlig durchnäßt.

»Hat sie hinsichtlich ihrer Anfälle recht behalten?« fragte ich Pedersen.

»Ja«, erwiderte er. »Der erste Anfall kam jedenfalls zur angegebenen Zeit und war recht leicht. Alles kam wie vorausgesagt.«

»Außerdem haben wir jetzt ihre rote Erde gefunden«, sagte ich.

Er sah mich fragend an. Ich erhob mich und stellte fest, daß mich fror.

Wir gingen zum Wagen zurück.

Die Frau wurde sehr froh, als wir ihr sagten, wir hätten die Erde gefunden.

Meisner nahm etwas von dem Sand zwischen seine Finger und untersuchte ihn genau.

»Ja«, sagte er, »er ist tatsächlich rot.«

Schweigend fuhren wir nach Hause.

Später, während der Behandlung, fragte er sie, wie sie sich jetzt fühle, welche Maßnahmen ergriffen werden sollten.

»Mit den Kopfschmerzen verhält es sich so«, erwiderte sie, »daß die Schmerzen und die Krampfanfälle Wasser in den Kopf getrieben haben, das sich jetzt um mein Gehirn gelegt hat. Infolge der magnetischen Behandlung hat dieses Wasser jetzt begonnen wegzusickern. Die Krämpfe werden allmählich mehr und mehr nachlassen.«

Um die Anfälle von Brechreiz zu lindern, von denen sie gelegentlich befallen wurde, verordnete sie sich selbst »Mutterwasser, auf einem Stückchen Zucker einzunehmen, drei Tropfen alle zwei Stunden«.

Meisner magnetisierte sodann den roten Sand, den Wein und das Mutterwasser.

9. Februar

Heute befahl Meisner Frau Keiser von neuem, in sich selbst hineinzusehen und zu erzählen, was sie sähe. Sie ging bereitwillig darauf ein. Die folgenden Aufzeichnungen sind während ihrer Erzählung sofort niedergeschrieben worden; was mich betrifft, sind sie außerordentlich sorgfältig.

Nachdem sie magnetisiert worden war, erklärte sie, die Arznei habe sie ziemlich angegriffen, aber richtig wirken würde sie erst morgen. Morgen würde sie von schweren Kopfschmerzen, schwerem Brechreiz und qualvollen Krämpfen heimgesucht werden. Alle diese Symptome würden jedoch gegen Mittag erheblich nachlassen.

Nach weiteren drei Tagen würde sich Blut im Stuhl zeigen. Zu diesem Zeitpunkt sollte damit begonnen werden, während ihres magnetischen Schlafs ihre kranke Seite hart zu drücken, vom Rückgrat abwärts, um den Embryo zu lösen. Einige Teile des Embryos würden auf dem normalen Wege zum Vorschein kommen. Die größeren Teile jedoch, und insbesondere die Schädeldecke, würden längere Zeit in ihr bleiben und dann erst mit dem Stuhlgang herauskommen.

Sie erklärte auch, sobald all dies eingetroffen sei, würden ihre Beine (die lange Zeit so kraftlos gewesen waren, daß sie nur mit Mühe ein kurzes Stückchen täglich zu gehen vermochte) ihre ehemalige Kraft wiedergewinnen. Es würde aber dennoch von Nutzen sein, sie mit einer Wasserlösung zu bestreichen, die aus Wasser, Salz, Kamillenblüten oder Krauseminze bestehen sollte.

Danach strich Meisner noch ein paarmal über ihr Gesicht, um, wie er sagte, ihren Schlaf zu vertiefen. Sodann bat er sie, noch ein weiteres Mal in sich selbst hineinzusehen und das Gesehene näher zu beschreiben, besonders die tote Leibesfrucht und ihren augenblicklichen Zustand.

Sie erklärte: »Ich sehe alles sehr deutlich; aber die Einzelteile sind so zusammengewürfelt und so vielfältig, daß ich sie noch nicht unterscheiden und beim Namen nennen kann. Ich brauche Zeit, um alles in Ruhe zu betrachten.«

Meisner fragte, ob die Leibesfrucht lose zwischen den Därmen liege.

»Nein«, erwiderte sie, »zum größten Teil ist sie in eine Art Sack eingeschlossen, der aus Fell zu sein scheint.«

»Ihr sagt ›zum größten Teil‹«, fragte Meisner, »befindet sich nicht der gesamte Embryo in diesem Sack?«

»Nein, der linke Arm liegt außerhalb des Sacks, neben dem Darm, der bis zum Mastdarm herunterführt.«

»Hat der Arm schon immer dort gelegen?«

»Nein, während der schweren Krämpfe zerbarst der Sack, und dabei fiel der Arm heraus.«

Die Patientin gab auch an, sie könne ein Wirrwarr von Adern erkennen, die den Embryo ursprünglich mit der Brust verbunden hätten und ihm so Nahrung verschafft hätten, solange er noch am Leben war. Jetzt aber wären diese Adern zerrissen und in großer Unordnung.

Die ganze Zeit über saß ich über mein Schreibzeug gebückt, und da die Frau ziemlich langsam sprach, glaube ich garantieren zu können, daß ihre Worte so und nicht anders lauteten. Ich stehe dafür ein, daß sie diese Worte tatsächlich äußerte. Ich kann bezeugen, daß diese Worte wirklich einmal gefallen sind.

Etwas anderes vermag ich nicht zu kontrollieren. Böse Vorahnungen und Unruhe erfüllen mich. Das Phantastische trifft mich mit der Heftigkeit einer Lawine, ich fühle mich losgelöst, als hätte ich keinen festen Boden unter den Füßen. Alles, woran ich bisher geglaubt, alles, was ich bisher gelernt habe, erscheint jetzt fließend und unsicher.

Meisner jedoch gab an, mit ihr sehr zufrieden zu sein.

Schon am selben Abend schien die ganze Stadt von allem zu wissen.

Die Erregung war groß. Man betrachtet ihn als einen Gott; also wird mich wohl bald der Glorienschein des Vorläufers umgeben. Oder jedenfalls der des Mitläufers.

Ich bemerke mein Ausweichen: Die Selbstironie ist ein dankbarer Hafen für denjenigen, der nicht den Mut oder die Kraft hat, selbst Stellung zu beziehen oder für eigene Entschlüsse einzustehen.

Am selben Abend noch ging ich in Wegeners Keller.

Die Leute umringten mich sofort und luden mich zum Bier ein; ich hatte das Gefühl, ein Held zu sein, der nach großen Taten aus dem Kriege zurückkehrt. Man rühmte meinen Einsatz: Man wollte gehört haben, ich sei, vom Medium geführt, direkt auf einen heilkräftigen Stein zugegangen, der von kupferroter Farbe und von eigener Leuchtkraft gewesen sein solle. Dieser Stein nun sei dann zermahlen worden und sollte jetzt zur Genesung der Patientin beitragen.

Jemand wandte sofort ein, es seien ausschließlich die wunderbaren Eigenschaften Meisners, die der Frau dies ermöglicht hätten. Viele stimmten diesem Mann zu.

Ich versuchte, sie zu berichtigen, aber sie brachten mich mit lautem Johlen zum Schweigen und hielten meine Proteste für Äußerungen meiner Bescheidenheit.

Erst viel später sah ich Steiner. In einer Ecke saß er allein an einem Tisch. Man versuchte, mich daran zu hindern, zu ihm zu gehen. Soweit ich herausbekommen konnte, hatte man offensichtlich das Lied von seinem Mißerfolg und Meisners Triumph gesungen.

Ich ging an seinen Tisch und setzte mich.

»Du bist erfolgreich«, sagte er und sah zu mir auf. »Ich beglückwünsche dich dazu.« Ich saß bei ihm und wußte nicht, was ich sagen sollte. Er war mein Freund.

»Ich bin traurig«, versuchte ich zu sagen. »Ich bedaure die Verfolgungen, denen du ausgesetzt bist.«

Er sah mich an und lächelte.

»Auch ich bin traurig. Wenn alles vorbei ist und vom Wunder nichts mehr übrig ist«, sagte er langsam, »habe ich die ganze Zeit abseits gestanden. Das ist auch zu bedauern.«

»Du bereust es?« fragte ich zweifelnd.

»Es liegt eine gewisse Schönheit in der glatten, reinen Oberfläche«, sagte er und sah in sein Glas. »Sie ist rein und vernünftig. Aber auch im Tierischen, Grotesken, Verdrehten liegt Schönheit, eine andere Form von Schönheit. Das ist die Schönheit des Verrats, für sie bin ich blind.«

»Ich verstehe dich nicht«, erwiderte ich.

»Du liest zu wenig«, sagte er und lächelte wieder; »du hättest dann den romantischen Künstler in ihm gesehen und ihn nicht einen Arzt genannt. Ich habe den Beruf des Arztes gewählt, weil ich nicht glaube, daß das Tierische und Dunkle die Macht übernehmen darf, auch wenn es uns ein Glücksgefühl vermittelt. Der Verrat ist eine schöne Kunst, aber nur in kleinen Portionen.«

Ich schwieg.

»Ich trauere nicht deshalb, weil er hergekommen ist«, fuhr Steiner zögernd fort. »Ich trauere nur darüber, daß er mich nicht einmal gereizt hat. Die Versuchung, die einen nicht lockt, ist keine Versuchung. Daß man ihr dann widersteht, bedeutet nichts.«

Wir unterhielten uns lange. Er verblüffte mich. Auf gewisse Weise hat er eine Vision, die genauso stark ist wie die Meisners, obwohl sie der Vision Meisners diametral zuwiderläuft. Er verbeißt sich in der Wirklichkeit, weigert sich, von ihr zu lassen. Ich mag ihn aufrichtig gern.

Wir verließen den Keller gemeinsam. Als wir durch die Tür ins Freie gingen, stimmte jemand einen Gesang an, in dem von Steiner die Rede war, und die anderen fielen sofort ein. Ich schloß die Tür hart hinter mir.

Draußen regnete es. Einige Augenblicke standen wir still da und wußten nichts zu sagen. Schließlich sagte Steiner:

»Dorthin hat ihre Verzückung sie gebracht.«

Ich konnte sein Gesicht nicht sehen. Es war dunkel, es regnete. Ich konnte sein Gesicht nicht sehen.

Ich, Claus Selinger, Arzt in dieser Stadt und Meisners Helfer, teilte ihre Verantwortung. Ich blieb still stehen, ich ging nicht zu ihnen hinein, ich sprach nicht zu ihnen, ich war vom Erfolg berauscht, meine Feigheit ließ mich stillhalten. Ich tat nichts. Ich stand still und hörte, wie Steiner vor mir atmete, ich hörte die Worte des Gesangs, ich bezog keinen Standpunkt. Und ich sah, wie Steiner sich umwandte und ging, während ich immer noch still dastand.

IX

Er schritt erhobenen Hauptes dahin, ohne zur Seite zu blikken.

Er wußte, daß er sie nicht anzusehen brauchte. Er konnte sie sich dennoch gut vorstellen: Neugierig stehenbleibend, flüsternd, bewundernd. Er wußte, wie sie ihn ansahen.

Frau Keiser wird der glanzvollste Edelstein in meiner Krone sein, dachte er flüchtig. Der letzte Stein des vollendeten Mosaiks. Sie betrachten es und verstehen. Das Kunstwerk wird bald fertig sein. Dann werden sie keinen Widerstand mehr leisten können. Das Kunstwerk hat sie übermannt, und sie sind hilflos. »Weber«, sagte er geradeaus, ohne in die Richtung zu sehen, in der er die gekrümmte Gestalt wußte, »du siehst sie. Du siehst, wie sie uns ansehen. Spürst du, wie unsere bloße Anwesenheit sie verwandelt?«

Er hörte keinen Laut vom Weber und wandte sich eine Sekunde mißlaunig zur Seite. Aber da stand er, treu, ihn verständnislos angaffend.

»Verstehst du?« fuhr er irritiert fort.

»Jaa«, ertönte es schwach von der Seite.

Er beachtete den Weber nicht, sondern ging schweigend weiter. Er hörte, wie einige Passanten ihn grüßten, wie der Weber an seiner Stelle den Gruß demütig erwiderte, aber Meisner selbst sagte kein Wort. Ich bin dazu gezwungen, dachte er. Sie zwingen mich zum Hochmut, da der Hochmut ein Bestandteil des Kunstwerks ist. Der Hochmut ist ein Teil der Kraft. Ich habe kein Recht, sie dessen zu berauben.

Die Voraussetzung ist Unsicherheit, dachte er für einen Augenblick und runzelte die Stirn. Sieh sie nicht an, sprich nicht mit ihnen. Meine Selbsterhöhung ist eine Voraussetzung für ihre Erhöhung. Ich darf nicht sein wie sie.

Der Weber folgte ihm wie ein Schatten.

Es war Februar. Die Straßen waren von geschmolzenem Schnee fast aufgelöst, es war schwer, vorwärtszukommen. Sie reden von Sanierung, dachte er verächtlich.

Wenn wir angekommen sind, dachte Meisner, werde ich dem Weber befehlen, vor den Augen aller meine Stiefel vom Fuß zu ziehen. Dann werde ich dem Herzog einen Boten schicken. Dann werde ich den Weber die Einnahmen durchsehen lassen, ohne ihn dabei allerdings auch nur eine Sekunde aus den Augen zu lassen.

Am Vormittag hatte er Frau Keiser behandelt.

Während seiner Karriere waren ihm viele Somnambule begegnet, aber niemals eine wie die Keiser. Sie war vollkommen: schlief sofort ein, nachdem er sie magnetisiert hatte, antwortete willig und ausführlich auf alle Fragen, beschrieb ihren eigenen Krankheitszustand detailliert, ebenso die geeigneten Behandlungsmethoden.

Über Frau Stesser hatte er in den letzten Tagen nicht viel erfahren. Sie war ein paar Male bei seinen Abenden erschienen, hatte unbewegt auf ihrem Stuhl gesessen und war immer zusammen mit den anderen wieder fortgegangen. Die Leute hatten sie als einen erfolgreichen Fall bezeichnet. Es sollte nicht wiederholt werden, dachte er, aber ohne sonderliche Überzeugung. Sie war heiß und eng gewesen, und manchmal erwachte er mitten in der Nacht und träumte, sie läge vor ihm, drehe und winde sich, während er in sie eindrang. Aber danach hatte sie sich gestellt, als sei nichts geschehen. Und Selinger hatte nur mit seinem üblichen Starren im Vorzimmer gesessen. Aber Madame Keiser könnte sich zu einem dauerhaften Fall entwickeln.

Nachdem also die Somnambule eingeschlafen war, hatte sie ihn sofort daran erinnert, daß die Zeit für die entscheidende Behandlung jetzt gekommen sei. Es schien ihr mit dieser

Mitteilung sehr dringend zu sein, und Meisner zeigte mit den Händen auf seinen Kontrolleur, um damit anzudeuten, daß er im Besitz einer übernatürlichen und übermenschlichen Kraft sei, die alles in eine bestimmte Richtung treibe. Vor der Behandlung hatte der Puls bei einhundertvier gelegen; nach dem Einschlafen war er auf achtzig gesunken. Während der eigentlichen Behandlung war er von niemandem kontrolliert worden.

Sie behauptete also, jetzt sei der Zeitpunkt gekommen, der Geschwulst mit äußerlicher Druckanwendung zu Leibe zu rücken. Das Kind, von dem sie sprach und von dem die ganze Stadt sprach, sollte auf diese Weise zerdrückt werden und dann austreten. Ein kostbares Kind, hatte Meisner viele Male gedacht, ein Kind, das meine Einkünfte verdoppelt.

Sie sprach sehr klar und deutlich, erteilte ihre Befehle in bestimmtem Ton. Sie brauchten nur nach ihren Anweisungen zu handeln. Sie wies darauf hin, daß sie während der Behandlung mit dem Bauch gegen etwas Hartes drücken müsse, »das genügenden Widerstand bieten könne«.

Sie setzten sie im Bett aufrecht hin, dann stand sie selbst auf, ohne fremde Hilfe, ohne daß es ihr Mühe machte und ohne zu schwanken, was sie sonst immer in magnetisiertem Zustand tat. Danach legte sie sich bäuchlings über einige Stühle, etwas nach rechts gedreht. Dann zeigte sie ihm: Sie nahm seine Hand, befahl ihm, sie fest zu schließen und führte sie unter frenetischem Drücken von der Seite der Wirbelsäule an der untersten Rippe an abwärts, über das Hüftbein, bis zur Leiste, beinahe bis zu ihrer Scham.

Sie sahen einander an, verstanden aber, daß sie es ernst meinte. So sollte die Behandlung vor sich gehen.

Meisner nahm dann seinen Platz neben ihr ein und drückte mit seiner geballten Faust auf die Art, die sie ihm gezeigt hatte. Die Kraft, die er mit den bloßen Händen auf die betroffene Stelle applizieren konnte, erschien ihr ungenügend, und deshalb mußte er sein Knie zur Hilfe nehmen, um sich besser abstützen zu können.

Sie erklärte, je härter der Druck, desto größer ihr Wohlbehagen in der Geschwulst, um so schneller würde sie wieder gesunden. Er lauschte ihr schweigend und nickte, während er die Geschwulst bearbeitete.

Als Meisner nach gut zehn Minuten keine Kraft mehr zum Weitermachen hatte, war auch sie ermattet. Sie weigerte sich entschlossen, jemand anderen die Behandlung fortführen zu lassen. Sie mußten sie ins Bett zurücktragen.

Danach ging Selinger zu Meisner hin.

»Ich habe über etwas nachgedacht«, sagte er. »Wenn das Kind jetzt, nach den Angaben der Frau, ein Jahr und drei Monate alt ist und nicht ganz und gar von dem Sack eingehüllt ist, der nach unserer Meinung den Kern der Geschwulst ausmacht, müßte die Frau dann nicht in irgendeiner Form vergiftet sein?«

»Sie ist aber nicht vergiftet«, erwiderte Meisner kurz.

»Aber das ist doch unmöglich!«

»Unmögliches interessiert mich nicht«, sagte Meisner.

»Ich erlaube mir jedenfalls, das zu bezweifeln«, sagte Selinger, »bis ich Teile dieses Kindes gesehen habe.«

»Zweifel können heilsam sein, aber auch schädlich«, wandte Meisner in immer härterem Ton ein.

»Für wen?«

»Für all die Kranken, die ich behandle«, sagte Meisner. »Für deren Genesung ist der Glaube eine Voraussetzung. Das Unterdrücken jeglichen Zweifels – in diesem Fall sogar eines kindlichen und überflüssigen Zweifels – ist der Preis, den wir bezahlen müssen, um ihnen die Gesundheit wiederzugeben.«

Selinger stand geraume Zeit unentschlossen und schweigend vor ihm. Dann wandte er sich ab und ging.

Der Kontrolleur, dachte Meisner, nimmt seine Aufgabe zu ernst. Seine Aufgabe ist allein, mich und meine Sache zu unterstützen. Sonst nichts.

Er entschloß sich plötzlich, ihm das auch zu sagen. Aber als er ins Treppenhaus kam, war Selinger bereits verschwunden. Er hörte, wie Bademeister Pedersen hinter ihm auf die Treppe hinaustrat, und ohne daß er sich umzudrehen brauchte, wußte er, daß dieser ein wohlwollendes Lächeln auf den Lippen hatte. Meisner sah hartnäckig zu Boden und ging wieder zurück, ohne ein Wort zu sagen.

Am Tage danach besuchte er Maria.

»Ihr kommt so selten«, sagte sie und sah ihn ernst an. »Ich bin gesund, aber dennoch nicht gesund. All die Dinge, von denen Ihr spracht, als Ihr bei mir wart, liegen noch da wie ein Stück nicht bearbeiteten Tons. Ich sehe, aber noch *bin* ich nichts.« Er betrachtete sie lange. Alles, was damals geschehen war, schien jetzt so unendlich weit weg zu sein. Er erinnerte sich an lange Gespräche im Halbdunkel, erinnerte sich an ihre klare, spröde Stimme; aber dennoch erschien die ganze Geschichte unwirklich, unglaubhaft. »Ich kann mich nicht mehr an alles erinnern, was ich damals sagte«, versuchte er zu sagen. Seine Stimme war rauh, und er fand, er bringe nur ein undeutliches Krächzen heraus.

»Ihr erzähltet mir, wie es sei, das Sehen zu wagen«, sagte sie erstaunt. »Habt Ihr das vergessen? Wie ich die Welt ansehen sollte. Wie ich an sie glauben sollte, daß ich mich nicht mehr vor ihr verbergen sollte. Habt Ihr das vergessen?«

»Ja«, sagte er breiig. »Fast alles.«

»Und seitdem Ihr ein Wunder an mir getan habt ...«

»Ich habe kein Wunder vollbracht«, sagte er heftig. »Ich habe nur durch dich ein Wunder vollbracht.«

»Jedenfalls seid Ihr es gewesen«, sagte sie und lächelte ihm entschuldigend zu. »Ihr spracht davon, daß ein Wunder die Wirklichkeit verwandeln würde ... nein, ich würde eine Vision haben ... nein, ich würde wieder sehen können, und das sei die mir zu Gebote stehende Vision. Ist es nicht so gewesen?«

»Vielleicht«, sagte er. »Vielleicht habe ich es so ausgedrückt.«

»Und nichts war so schlimm, wie ich es mir vorgestellt hatte«, sagte sie eifrig. »Eine Zeit konnte ich nicht spielen, aber die Fähigkeit dazu kam wieder, als ich zu vergessen gelernt hatte, daß ich sehen konnte. Man muß eine neue Eigenschaft schaffen, um dann zu vergessen, daß man sie hat! Ist das nicht eigenartig? Zuerst etwas zu haben und dann zu vergessen, daß man es hat, um es ausnutzen zu können?«

Er erhob sich, stand einen Augenblick still neben dem Stuhl, auf dem er gesessen hatte, und sah sie an. Sie hatte helles Haar und eine dünne, bleiche Haut. Sie hatte graue Augen. Sie war von mittlerer Größe und nicht übermäßig rundlich. Ihr Kleid war schwarz, mit weißen und roten Farbtupfen. Es bereitete ihm Vergnügen, sie anzusehen.

Man muß sich etwas anschaffen, dachte er, und es dann nicht zu anderen Zwecken ausnutzen. Man muß bei allem eine Grenze ziehen, die dann nicht überschritten werden darf. Wenn man über die Grenzen hinausgeht, verdünnt sich alles mehr und mehr: Nichts bleibt dann noch übrig.

»Geht Ihr jetzt?« fragte sie erstaunt.

»Ja«, sagte er. »Ich gehe jetzt. Du bist gesund und brauchst meine Hilfe nicht.«

Selinger half ihm selbst in den Mantel. Meisner hatte ihm etwas sagen wollen, aber er kam nicht darauf, was es war, und jetzt mochte es ruhig ungesagt bleiben. Er mußte hinaus. Er mußte aus allem herauskommen.

Aber die Wanderung heimwärts war lang, und er war auf den Straßen nicht allein. Viele Leute grüßten ihn, viele ehrerbietig. Er ging geradeaus, immer gedankenvoller, immer mehr in sich selbst versunken. Er hörte ihre Stimmen und wußte, was sie sagten, und er wußte, daß sie ihn banden und daß er nie etwas anderes als gebunden sein würde, daß es für alles viel zu spät war.

Als er zu Hause war, ließ er sich vom Weber seine Stiefel ausziehen. Es war Februar: Die Straßen waren aufgeweicht. Es fiel starker Regen.

X

Claus Selinger: Tagebuch, 12. Februar - 7. März 1794

12. Februar

Der Zustand Madame Keisers ist in den letzten Tagen erheblich besser geworden. Die Zweifel, die mich mitunter befallen hatten, was die Behandlungsmethoden Meisners und seine allgemeine Zuverlässigkeit angeht, sind immer mehr geschwunden: Nachts hat sie ruhig geschlafen, die Krämpfe haben fast völlig nachgelassen, die Geschwulst im Unterleib hat an Umfang deutlich abgenommen. Die Behandlungsmethoden, die sie selbst in magnetisiertem Zustand empfohlen hat, sind sehr kühn, aber sie sind offensichtlich die einzig erfolgversprechenden. Meisners Magnetisierungen muß immerhin der größte Anteil am Erfolg zugesprochen werden; sowohl direkt als auch indirekt, da er der Patientin die Kraft gegeben hat, in sich selbst hineinzusehen.

Ich zitiere aus meinen Aufzeichnungen von vorgestern: »Nachdem die Patientin magnetisiert worden war, wurde die Geschwulst wie gestern mit äußerlicher Druckanwendung behandelt. Während dieser Prozedur verhielt sie sich wie beim letztenmal. Man kann sich nur wundern, wenn man sieht, wie das Gesicht der Patientin bei dieser immerhin kräftigen Druckanwendung bei einem bereits mißhandelten und geschwollenen Unterleib vor Freude strahlt, wie ihre Miene innerlichstes Vergnügen ausdrückt, und wenn man dabei hört, wie sie mit berauschtem Tonfall ausbricht: ›Ach, wie das gut tut!‹ ›Drückt heftiger!‹ ›Ach, ist das herrlich!‹ usw. Meisner arbeitet oft, bis ihm der Schweiß auf der Stirn steht, und wenn er dann vor Erschöpfung aufhören muß, gleitet ein mißvergnügter Zug über das Gesicht der Patientin. Sie erlaubt jedoch keinem anderen, mit der Behandlung fortzufahren.«

Meisner paßt ohne Zweifel seine Methoden den jeweiligen Eigenheiten seiner Patienten sehr geschickt an; in Gedanken vergleiche ich die Behandlung, die er meiner Tochter angedeihen ließ, mit der, deren Zeuge ich hier bin. Vielseitigkeit und Anpassungsvermögen sind sicher einige der Besonderheiten seines speziellen Genies.

Die Frau erklärte, nachdem die Behandlung unterbrochen worden war, die Leibesfrucht werde jetzt vollends zerstört werden, und bald würde sie aller Qualen ledig sein.

Sollte ihre Voraussage, daß die Leibesfrucht mit dem Stuhlgang abgestoßen werden würde, eintreffen, so würde das zweifellos eine Sensation in der Geschichte der medizinischen Forschung bedeuten. Ich führe meine Aufzeichnungen jetzt mit äußerster Sorgfalt, um sie später gegebenenfalls einem größeren wissenschaftlichen Auditorium vorlegen zu können.

Ein Erfolg mit diesen Aufzeichnungen würde mir ohne Zweifel den Weg in die Welt der Forschung ebnen, die mir seit langem verschlossen gewesen ist. Trotz meiner mangelnden Intelligenz bin ich lange der Ansicht gewesen, daß meine Fähigkeiten durchaus denen entsprechen, die von den meisten anderen aufgeboten werden; es hat lediglich an geeigneten Forschungsobjekten gefehlt. Ich habe mir also Konsultationen meiner gewöhnlichen Patienten verboten, um mich ungestört diesem Fall widmen zu können. Meine Frau ist mit mir in diesem Punkt voll und ganz einer Meinung. Gestern erklärte sie, es müsse ein Glückstag in unserem Leben gewesen sein, als Meisner in unsere Stadt kam.

Früh an diesem Morgen begegnete ich Steiner. Er fragte mich, ob ich über Meisners frühere Tätigkeit etwas wüßte.

Ich erwiderte nein. Er riet mir, ich sollte versuchen, Auskünfte über ihn einzuholen.

Ich schrieb sofort an eine Reihe von Freunden aus meiner Studienzeit. Kein Mittel ist zu ausgefallen, um einer guten Sache zum Sieg zu verhelfen.

Anderenfalls – habe ich nur meine Pflicht als Aufpasser getan.

Später am Tage wurde ich von Meisner gebeten, der Frau ein Laxans zu verordnen. Ich verschrieb: Jalappa, 1 Scrupel, und 1 Gramm Calomel.

Es erstaunt mich, daß er jeglicher Einsicht in elementare medizinische Verhältnisse so vollkommen bar ist. All dies bestärkt mich jedoch in meinem Glauben: daß er ein Mann ist, der allein und ausschließlich eine einzige Gabe besitzt; nichts sonst. Dies aber bedeutet *alles*.

20. Februar

In den letzten Tagen hat Frau Keiser als Ratgeberin in medizinischen Fragen auch bei anderen Patienten tätig sein dürfen. Bei einigen der Neuzugänge hat Meisner die Behandlung bis zu einem gewissen Grad von der Somnambulen bestimmen lassen.

Gestern kam eine Witwe namens Hofrei aus der Viktualiengasse in das Zimmer der Keiser, während ich mich dort aufhielt; einen Augenblick lang schien Meisner davon in Verlegenheit gebracht zu werden, eigentümlicherweise, wie ich hinzufügen muß. Er faßte sich jedoch rasch und erzählte mir, daß er in diesem Fall die Somnambule die Behandlungsmethoden hatte diktieren lassen.

Diese Frau hat seit zehn Jahren an unerhörten Schmerzen im linken Teil des Hypochondriums gelitten. Diese Schmerzen wurden von Brennen, Juckreiz und Zittern an dieser Stelle begleitet. Viele Male waren zu diesen Symptomen noch Angstzustände getreten.

Sie hatte Medikamente genommen, aber ohne den geringsten Erfolg. Während kurzer Zeit bin ich selbst ihr Arzt gewesen, und, meinen Journalen zufolge, habe ich ihr zuerst asa foetida, dann Aloe und schließlich, als all dies nicht half, Ochsengalle verordnet.

Frau Hofrei machte diesmal einen bedeutend jämmerlicheren Eindruck als zu der Zeit, da ich sie behandelte. Ihre Korpulenz ist geschwunden, so daß ihre Kleider höchst eigenartig an ihr herabhängen. Die Somnambule, die bereits ihren magnetischen Schlaf schlief und folglich nicht wissen konnte, wer da hereingeführt wurde, erklärte, daß das Krankheitsbild infolge allzu starker medikamentöser Behandlung undeutlich sei, daß man aber der Patientin zunächst ein Brechmittel eingeben solle, sodann ein Viertel euterwarmer Ziegenmilch, mit Hoffmannstropfen vermischt, dreißig Tropfen, danach – falls dies nicht helfen sollte – einen Löffel Testrek in flüssiger Form, mit Spänen von einem Birkenstamm vermischt, der bei einer Feuersbrunst gebrannt haben müsse. Außerdem sollte die Patientin bis zwei Uhr am folgenden Tag nichts zu sich nehmen. Auf direkte Fragen Meisners unterstrich sie besonders, daß diese Behandlung mit Magnetisierung, zweimal wöchentlich, einhergehen müsse, und zwar mindestens zwei Monate lang. Die Witwe Hofrei wurde bei dieser Ordination derart dankbar, daß sie in lautes Weinen ausbrach und überschwenglich ihren Dank vorbrachte. Der Bademeister Pedersen führte sie daraufhin schleunigst aus dem Zimmer.

Ich habe immer das Unkomplizierte geliebt, das, was einfach und eindeutig ist. Der Grund dafür ist vermutlich meine eigene Eingleisigkeit. Wenn ich mich jetzt mit einer mehrdeutigen – für mich mehrdeutigen – Situation konfrontiert sehe, empfinde ich das natürlich als Heimsuchung.

Überraschend ist allerdings, daß diese Situation auch eine Anziehungskraft auf mich ausübt. Ich sehe dies als eine Gefahr an: die Neigung, die Unsicherheit deshalb zu wählen, weil sie attraktiv ist und das Aufsuchen des Eindeutigen zu vermeiden.

Ich habe, wie ich schon früher mitgeteilt habe, damit begonnen, mich auf Früheres zu besinnen, um festen Boden für Wertungen zu gewinnen. Die erste Person, auf die ich in meiner sehr begrenzten Literatursammlung stieß, war der Graf Alessandro Cagliostro. Er wird als »berüchtigt, als Schwindler und Exorzist« charakterisiert. Es wird von seinen sehr eigentümlichen Manipulationen gesprochen. Er soll heute noch am Leben sein.

Nachdem ich mich gründlicher in das Lebensschicksal dieses Mannes vertieft hatte, versuchte ich, Ähnlichkeiten zwischen ihm und Meisner festzustellen; Ähnlichkeiten lassen sich aber nur in geringer Zahl nachweisen, und das auch nur auf einer mehr grundsätzlichen Ebene. Der Stempel ›Schwindler‹ irritiert mich. Es fällt den Leuten offensichtlich immer sehr leicht, ein schnelles Urteil über den zu fällen, der sich auf den Wegen der Unvernunft vorwärtswagt.

In diesem Zusammenhang erinnere ich mich an ein Gespräch, das ich mit Meisner hatte. Ich fragte ihn, ob er ein Mystiker sei. Er sagte ja. Da nannte ich den Namen Ekkehart. Darauf reagierte Meisner äußerst überraschend. Er ließ sich heftig über diesen Denker aus und erklärte, dessen Mystik sei lediglich eine subtilere Form des Vernunftglaubens. Ich fragte ihn, was er für Mystik halte, wie denn seiner Meinung nach die wahre Mystik beschaffen sei.

»Ein Hebel unter den Häusern der Welt«, erwiderte er geheimnisvoll.

Noch weiter zurück finde ich einige Sätze, die ganz nebenbei davon künden, wie französische Könige des Mittelalters »körperheilende Bewegungen mit wundersamer Wirkung« ausführten.

Es gibt offenbar viel Ähnliches. Ich habe nur nicht die Kraft, noch weiterzumachen. Dennoch halte ich die Methoden Meisners für originell, im tiefsten Sinn des Wortes: Niemand kann solche Ergebnisse wie er vorweisen.

Ich bin sehr gespannt, was meine Briefe bewirken werden. Ich habe mich auch erkundigt, ob die Witwe Hofrei vermögend genug ist, an den Abenden Meisners teilzunehmen. Das soll der Fall sein.

Das braucht natürlich nichts zu bedeuten.

22. *Februar*

Frau Keiser hat heute behauptet, die Leibesfrucht sei schon so zerbrochen, daß schon morgen Knochenteile zum Vorschein kommen würden. Wir sollten ihr aber zunächst ein Abführmittel geben: Englisches Salz.

Sie erklärte auch, daß ihre Brüste beginnen würden, Milch zu geben, wenn die Frucht zum Vorschein käme, und wir deshalb Brustpumpen anschaffen sollten, »um die Milch abzuziehen und die Stauungen zu verteilen«.

Ich beschließe diese Aufzeichnungen um acht Uhr abends. Meine Frau hat soeben ein leichtes Abendessen aufgetragen. Meine Tochter hat auch aufgehört zu spielen; ihr Sehvermögen erweitert ihren Gesichtskreis und weckt in ihr Interessen über die Musik hinaus. Sie spielt jetzt nur noch ein paar Stunden am Tag.

Ich bin jetzt bereit für die Nacht. In dieser Nacht will ich viel schlafen, weil morgen vielleicht sehr wichtige Ereignisse eintreten können.

Steiner nannte Meisner einen Künstler. Dies ist eine überraschende Zusammenstellung, denn ich weiß, daß Steiners größtes Interesse der Kunst und der Literatur gilt. Auch nannte er Meisners Methoden tierisch und außermenschlich.

Auch bei Steiner gibt es ein Zögern. Es tut mir wohl, dies zu registrieren, denn er ist mein Freund, und ich schätze sein Urteil.

Einmal, vor einigen Wochen, fragte ich Meisner, ob er gläubig sei. Zuerst verstand er mich nicht, aber ich präzisierte meine Frage dahingehend, ob er an die Lehren der Kirche glaube. Seine Antwort war ein rasches Nein.

Ich habe auch über etwas anderes nachgedacht. Nämlich über folgendes: Wenn Meisner Katholik gewesen wäre oder auch nur ein Christ im weitesten Sinne, wäre er dann ein Heiliger oder ein religiöses Vorbild gewesen? Aber er hat seine Kräfte nicht auf diesem Felde unter Beweis gestellt. Meine Reflexion gründet sich teilweise auf der Tatsache, daß seine Methoden ja den christlichen so nahestehen. Wie die großen Männer der Kirche sollte er ja über Korruption und Scharlatanerie erhaben sein.

Ich liege jetzt in meinem Bett und schreibe. Ich bin noch nicht müde, aber ich weiß, daß ich bald schlafen muß. Frau Keiser hat behauptet, daß sie morgen Knochen der Leibesfrucht abstoßen werde. Wenn das stimmt, sind keine Zweifel mehr möglich. Dann hat Meisner eine Revolution vollbracht, und zwar hier, in Seefond, und er wird sie mit meiner Hilfe und Unterstützung vollbracht haben.

24. Februar

Ich habe jetzt meine gestrigen Beobachtungen zusammengestellt. Sie sind nicht eindeutig. Ich schreibe jetzt meine Beobachtungen in gesammelter Form nieder.

Wir untersuchten zunächst die Brustpumpen, die an der Patientin angebracht worden waren. In ihnen befand sich eine weiße oder jedenfalls sämige Flüssigkeit von recht unbedeutender Menge. In meinen Aufzeichnungen habe ich sie als mit Milch vermischten Speichel charakterisiert; dies ist also keine Analyse, sondern eine Vermutung. Die Warzen waren trokken, und es konnte nichts aus den Brüsten herausgedrückt werden, obwohl Meisner und ich es versuchten. Die Patientin zeigte sich bei dieser meiner Untersuchung ziemlich irritiert, und in Zukunft hielt ich mich auf Meisners Anraten etwas mehr im Hintergrund, jedoch höchstens in einem Abstand von drei Metern. Die Brustpumpen wurden danach gereinigt, getrocknet und wieder angebracht.

Zuallererst war die Frau natürlich magnetisiert worden. Sie erzählte dann, daß ihr Schlaf in der Nacht gut gewesen sei, daß sie aber um sechs Uhr morgens mit Schüttelfrost erwacht sei. Dieser Zustand habe eine Stunde angedauert. Danach habe sie gefühlt, wie mit dem Stuhlgang Blut ausgetreten sei, während sie gleichzeitig eine kriechende und robbende Bewegung in sich gespürt habe. Sie erklärte, dies seien die Weichteile der Leibesfrucht, die jetzt auszutreten begännen.

Es muß noch hinzugefügt werden, daß ihre Monatsregel seit zwölf Monaten ausgeblieben war.

Wir untersuchten sie jetzt näher. Alle standen wir über sie gelehnt. Meisner wickelte die Leibbinde, die wir vor einigen Tagen angebracht hatten, mit langsamen Bewegungen los. Schon nach wenigen Augenblicken sahen wir, daß sie blutgetränkt war. Ich sah, wie Meisners Gesicht sich spannte und straffte und wie seine Bewegungen immer eifriger wurden.

Dann zog Meisner den innersten Wickel hervor und hielt ihn gegen das Licht.

Es war Blut zu sehen, aber nicht viel. Aber inmitten des Blutes lag ein rotfarbener Klumpen, der von einer schleimähnlichen Hülle umgeben war. Der Gegenstand war etwa einen Zoll dick und halb so lang. Meisner berührte ihn vorsichtig. Die äußere Hülle öffnete sich bei seiner Berührung, und wir konnten alle sehen, daß der Kern aus Fleisch bestand. Meisner sah uns triumphierend an.

»Das ist das Kind«, sagte er bedeutungsvoll. »Es ist ein Teil der Weichteile des Kindes, wie sie uns gesagt hat.«

Wir starrten das braunrote Fleischstück an; es war, als sähen wir ein Zeichen aus einer anderen Welt. In meinen Aufzeichnungen findet sich von diesem Augenblick an nur ein einziges Wort: ›Gegenstand‹.

Möglicherweise ist das nur eine Bezeichnung für Unsicherheit und Verwirrung.

Ich riß mich gewaltsam aus meiner Erstarrung.

»Wir sollten die Patientin jetzt untersuchen«, schlug ich vor.

Meisner sah mich an, dann die übrigen Anwesenden und zuckte dann mit den Schultern.

»Doktor Selinger hat meine Erlaubnis, die Patientin zu untersuchen«, sagte er.

Ich glaubte, einen Anflug von Hochmut in seiner Stimme bemerken zu können. Ich kann mich aber auch geirrt haben.

Im Stuhlgang fand ich wenig Blut. Blutspuren fanden sich noch um den Anus herum und an den Beinen. In der Vagina und in der Umgebung der Vagina (die Frau war rasiert) fand ich dagegen nichts, keine Spur von Blut.

Dann nahm ich eine genauere Untersuchung des Stuhlgangs selbst vor. Plötzlich entdeckte ich, daß der Anus an einer Stelle leicht aufgerissen und bläulich war. Auf der rechten Seite entdeckte ich einen kleinen, nicht sonderlich tiefen Riß, aus dem das Blut hätte stammen können. Diese Feststellung hielt ich in meinen Aufzeichnungen fest; später habe ich jedoch diese kategorische Feststellung revidiert.

Ein Riß war ohne Zweifel erkennbar. Ein Teil des Blutes hätte von dieser Wunde herrühren können, jedoch nicht alles. Dieser Riß hatte auch keinen Zusammenhang mit dem Fleischklumpen, der aus dem Magen der Frau herausgepreßt worden war.

Ich erhob mich wieder.

»Ist der Kontrolleur fertig?« fragte Meisner hart und sah mich fest an.

»Ja«, erwiderte ich.

25. Februar

Heute ist das Wetter schön gewesen. Wir gingen aus, meine Tochter und ich, zum Hafen hinunter. Die kleine Steinbrücke der Stadt nennen wir den Hafen, weil manchmal Boote dort anlegen. Es ist also eine Lüge, aber eine Lüge, die keine weitere Funktion erfüllt, als dann und wann auf unschädliche Weise zu ermuntern und zu vergrößern. Es ist eine kleine und runde Lüge, die man bei Bedarf aus der Tasche ziehen kann, wenn man niedergeschlagen sein sollte.

Ich grüble jetzt viel über die Funktion der Lüge und ihre Berechtigung nach. Ich glaube, daß Steiners hartnäckige Anklagen mich dazu getrieben haben. Die Lüge über den Hafen ist eine Lüge, an die man sich klammern kann. In negativer Richtung richtet sie nichts aus. Die Schwierigkeit stellt sich ein, wenn eine Lüge gleichzeitig destruktiv und aufbauend ist.

Der Frühling wird also bald da sein. Morgen wird meine Tochter einundzwanzig. Wir werden den Tag mit einer kleinen Feier festlich begehen. Steiner ist eingeladen und hat versprochen zu kommen. Es wird das erste Mal sein, daß er Maria zu sehen bekommt, seit sie wieder sehend ist. Sie hat ihn vorher überhaupt nicht gesehen.

Steiner und ich verabreden uns häufiger. Vorgestern sprachen wir auf seinem Zimmer lange miteinander. Er behauptete, allzu fixiert zu sein, zu sehr in einem Fach vergraben, allzu unfähig, sich aus sich selbst herauszuheben. Er nannte den Namen Meisners.

»Meisner spricht immer von seinem Fluidum«, warf ich ein.

»Das ist nur ein Deckname«, erwiderte Steiner. »Er sagt etwas und meint etwas anderes. Er beabsichtigt, uns ein Bild von Großmut und Verzückung zu vermitteln.«

»Und wo enden Großmut und Verzückung?« fragte ich.

»Im Kunstwerk. In der Ekstase. Im Verbrechen.«

Der Bauchumfang Frau Keisers war auf sechsunddreißig Zoll heruntergegangen. Ich habe es selbst nachgemessen. Die Zahl steht außerhalb jeden Zweifels, auch wenn geringfügige Differenzen denkbar sind, die davon abhängen, an welcher Stelle man mißt.

Auch diesen verminderten Bauchumfang in Zweifel zu ziehen, wäre lächerlich. Gewisse Fehlerquellen, gewisse natürliche Unsicherheitsfaktoren muß man akzeptieren. Dennoch muß man auf die Verminderung des Bauchumfangs als einer Tatsache hinweisen: Eine Zahl, an die man sich klammern kann.

26. Februar

Bei unserer Ankunft saß die Patientin aufrecht im Bett und lächelte uns an. Meisner machte sich sofort ans Werk und schläferte sie ein, ohne sie zuvor zu untersuchen.

Danach bat er sie, zu erzählen, wie es nun der Leibesfrucht ergangen sei.

Sie antwortete folgendes.

Die Frucht sei jetzt zum größten Teil zersetzt, nur die größten Einzelteile noch nicht. Während des ersten Behandlungstages (womit sie vermutlich den Tag meinte, an dem Meisner ihren Bauch knetete) hätte sich die Frucht nämlich von ihrem alten Platz gelöst: Der Sack sei entzweigegangen. Die zweite Behandlung hätte das Loslösen des Kopfes zur Folge gehabt; in der vorigen Woche hätten sich die Brust sowie der Unterleib mitsamt den Schenkeln bis zu den Knien gelöst. Gestern sei der Kopf zertrümmert worden, und sein Inhalt sei teilweise durch eine Ader in die Blase geflossen, teilweise durch ein Loch, das beim Loslösen des Arms entstanden sei, in den Darmkanal gedrungen, ein Knochenstückchen habe nämlich dieses Loch in die Darmwand gerissen. Das von ihr (der Patientin) während dieser Zeit eingenommene blutreinigende Mittel sei sehr nützlich und wirkungsvoll gewesen und habe die Auflösung der Leiche in ihr beschleunigt. Sie wies auch darauf hin, daß der Gestank des Urins, den sie während der Nacht in einen Topf entleert habe, eine furchtbare Kraft habe: Dieser Gestank sei so stark, als stamme er von etwas Verwestem.

Sie erklärte auch, das Fleisch von den Beinen des Kindes sei jetzt fast vollständig von den Knochen gelöst; möglicherweise gebrauchte sie auch das Wort ›abgerissen‹. Sie forderte mit entschiedenem Ton, das Magnetisieren sowie die Behandlungen sollten unbedingt fortgesetzt werden, überdies sollte nur Meisner dazu befugt sein.

Während dieser Darlegung des Falls stand ich stumm da. Ich bat dann Meisner schnell, er möge sie fragen, ob in der Zwischenzeit weitere Teile der Frucht abgestoßen worden seien.

Er tat dies.

Ich sah, wie ein triumphierender Zug über das Gesicht der Schlafenden huschte. Während der Nacht hatte sie an schweren Blähungen in der Gegend des Unterleibs gelitten und darum gebeten, man möge die Leibbinde etwas lockern. (Sie hätte dies natürlich auch selbst tun können, aber sie behauptete, ihren Mann darum gebeten zu haben.) Dieser habe dann aus dem Stuhlgang einen Fleischklumpen hervorgezogen, den sie jetzt in der Hand hielt, und außerdem noch zwei kleine, kreisförmige Knochenstücke.

Wir untersuchten die Knochenstücke. Sie waren aus Knochen, sehr richtig. Wir betrachteten den Fleischklumpen; er war klein und spulenförmig und ähnelte einer Drüse.

Lange Zeit standen wir still und betrachteten sie. Wie immer lag sie mit friedlichem und geschlossenem Gesicht da, nicht schön, aber auch nicht abstoßend.

Ich habe etwas Angst davor, ich könnte meine Kontrollpflicht zu oberflächlich und auf die falsche Weise erfüllt haben. Ich habe mich damit begnügt, sie im Bett anzusehen, außerdem habe ich mich mit den Erläuterungen zufriedengegeben, die von anderen abgegeben worden sind.

Über sie selbst weiß ich nämlich so gut wie nichts.

Dennoch muß ich meinen von mir selbst auferlegten Auftrag erfüllen. Ein Irrtum gibt mir nicht das Recht, in Apathie zurückzuverfallen. Ich nehme an, daß man immer zu irgendwelchen Ergebnissen kommen muß; auch wenn sie mitunter ungewiß sein können. Auch ein unsicheres Handeln, das sich auf Mißverständnisse und Irrtümer gründet, die aber im großen und ganzen auf einer Auffassung beruhen, zu der ich mich mühsam durchgerungen habe, muß von einem bestimmten Wert sein. Die Behauptung, daß die Untersuchung nur zu Vieldeutigkeiten führe, bringt die Entwicklung nicht voran. Ich spüre jetzt, in dieser Stunde, eine Verantwortung gegenüber der medizinischen Forschung, die mir in früheren Tagen fremd gewesen ist.

Wir hoben sie aus dem Bett und setzten sie auf das Geschirr. Wir stützten sie von beiden Seiten, und sie drückte kräftig.
All dies geschah auf ihren Vorschlag hin. Ihre Exkremente stanken ebenso wie ihr Urin. Bademeister Pedersen stand an der Tür und schnitt, als Meisner nicht hinsah, Grimassen. Ich tat, als sehe ich sie nicht.
Dann untersuchten wir die Exkremente.
In der Spitze des wurstförmigen Kotstummels stak ein Knochenstückchen, weiß oder grauweiß, dreieckig, einen halben Zoll lang. Ich hielt den Atem an und zog es mit den äußersten Spitzen meiner Finger heraus, da ich gerade kein anderes Werkzeug zur Hand hatte, und wickelte es in mein Taschentuch ein. Die Frau saß auf der Bettkante, schloß die Augen, lächelte ins Zimmer hinaus. Meisner stützte sie leicht von der Seite.

27. Februar

Ich ging mit den Knochenstücken zu Steiner. Wir untersuchten sie genauer. Steiner sagte, er bezweifle stark, daß die Stücke von einem Kind stammen könnten. Seine Zweifel haben mich jetzt angesteckt.
Heute vormittag geschah nämlich folgendes:
Kaum daß wir in der Wohnung der Patientin angekommen waren, zeigte sie uns, *ohne magnetisiert worden zu sein*, zwei Knochen, die sie mit dem Stuhlgang ausgestoßen haben wollte. Sie waren beide lang, der eine drei Zoll, mit einem kugel-

förmigen Abschluß, der andere etwas kürzer, dafür aber etwas gröber geformt.

Meisner sah die Stücke unter sekundenlangem Schweigen an. Dann steckte er sie mit einer achtlosen Gebärde in die Tasche. Ich verlangte sofort, die Knochen müßten mir als offiziellem Kontrolleur ausgehändigt werden.

Er gab sie mir ohne ein Wort.

Darauf ging ich sofort zu Steiner. Wir sind beide vollkommen einer Meinung: Die Knochen können unmöglich von einem menschlichen Wesen stammen. Steiner glaubt, es handle sich um Hühnerknochen; bis auf weiteres beschränke ich mich darauf, die Stücke als Knochen von einem Vogel zu bezeichnen.

Ich bin aufgewühlt und niedergeschlagen.

3. März

Gestern erreichten mich auch drei Briefe. Ich zitiere Ausschnitte aus allen dreien, der Deutlichkeit halber.

Der erste kommt vom Kurarzt Dr. Amstein, einem Schweizer Arzt, der sich jetzt in Pfäfers aufhält. Er war Meisner vor zehn Jahren begegnet. Ich zitiere den folgenden Abschnitt, der den Tenor des Briefes charakteristisch wiedergibt.

»Seine Augen brannten oberhalb der kräftigen Backenknochen und kündeten deutlich von einem Mann, der sowohl Schlauheit, Verschlagenheit als auch Falschheit in hohem Maße besaß. Seine ganze Physiognomie scheint mir sehr gut zu einem Mann zu passen, der sich hier zu einem Stifter und Führer einer antirationalistischen Sekte auf dem göttlichen Arbeitsgebiet Äskulaps hat machen wollen.

Hierher, nach Pfäfers, kam er, um, wie er behauptete, das Wasser zu genießen und geheilt zu werden. Ich stelle mich aber zweifelnd zu einem Mann, der anderen helfen zu können vorgibt, sich selbst aber nicht helfen kann!

Bei Tisch, wenn wir in der Gesellschaft seiner Hoheit und

anderer Badegäste waren, zeigte er eine wachsame Haltung, sprach äußerst selten, schien offenkundig nur an Beobachtungen interessiert zu sein. Ich sah, wie er sich besonders drei oder vier der Anwesenden vornahm, vermutlich wollte er sich selbst einreden, daß diese Personen fürs Magnetisieren besonders geeignet seien.

Er verschwand jedoch so schnell wieder aus diesem Ort, daß niemand sich eine klare Vorstellung von ihm hatte machen können. Ich hege aber kein großes Vertrauen zu diesem Herrn Meisner.«

Der zweite Brief kam von Dr. Wocher, der jetzt in Heidelberg tätig ist. Der Brief schloß mit folgenden Sätzen:

»Dieser Mann wuchs mir während jener Zeit in Nürnberg immer mehr ans Herz. Die eintretenden Ereignisse waren natürlich sehr aufreibend für ihn, aber er bewahrte auf großartige Weise seine Anspruchslosigkeit und seinen Stil. Ich glaube, daß er ein großartiger Mensch ist, ein aufrechter Mensch.«

Der dritte Brief war von meinem Bruder, der sich jetzt in Paris aufhält. Dieser Brief war sehr kurz.

»Hier hat niemand etwas von einem Mann namens Friedrich Meisner gehört. Dagegen haben viele andere während der letzten zehn Jahre mit Hilfe des animalischen Magnetismus Krankheiten zu heilen versucht. Der Erfolgreichste war der berüchtigte Cagliostro, der Bekannteste ohne Zweifel F. A. Mesmer. Der Letztgenannte verließ die Stadt bereits 1792, seitdem hat man nichts mehr über ihn gehört.«

Die Briefe geben natürlich keinen Hinweis; ich betrachte das als ein Zeichen. Man soll nicht nach den Urteilen anderer handeln. Ich sehe es als meine Pflicht an, mir selbst, mit den ärmlichen Gaben, die mir zur Verfügung stehen, ein Urteil über diesen Menschen zu bilden, über ihn und seine Tätigkeit. Danach sollte ich handeln; auf eindeutige Weise, einfach, zum Besten aller, ohne Rücksicht auf das persönliche Ansehen.

Viele mögen das als einfältig empfinden, als selbstverständlich oder vielleicht auch nur dumm. Nicht so ich. Andere gebrauchen kompliziertere ethische Normen. Mir steht diese einfache und nuancenarme zu Gebote. Ich muß jetzt sehr vorsichtig sein, sehr ruhig und sehr sorgfältig. Ich weiß, daß Steiner mich unterstützt.

4. März

Als wir zu der Patientin kamen, waren noch keine Exkremente zum Vorschein gekommen; sie erklärte, sie spüre aber noch ein weiteres Mal ein dringendes Bedürfnis. Diesen zeitbestimmten Drang finde ich verdächtig. Von mir und dem Bademeister Pedersen wurde sie von neuem aus dem Bett und auf das Geschirr gehoben. Ihre Fähigkeit, sich zu bewegen, ist nicht gleichbleibend und scheint von Kräften bestimmt zu werden, die auch außer Reichweite der Gestirne liegen. Die Exkretion ist jedoch ein fester Punkt in ihrem Dasein. Das Geschirr hatte ich vorher in Augenschein genommen und für weitgehend sauber befunden.

Die Patientin saß jetzt selbst auf dem Geschirr, ohne daß sie einer Stütze bedurft hätte. Nachdem sie eine Weile gedrückt hatte, steckte sie die Hand, in der sie ein Stück Papier hielt, von hinten her in den Topf, um wie sie auf mein Befragen sagte, das Schlimmste abzuwischen.

Dann erhob sie sich.

Auf dem Boden lagen die Exkremente, daneben ein sehr kleines, aber fast viereckiges Knochenstück.

Dann verordnete sie sich selbst noch mehr Rotwein mit Sand. Ich fragte Pedersen, der sie tagsüber, wenn ihr Mann abwesend ist, beaufsichtigt, ob sie den Sand tatsächlich immer mitgetrunken habe. Er sagte, er wisse es nicht.

Das Verhältnis zwischen Meisner und mir ist jetzt sehr gespannt.

Ich habe meine Frau probeweise mit der Hand über mein Gesicht streichen lassen, im gleichen Abstand, wie Meisner dies zu tun pflegt; während dieser Probe hielt ich meine Augen geschlossen. Ich konnte den Windzug von der Hand fühlen, oder jedenfalls vage spüren, daß sich etwas über mir bewegte.

Eine Person, die die Augen geschlossen hält, die sich schlafend stellt, wäre also in der Lage, die Bewegungen zu spüren, die Meisner ausführt, um einen Patienten aufzuwecken.

Ich teilte meiner Frau meine Erkenntnisse mit. Sie fragte mich, ob ich denn auch glaube, daß meine eigene Tochter uns auf diese Weise habe betrügen wollen. Ich sagte nein. Man muß jedes Ding für sich untersuchen. Die Heilung meiner Tochter hat mit dem jetzt aktuellen Fall nichts zu tun. Man kann bestimmte Gegebenheiten nicht ohne weiteres von einem Fall auf den anderen übertragen.

Ein Betrüger muß vor Gericht gestellt werden, auch wenn er einmal etwas Gutes getan hat. Ein Tyrann, der Straßen baut, kann dennoch ein Tyrann sein.

Nachmittags ging ich wie gewöhnlich zu Frau Keiser hinüber. Meisner war schon da. Er hatte gerade damit begonnen, sie zu magnetisieren.

Ich war sehr ruhig.

Bademeister Pedersen hatte den ganzen Morgen bei ihr verbracht; dies auf meinen ausdrücklichen, aber heimlichen Befehl hin. Er berichtete, es seien keine Knochenstücke abgestoßen worden, weder mit dem Stuhlgang noch auf andere Weise. Frau Keiser sei aber guter Laune gewesen und eine halbe Stunde lang in der Wohnung herumspaziert.

Es war also noch nichts weiter von der Leibesfrucht zum Vorschein gekommen.

Die Patientin lag jetzt still und schlief. Ich saß auf einem Stuhl am Fußende und betrachtete sie die ganze Zeit aufmerksam. Meisner sprach gerade zu ihr. Als sie seine Stimme hörte, begann sie, ihre Arme unter der Decke zu bewegen und führte mit dem einen, dem linken, eine Bewegung, als führe sie die Hand zwischen den Beinen ein. Während der letzten Tage hatte sie dort keine Binde getragen. Gleichzeitig begann sie zu sprechen: Sie klagte über Schmerzen und einen Drang an der Analöffnung.

Sofort sprang ich auf und verlangte, vor der Erledigung des Stuhlgangs eine Untersuchung vorzunehmen. Kaum sagte ich dies, sah ich, wie sie wieder eine Bewegung machte, als hätte sie etwas wieder wegnehmen wollen, was sie eben heimlich an Ort und Stelle placiert hatte.

Die Untersuchung ergab nichts: Der Mastdarm war geschwollen und bläulich am Analausgang, aber Blutspuren waren nicht zu sehen.

Ich sah, daß ihre Hand geballt war.

»Gebt mir Eure Hand«, sagte ich, »dann kann ich Euch stützen.« Darauf machte sie wieder eine rasche Bewegung mit der Hand, als wolle sie etwas vor mir verstecken, und ich konnte sehen, wo sie es verbarg: unter der Polsterung.

Wir führten sie zum Nachtgeschirr; ihr Kot roch wie immer.

Während sie dort saß, durchsuchte ich hastig ihr Bett, und zwar an dem Platz, an dem ich ihre Hand verschwinden sah. Ich steckte vorsichtig meine Hand hinein, während ich mir den Anschein gab, ihr Bett wieder herrichten zu wollen.

Da fand ich es: ein Knochenstück, spitz und beinahe zwei Zoll lang, am einen Ende war es rund. Es wäre also möglich gewesen, es in den Anus einzuführen, ohne den Darm dabei zu verletzen.

Die ganze Zeit über saß die Patientin still auf dem Topf und drückte. Sie vermeinte, etwas sich Ringelndes, etwas Lebendes von sich zu geben, glaubte aber nicht, daß heute größere Teile der Frucht abgehen würden.

Ich war geneigt, ihr in diesem Punkt recht zu geben.

Wir führten sie wieder ins Bett. Der Stuhlgang war hellbraun, dünn, wurstähnlich, er enthielt nichts anderes als Geruch und Exkremente.

Als sie wieder im Bett lag, ließ sie ihre Hand wie unabsichtlich unter die Polsterung gleiten, als wolle sie nur das Laken glätten. Ich hätte ihr sagen können, daß ihre Suche vergeblich sein würde, ich sagte aber kein Wort. Nach und nach wurde sie immer unruhiger. Nachdem sie eine Weile stillgelegen hatte, behauptete sie, für heute sei es mit der Behandlung wahrhaftig genug.

Meisner weckte sie auf. Wie gewöhnlich rieb sie sich die Augen, und starrte – auch wie gewöhnlich – verblüfft in die Runde.

Ich hätte ihr ins Gesicht schlagen können.

Dann beklagte sie sich über das Bett und schlug vor, wir sollten den Raum verlassen, »um nicht vom Staub beim Umschütteln des Bettzeugs belästigt zu werden«.

Ich begriff. Ich wußte, daß das Spiel eröffnet war und daß wir, von der Sekunde an, in der sie das Fehlen des Knochens bemerken würde, mit offenen Karten spielen würden. Ich gab ihr einen langen Blick, da wußte sie, daß ich sie nicht mehr so wiedersehen würde, wie ich vorher immer gewesen war.

»Morgen«, sagte ich im Vorraum zu Meisner, »morgen sollten wir ihren Analausgang gründlich untersuchen, bevor sie mit der Exkretion beginnt. Man sollte einen Finger weit in den Anus hineinstecken, um zu sehen, ob dort keine Knochenstücke festsitzen, kleine Knochenstücke von runder Form, die man zuvor listig eingeführt haben könnte. Man sollte auch die Vagina der Patientin untersuchen.«

All dies sollte genau untersucht werden, erklärte ich Meisner. Dann verbeugte ich mich vor ihm und auch vor dem Bademeister Pedersen. Dann verließ ich die Gesellschaft.

Meisner folgte mir auf den Fersen und holte mich auf der Brücke ein. Er war rasend und fiel heftig über mich her. »Was meint Ihr?« fragte er. »Welchen Grund habt Ihr für Eure Anschuldigungen!«

Ich hielt ihm daraufhin das Knochenstückchen unter die Augen. Er nahm es in die Hand und untersuchte es sorgfältig. Die ganze Zeit über betrachtete ich sein Gesicht, um seine Reaktionen herauslesen zu können. Er sah verwirrt aus, gedankenvoll. Ich erzählte ihm, wo ich meinen Fund gemacht hatte.

»Das hat nichts zu sagen«, sagte er leise. »Die Frau hat bestimmt eine Erklärung dafür. Ich werde sie sogleich einholen.«

Er ging wieder zurück und kam nach fünf Minuten wieder. Da war er wieder arrogant wie ehedem. Sie hatte sehr richtig eine Erklärung geliefert.

Ich hörte sie mir an, zunehmend irritiert.

Die Behandlung der Frau Keiser ist, was mich betrifft, abgeschlossen. Mein Urteil steht fest. Die Frage ist nur, was ich mit meiner Gewißheit anfangen soll.

Nichts ist mehr geradlinig, eindeutig, leicht. Betrug und Verstellung sind in unsere Stadt gekommen. Ich habe mich in diesen Bannkreis hineinbegeben, und meine Tochter ist nachweislich geheilt worden. In ihrer Unschuld steht sie außerhalb des Rahmens aus Lug und Trug.

Meisner gedenkt, die Behandlung Frau Keisers fortzusetzen. Der Fall ist jetzt weit berühmt, und er selbst auch, durch ihn. Alle sprechen darüber, alle diskutieren diese phantastische Fähigkeit, in sich selbst hineinzusehen, ein Kind in sich selbst zu zerlegen, dies Kind auszustoßen.

Seine großen Vorstellungen habe ich seit über einem Monat nicht mehr besucht. Man sagt, daß sich die Patienten in seinen Behandlungsräumen drängen. Ein Fieber geht in diesem Winter über unsere Stadt hin, ein Sturm, eine Flutwelle aus Begeisterung und Verzückung, eine Erweckung.

Ich stehe auf einer sehr kleinen Klippe und weiß, daß ich die Sturzflut aufhalten kann. Ich weiß nur nicht, ob ich auch das Recht habe, dies zu tun. Ich würde dann die einzige Hoffnung vieler Menschen, vieler Unglücklicher, ihre einzige Hingabe zerstören.

Meisner hat mir einen Brief geschickt; einen Brief, in dem die Erklärung der Frau niedergelegt ist. In schriftlicher Form macht sie einen noch weniger überzeugenden Eindruck.
Seit einer Stunde sitzt Steiner bei mir. Er hat mich aufgefordert, mich auszusprechen. Dann kam meine Tochter herein, saß an meiner Seite, sprach lange über Meisner. Angesichts all dieser Stimmen bin ich verwirrt. Ich bin verwirrt angesichts dieses Scharlatans, der ein Wunder vollbringen konnte, der genügend Kraft besaß, eine ganze Stadt zu ungeahnter Ekstase und Verzückung emporzuheben.

Steiner ist jetzt mit meiner Tochter zusammengetroffen. Bei seiner Ankunft war er blaß und begrüßte sie steif und ungelenk. Sie lächelte freundlich und sprach fröhlich über allerlei Alltägliches. Ich hatte sie auf die wenigen Pockennarben vorbereitet, die in Steiners Gesicht zu sehen sind.
Nach und nach entspannte er sich.

Sie sitzen jetzt im unteren Salon. Maria spielt wieder. Er hat versprochen, eine Stunde lang zuzuhören, da ich selten die Kraft aufbringe, so intensiv zu lauschen, wie meine Tochter es gern sieht. Sie will, daß ich sie auf alle Unzulänglichkeiten hinweise, technische sowohl wie Tempofehler. Ich bin jetzt viel zu müde, um noch Kraft für derlei zu erübrigen.
Es sind jetzt zehn Stunden, seit ich Meisner verließ. Ich weiß noch immer nicht, was ich tun soll. Er gedenkt seine Behandlungen fortzuführen. Er will die Frau weiterbehandeln. Er will alle übrigen Patienten weiterbehandeln. Wenn ich es will, kann ich meine schützende Hand von ihnen allen nehmen, kann zusehen, wie sie ihrem Glauben vertrauen, so weit er eben reicht, kann zusehen, wie sie ihn dann wie eine ausgepreßte Zitrone wegwerfen. Dies ist ohne jeden Zweifel der

leichteste Weg. Ich kann aber, wenn ich will, auch einen anderen Weg einschlagen, einen weniger leichten.

Ich bin kein Mann von allzugroßer Festigkeit und Charakterstärke. Mit intellektuellen Gaben bin ich nicht reich gesegnet, meine Größe, sofern sie überhaupt vorhanden ist, bleibt den meisten Menschen verborgen. Mir ist eine allzu schwere Bürde auferlegt worden.

Meine Bewunderung für Meisner ist noch immer nicht erstorben.

XI

Die Stühle nahmen die gesamte Fläche des Raumes ein, aber dennoch waren es nicht genug. Die Menschen saßen auf den Stühlen, drängten sich an den Wänden, drückten sich zwischen den Stuhlreihen und verdeckten einander die Sicht, standen im Halbdunkel und starrten unablässig in die Mitte des Raumes, wo das Baquet stand, wo der Kreis aus Stühlen sich zusammendrängte und zu einem engen Ring wurde, der fast den Tisch berührte, auf dem das Gerät stand; sie sahen die Kette an, die von dem Zuber mit der Glaskugel ausging, der Glaskugel, die die geheimnisvolle Kraft in sich barg, und sie sahen, wie diese Kette bei den am nächsten Sitzenden von Hand zu Hand ging, bei denen, die am meisten bezahlt hatten und deshalb dem Wunder am nächsten sitzen durften, bei denen, die krank waren oder sich zumindest krank glaubten, aber eines auf jeden Fall wußten: daß sie bezahlen konnten – entweder direkt mit Goldmünzen oder aber indirekt, indem sie ihn im richtigen Zusammenhang erwähnten oder bei den richtigen Personen einführten. Der Raum war überfüllt, und die Wärme lastete wie dampfende Feuchtigkeit auf ihnen allen, und dort stand endlich auch er, Meisner, der Wundertäter, der Geheiligte, er, der sie von ihrer Pein und ihrer Verdammung erlösen sollte. Sie sahen zu ihm auf und hoben ihm ihre Leiden entgegen; die, welche an nervösen Zuckungen litten und die anderen, die an Fallsucht litten und vergebens hartes Brot aßen, wenn die Anfälle am ärgsten waren, die ihre Hände in Kümmelwasser gebadet hatten, dann noch die, die sich nur mehrere Winter lang gelangweilt hatten und sich jetzt darauf freuten, endlich einmal von den endlosen Magenbeschwerden und dem juckenden Zahnfleisch erzählen zu können, die jetzt aber plötzlich von der Sturmflut mit fortgerissen wurden und nun hier saßen, betäubt und halb bewußtlos vor Glück, daß all dies ausgerechnet in ihrer Stadt geschehen konnte; hier saßen sie, die von Taubheit Betroffenen, die entweder hatten hören wollen oder nicht hatten wissen wollen oder aber nur von Entzündungen heimgesucht wurden, weil diese interessant waren und außerdem Taubheit nur deshalb verursachten, weil jedes Ding seinen Preis hat, hier war es ein Preis für das Vergnügen, krank zu sein; sie saßen da und sehnten sich danach, daß er ihre nervösen Zuckungen und ihre Bruststiche und ihre Magenschmerzen in seine Hand nehme und sie für einzigartig erkläre und ihnen sage, er wüßte ein Heilmittel gegen all dies; und sie atmeten den Atem des anderen ein, atmeten den Verstand des Nächsten ein, und als sie spürten, wie der Raum von Sehnsucht und Hoffnungen und Erwartungen und geschickt erbauten Luftschlössern bebte, wurden sie kühner und gingen weiter in ihren Wünschen, denn er war ja wirklich, er stand dort, mit seinen breiten Backenknochen, die jetzt so wohlbekannt und umsungen waren, und er sprach zu ihnen, und alles war still; sie atmeten langsam, von einem seligen Rausch erfüllt, der, wie sie wußten, sie bald vorbei- und hindurch- und fortführen würde, und dann würde er dennoch dort stehen, mit dem gläsernen Stab, ruhig und überlegen sprechend, hundertprozentig ihnen gehörend, von ihnen erschaffen, durch sie erschaffen, er gehörte ihnen, nur ihnen, war ihr Sklave und Diener und Herrscher.

Er sprach zu ihnen über das, was mit ihnen geschehen würde: Er gab ihnen das Wunder und die Zukunft und das Glück, wenn sie ihm nur vertrauten: Glaubt mir und der Kraft, sagte er.

Und er gab ihnen ein Beispiel dieses Glaubens, und sie atmeten heftiger, denn dies hatte niemand erwartet.

Er machte eine Handbewegung, und darauf kam eine Gestalt aus dem angrenzenden Zimmer herein. Sie hieß Keiser, das wußten sie alle, und sie wußten alles über sie. Aber daß sie hier stand, war eine Sensation, und sie flüsterten einander rasche Worte zu und starrten sie gierig an: sie, die bereits des Wunders teilhaftig geworden war, sie, mit der schon alles geschehen war.

Er hob die Hand, und es wurde still.

»Diese Frau«, sagte er langsam, aber sehr deutlich, »ist von mir behandelt worden. Sie ist eine Zeugin, ein Beweis für die Wirksamkeit meiner Methoden.«

Die Frau näherte sich dem Lichtkegel in der Mitte um noch einen weiteren Schritt. Sie war dunkel; sie hatten sich ihrer auch als aufgeschwemmt und beinahe dick erinnert, aber jetzt stand sie als schlanke, junge Frau vor ihnen, mit brennenden, triumphierenden Augen. Sie sahen, wie sie alle Blicke auf sich zog, wie sie ihnen zulächelte, offen und triumphierend, wie sie den Augenblick festhielt und zu dem ihren machte.

»Ich bin hergekommen, um von dem zu erzählen, was geschehen ist.« Dann erzählte sie. Sie erzählte vom Schmerz im Magen, wie sie eine Geschwulst heranwachsen sah, wie sie angenommen hatte, daß es ein Kind sei, obwohl sie sich das nicht erklären konnte, denn sie hatte mit ihrem Mann, der schon alt war, keinen Umgang gehabt, er war zum Beischlaf unfähig; bei diesen Worten entstand Bewegung im Saal, und unten von der Tür her war ein unterdrücktes Lachen zu hören.

Sie erzählte von Meisner: Wie sich seine Kraft angefühlt hatte, welche Fähigkeiten er besaß, wie er sie magnetisiert und verwandelt hatte, so daß sie in sich selbst hineinzusehen vermochte und Dinge sehen konnte, die nicht einmal die Weisen auf der Suche nach dem Stein der Weisen sich hätten vorstellen können; all dies erzählte sie.

Sie erzählte von der Leibesfrucht, die in den Darmschlingungen gestorben war; sie tat es mit starren und triumphierenden Zügen, desperat selbstsicher und beinahe trotzig; sie sahen in ihr Gesicht und erkannten sie nicht wieder.

Sie schloß ihren Bericht, indem sie von ihrer Genesung

erzählte: wie sie mit Meisners Hilfe in die Lage versetzt wurde, das Kind aus ihrem Leib auszustoßen, wie dieser Meisner (der ja auch in dieser Stadt ein Mädchen von der Blindheit geheilt hatte, die Tochter eines Arztes, der selbst zugegeben hatte, daß er nicht fähig sei, etwas Ähnliches zu vollbringen), wie dieser Meisner sie geheilt hatte, was kein anderer Arzt auf dieser Welt vermocht hätte.

Nachdem sie geendet hatte, saßen alle stumm, wie enttäuscht darüber, daß es jetzt schon zu Ende war, oder vielleicht warteten sie auch auf das, was, wie sie wußten, kommen würde: die Vollendung der Kur, der Höhepunkt.

Meisner ging auf sie zu. Er sah über den vollgepfropften Saal hinaus. Sein Gesicht war verbissen und ernst.

»Durch diese Frau«, sagte er, »werden alle dieser heilenden Kraft teilhaftig werden. Das körperliche Fluidum, das zu Stillstand verdichtet worden ist und so Krankheit hervorrief, soll jetzt in Bewegung gesetzt werden.«

Er hob ihnen seine Arme entgegen; sie saßen still und sahen ihn an.

»Stillstand ist Tod, Bewegung Leben«, sagte er leise.

Sie sahen ihn an, die Städter, die gelangweilten Ehefrauen und die unzufriedenen Jungfrauen, die einfältigen Bürger und die erfolglosen Kaufleute, und sie wußten, daß er recht hatte.

In ihren Leibern gab es ein Fluidum, das zum Tode erstarrt war. Sie lebten nicht mehr. Sie sahen ihn an und wußten, daß er allein ihnen helfen konnte, ihnen, die in dieser wiederaufgebauten und sauberen und erfolgreichen Stadt wohnten.

»Alle können nicht an die Ketten heranreichen«, sagte er. »Aber jeder kann seinen Nächsten erreichen. Legt einander die Arme auf die Schultern: Ich will euch sehen wie die Speichen eines Rades: Diese Frau ist die Nabe, die Kraft, die sie durch mich erhält. Der magnetische Strom geht durch sie hindurch, durch euch hindurch, durch unser aller stillstehendes Fluidum hindurch.«

Es entstand Bewegung im Saal. Jeder legte seine Hände auf die Schultern des Vordermannes, sie spürten einander in der

Dunkelheit, glitten mit ihren Händen über die Leiber der anderen hin, sie sahen die beiden, die dort vorn standen; die schwarze, schmale Frau und ihn, den Wundertäter.

Ganz unten an der Tür stand Selinger. Er wandte sich zu einer Frau um, die nahe bei ihm stand und fragte: »Geht es immer so zu wie jetzt?«

Sie hob ihm ihr Antlitz entgegen, und er sah, daß es vor Ekstase und Glück leuchtete.

»Ja«, flüsterte sie, »ist es nicht ein geheiligter Abend?«

Dann hörten sie wieder seine Stimme, leise, überzeugend: Sie hatten nicht länger die Kraft, auf das zu achten, was er sagte, aber sie wiegten sich widerstandslos unter der Überzeugungskraft seiner Worte hin und her, sie konnten sich nicht wehren, sie sahen einander an: sahen die an, die mit geschlossenen Augen dasaßen, sahen die an, die unter langsamen Zuckungen dabei waren, zusammenzusinken, sahen die an, die sinnlose Sätze vor sich hinmurmelten oder auch nur die, die nichts weiter taten als dazusitzen und zu warten. Wer einen Widerstand in sich spürte, empfand ihn als ein Hindernis, als ungehörig und abstoßend, als fehl am Platze, und deshalb verbargen sie dies Gefühl, und so waren alle gleich: offen, hingegeben.

Meisner ging mit seinem gläsernen Stab durch die Reihen, beugte sich vor, strich über ihre Gesichter. Sie bemerkten ihn nicht länger. Er war ein Ausgangspunkt, eine Plattform, die nicht länger notwendig war, da die Leiber sich bereits losgerissen hatten und sich in freiem Fall befanden, der durch nichts mehr aufzuhalten war.

Selinger atmete schwer. Er sah Meisner an und ging dann zu ihm hin, ergriff seinen Arm.

»Ich will mit Euch sprechen«, sagte er leise.

Meisner sah auf; ein Zug der Verbitterung glitt über sein Gesicht. Dann nickte er.

»Kommt«, sagte er.

Sie gingen in den Saal, der den schwersten Fällen vorbehalten war; gerade als sie durch die Tür gingen, wurde Selinger von dem Wort erfaßt, es ließ ihn tief Atem holen: Salle de crises.

Sie schlossen die Tür hinter sich. Das Gemurmel der Patienten erstarb wie durch Zauberei.

Der Raum war hell erleuchtet. Sie standen nahe beieinander, und Selinger sah, daß Meisner getrunken hatte. Seine Züge waren entspannt, die scharfen Augen verschwommener, als er sie je gesehen zu haben glaubte.

»Wie könnt Ihr«, fragte Selinger heftig, »wie könnt Ihr sie so ausnutzen und benutzen. Wir wissen ja schließlich beide, daß sie eine Betrügerin ist.«

»Wissen wir das?« fragte Meisner.

»Ja«, sagte Selinger. »Das wissen wir. Wir können sogar ahnen, daß Ihr selbst ein Betrüger seid, daß Ihr sie die ganze Zeit über ermuntert oder bestochen oder beschwatzt habt, diesen Betrug mitzumachen. Sie ist jetzt das Vorbild des ganzen Volkes, und sie genießt es. Wie dem auch sei, Ihr hättet sie heute abend nicht so vorführen dürfen.«

»Seid Ihr dessen so sicher«, sagte Meisner hart.

»Ja. Endlich.«

»Und Ihr denkt natürlich nicht einen Augenblick an alle, die dort draußen sitzen?«

»An sie?«

»An ihre Krankheiten. An ihre Kleingläubigkeit. An ihre tote Welt. Daran, wie ungeheuer viel Vertrauen erforderlich ist, um diese Kur durchzuführen. Daran, wieviel von diesem scheinbaren Betrug für das Glück vieler Menschen abhängt.«

Sie standen jetzt sehr nahe beieinander. Selinger konnte den Atem des anderen spüren, den Schnapsgeruch, den stoßweise pumpenden, wütenden, verzweifelten Atem: Er ist kein Übermensch, dachte Selinger während eines sehr kurzen Augenblicks, jetzt ist er ein Niemand; und dann sah er die rasenden Augen, die Entschlossenheit, die Stärke.

»Ihr wollt sie verraten«, sagte Meisner.

»Entscheidende Veränderungen können nicht auf einer Lüge aufbauen«, sagte Selinger, mitten in das tobende Gesicht. »Es gibt bestimmte einfache Regeln, die sich nie verändern: Lügen können nicht beständig sein. Vertrauen, das sich auf Betrug gründet, ist eine Illusion, es hält nicht vor.«

Einen Augenblick lang stand Meisner stumm, mit einem verzweifelten Ausdruck im Gesicht. Dann öffnete er endlich den Mund, und die Worte kamen heraus:

»Das ist eben der Irrtum. Genau in dem Punkt irrt Ihr Euch.«

»Ich irre mich nicht.«

»Ich werde Euch zeigen, wie sehr Ihr irrt.«

Selinger sah, wie der Arm zurückgenommen wurde, er sah den Schlag kommen, er fühlte den plötzlichen, scharfen Schmerz, mit dem sein Kopf zurückgeschleudert wurde, und dann war es vorüber: Die Dunkelheit fiel über ihn, die Stille, die Ruhe.

Meisner stieg ruhig über seinen unbeweglichen Körper hinweg, ging zur Lampe und blies sie aus. Dann ging er zur Tür und öffnete sie.

Er wußte, daß er rechtzeitig zurückkam, daß sie noch in seiner Gewalt waren, daß er sie noch erreichen konnte, und er trieb sie weiter vor sich her, bald würde es vorbei sein.

Selinger spürte, wie er blutete, aber es machte ihm nichts aus, ebensowenig konnte ihm der Schmerz etwas schaden. Was ihm weh tat, war die Gewißheit; das Wissen darum, daß nun alles vorbei war, daß ihm nun nichts anderes mehr zu tun blieb als vorzutreten und das zu sagen, was er zu sagen hatte, das Wissen darum, daß es seine Aufgabe war, die Nadel in die Blase hineinzustechen, allem ein Ende zu bereiten. Sie haben mich gefeiert, dachte er langsam und zögernd, während er sich aufrichtete und spürte, wie der dunkle Raum sich um ihn drehte, sie haben mich als seinen Mitarbeiter gefeiert; jetzt ist mit allem Schluß. Mit der Frau, dachte er, der Sensation, aber dann erinnerte er sich plötzlich seiner Tochter, und in diesem

Augenblick wuchs sein Schmerz zu einem Crescendo, er wand sich stöhnend, ohne sich an etwas festklammern zu können; er hat ihr die Sehkraft wiedergegeben, und wie verhalte ich mich jetzt; und dann wußte er, daß dies nur eine Ausflucht war, da er seinen Entschluß schon unwiderruflich vor sich sah: Ich muß es tun.

Er erhob sich und ging zur Tür: taumelnd und unsicher, und schon bevor er die Tür geöffnet hatte, wußte er, was er zu sehen bekäme: die Verlassenen, die Hingegebenen, die Gutgläubigen, diejenigen, die ihn gewählt hatten statt der Begeisterung in sich selbst; und er wußte, daß ihm nichts anderes zu tun blieb, als es ihnen zu sagen.

Er öffnete die Tür und taumelte im Lichtschein vorwärts. Jemand schrie auf, laut und durchdringend, und es wurde vollkommen still im Saal. Er stand dort, mitten im Schein der Lichter neben dem Baquet, ein blutiger, zerschlagener, besiegter, hingegebener, treuloser Kontrolleur, und er sah sie, und sie waren so, wie er es von ihnen erwartet hatte.

Er zog eine Hand aus der Hosentasche und hielt sie in die Luft, und so konnten alle sehen: Es war ein Knochen, drei Zoll lang, in der Form eines Hühnerknochens, vielleicht handelte es sich aber auch nur um den Knochen eines anderen Vogels.

»Das hier«, sagte er in die Stille hinein, die jetzt vollständig war, »ist ein Vogelknochen. Ich werde mit diesem Knochen beginnen und dann alles andere auch noch erzählen. Ihr müßt mir zuhören, denn dies ist die ganze Geschichte.«

Aus den Augenwinkeln sah er, wie Meisner dastand, still und unbeweglich, nur drei Meter von ihm entfernt, und er erwartete, unterbrochen zu werden, aber nichts geschah. Meisner stand die ganze Zeit auf seinem Platz und – was Selinger später als das Merkwürdigste erschien – er stand die ganze Zeit still, mit geschlossenen Augen, als bete er oder sondere sich ab von seinen Opfern: Die ganze Zeit über stand er so da, mit seinen weißen, hervorstehenden Backenknochen, die sich wie zwei Vogelschwingen über die lauschende Versammlung ausbreiteten, stand da, als erwarte er sie und ihr Urteil, als wolle er mit seiner Haltung ausdrücken, daß er auf alles gefaßt und für alles bereit sei.

Selinger erzählte, und er erzählte alles. Während seines ganzen Vortrags hielt er den Vogelknochen in seiner linken Hand, die Versammlung lauschte ihm schweigend, und er ließ den Knochen nicht los, bevor er geendet hatte. Dann steckte er ihn wieder in die Tasche und setzte sich schwer auf einen Stuhl.

Es entstand eine Stille wie vor einem Sturm; und sie saßen alle und warteten darauf, daß das Schweigen gebrochen würde, damit die Lawine sich in Bewegung setzen könne, um über sie alle hinwegzurollen und alle und alles unter sich zu begraben.

XII

Claus Selinger: Tagebuch, 20. März - 5. April 1794

20. März

Ich habe eine Zeitlang nicht schreiben können. Allzu viel ist geschehen; ich bin aufgewühlt, und Steiner hat mir befohlen, einige Tage das Bett zu hüten.
Meisner ist gefangen. Ich weiß nicht, wie es um ihn steht. Es sind viele Gerüchte im Umlauf; das einzige, was ich mit Sicherheit weiß, ist, daß er lebt.
Man soll mich als einen Helden bezeichnen; als einen Ritter, der einen Drachen getötet hat, der unsere Stadt lange Zeit vergiftet hat. Es ist ein Gerücht und eine Ansicht, die mich anekelt: Im Augenblick kann ich mir nichts anderes vorstellen, als daß ich eine Hoffnung, daß ich Vertrauen getötet habe.
Ich muß aber Rechenschaft ablegen über das, was der Entlarvung folgte; diese Ereignisse sind nämlich für mich so aufwühlend, daß sie präzisiert, aufgezeichnet, vernichtet werden müssen, in dem ich sie niederschreibe. Vielleicht kann irgend jemand irgendeinen Nutzen daraus ziehen.

Nach der Entlarvung der Affäre Keiser haben sich offenbar viele entschlossen, mir als Scharfrichter beizustehen. Eine Frau, Helene Stesser, meldete am Morgen des nächsten Tages, daß Meisner sie auf schändliche Art verführt habe, daß sie aber aus Furcht vor seinen übernatürlichen Gaben nicht den Mut gefunden habe, sofort davon zu erzählen.

Als mir dies zu Ohren kam, war ich zutiefst erstaunt. Aus grundsätzlichen Erwägungen mißtraue ich dieser so spät offenbarten Notzucht. Jedoch wird diese Affäre noch das Gericht beschäftigen.
Es soll nämlich eine Verhandlung geben.
Maria ist einige Tage lang zutiefst deprimiert gewesen. Sie hat sich aber wieder erholt. Ihre Sehkraft hat glücklicherweise nicht unter all diesen aufreibenden Geschehnissen gelitten. Wir haben viele Gespräche miteinander geführt.

Sie haben viele Personen verhört. Viele haben offensichtlich insgeheim einen starken Haß gegen Meisner empfunden, vor allem viele Männer. Er hat ja auch zumeist nur Frauen behandelt.
Ich muß jetzt – nach diesen Abschweifungen – schließlich die Endphase wiedergeben; das Finale dieses zehrenden Tages, der besser nie gekommen wäre.

Ich hatte ursprünglich angenommen, daß eine Diskussion die Folge meiner Ausführungen sein würde, daß die Ansichten heftig aufeinanderprallen würden, daß man meinen Verrat verurteilen würde. Ich hatte ja schließlich mit eigenen Augen gesehen, wie sie sich von ihm hatten mitreißen lassen, wie er sie in der Hand hatte, wie er sie führte, wie blind sie ihm bis zuletzt vertraut hatten. Aber ich hatte nicht angenommen, daß die Sturmflut so schnell gebrochen würde, daß sie sich umkehren könnte, und das so schnell.
Ich muß sehr einfältig ausgesehen haben; jedenfalls muß die Überraschung auf meinem Gesicht total gewesen sein.
Ich saß auf meinem Stuhl und hörte zunächst ein Wutgeheul, dann mehrere empörte Rufe, dann eine Lawine von Worten und Ausfällen. Während dieser Augenblicke warf ich mehrere Blicke auf Meisner, aber er war vollkommen ruhig und betrachtete sie gedankenverloren. Da glaubte ich, die Empörung würde sich zunächst gegen mich richten. Eine kurze

Sekunde lang empfand ich diese Aussicht als eine Erleichterung, eine Kompensation: Ich hatte ihnen das gesagt, was mir im Herzen brannte, und mein anderes Ich empfand ein Glücksgefühl, weil sie sich nicht mit mir einverstanden erklärten, weil ich glaubte, sie betrachteten meine Worte als Lüge und würden mich für diese Lüge bestrafen wollen.

Dann plötzlich sah ich, wie es weitergehen würde und wie sehr ich mich geirrt hatte. Eine mir unbekannte Frau warf sich auf Meisner, der die ganze Zeit mit ruhigem Gesicht unbeweglich dagestanden hatte, biß sich an seinem Hals fest, als sei sie ein Vampir, der ihm das Blut aussaugen wollte, und dann biß sie ihn laut schreiend in die Schulter. Meisner taumelte, hielt sich aber jedenfalls noch auf den Beinen. Ich wandte mich um und betrachtete auch die anderen. Sie hatten sich erhoben, und ich konnte ihre Gesichter sehen: wütend, gedemütigt, betrogen, enttäuscht und bestohlen, einer Gabe beraubt, die aber nicht ihnen, sondern ihm gehörte, denn er hatte ihnen davon gegeben; sie schrien, fluchten, immer aufgeregter und rachlüsterner bewegten sie sich auf ihn zu. Niemand beachtete mich. Ich war nur ein Werkzeug gewesen, und jetzt hatte man mich fortgeworfen, ich war vergessen, jetzt hatten sie nur noch Augen für Meisner. Ich weiß nicht, was sie in diesem Augenblick in ihm sahen; ich habe viel darüber nachgegrübelt. Vielleicht war er die verkörperte Enttäuschung, oder die Gleichgültigkeit, vielleicht auch die Stille in ihnen selbst; er, der sie von allem hatte erlösen sollen, wie sie geglaubt und gehofft hatten.

Sie erhoben sich und gingen auf ihn zu, und ich sah, wie es enden würde: Sie würden ihn umbringen.

Ich erinnere mich, daß ich mich auf die beiden warf, Meisner und die Frau, die jetzt zu seinen Füßen zusammengesunken war, immer noch schreiend, aber jetzt auch weinend, sich immer noch mit einem festen Griff an seiner Taille festklammernd. Ich glaube, den Fuß gehoben zu haben, um ihr einen Tritt zu geben, und ich glaube auch, daß ich ihr diesen Tritt gab. Die anderen waren ihm noch nicht so nahe gekommen;

sie näherten sich langsam, da er noch in der Niederlage von einer Mauer seiner Autorität umgeben war, oder vielleicht auch nur deswegen, weil sie sich seiner so sicher waren; er war allein, er war in seinem eigenen Käfig gefangen und konnte nicht mehr entkommen.

Ich packte seinen Arm, riß ihn nach hinten, öffnete die Tür und warf uns beide in den Nebenraum. Die Tür muß ich auch verschlossen haben, und erst jetzt, hinterher, kann ich begreifen, daß die anderen so vor Überraschung verblendet waren, daß gerade ich diesen Schritt zu seiner Rettung unternahm. Daß sie in ihrem Ansturm genau so viele Sekunden innehielten, wie sie zu Meisners Rettung erforderlich waren. Sie müssen geglaubt haben, daß ich ihn selbst überfiel, mich auf ihn stürzte, um persönlich Rache zu üben, meiner persönlichen Vendetta Luft zu schaffen.

Aber weshalb hätte ich mich an diesem Mann rächen sollen? Weil er meiner Tochter die Sehkraft wiedergab? Wir standen auf der anderen Seite der Tür, hörten, wie die Menschenmasse dort draußen tobte, wie sie sich beruhigte, wie die Stimmen wieder anschwollen, rasend wurden und zu uns hereindrangen. Meisner war blaß.

»Ihr müßt Euch woanders in Sicherheit bringen«, erklärte ich ihm. »Sie werden bald die Tür aufbrechen.«

Er sah mich stumm an und nickte dann.

»Ja«, sagte er, »ich habe meinen Entschluß geändert. Eben noch habe ich etwas anderes gedacht. Aber ich habe kein Recht dazu.«

Ich verstand nicht, was er meinte, aber es gab keine Zeit mehr für Erklärungen. Ich rannte zum Fenster an der anderen Seite des Raumes, stieß es auf und sah hinaus. Ich sah über einen Hinterhof hinaus, der still und dunkel dalag. Wir befanden uns im ersten Stock, der Abstand zur Erde betrug nur gut drei Meter. Er konnte sich am Fenstersims festhalten und dann hinunterspringen.

Ich winkte ihm zu, er möge herkommen. Er tat es.

»Hier«, sagte ich.

»Und dann?« fragte er heftig. »Ich ziehe es vor, in einem gutmöblierten Zimmer zerfleischt zu werden, ich habe keine Lust, im Lehm zertrampelt zu werden! Wo soll ich denn überhaupt noch hin?«

»Aus der Stadt verschwinden«, sagte ich.

Er sah mich einen Augenblick zweifelnd an, dann schwang er sich über das Fenstersims, glitt ein Stückchen hinab und verschwand dann.

Ich lehnte mich hinaus und rief mit leiser Stimme seinen Namen.

»Ja«, antwortete er.

»Geht zum Polizeipräfekten. Sie werden die Zollstationen besetzen und Euch daran hindern, die Stadt zu verlassen. Geht zum Polizeipräfekten. Ihr kennt ihn. Grüßt ihn von mir und bittet ihn um Schutz.«

Ein langes Schweigen folgte. Ich glaubte, er denke über meinen Vorschlag nach, aber dann sah ich ihn: Er ging über den Hinterhof, ein dunkler Schatten unter all den anderen dunklen Schatten, vielleicht noch eine Spur dunkler, lang und massig, auf der Flucht.

Ich kann mich noch erinnern, daß ich die Augen zusammenkniff, um ihn besser erkennen zu können. Er muß nur noch für kurze Zeit zu sehen gewesen sein.

Das andere hat meine Frau erzählt. Ihr Bericht ist eine Synthese all der Erzählungen, die sie in Wegeners Keller gehört hat, der Erzählungen der Nachbarsfrauen und dessen, was Steiner ihr erzählte, während ich schlief und nicht erwachen wollte, weil es meiner Meinung nach für mich keinen Grund zum Erwachen gab.

Er war zur Präfektur gegangen. Dorthin war die Flutwelle noch nicht gekommen, und niemand weiß, was er dem Präfekten sagte. Man führte ihn in ein Zimmer. Später haben sie ihn dort aufgestöbert.

Ich weiß nicht, wie sie ihn gefunden haben. Sie schlugen die Tür zu dem Zimmer ein, in dem ich mich befand, und rannten zu dem offenen Fenster hin. Mich ignorierten sie. Manchmal ist der Zorn spontan und heftig und unwirksam. Dieser Zorn muß sehr kalt, sehr vernünftig und sehr wirkungsvoll gewesen sein. Ich nehme an, sie haben ihren Verstand so lange aufgespart, daß sie jetzt über genügend Vorrat verfügten, um die Verfolgung geschickt zu organisieren.

Drei Männer waren zum Präfekten gegangen. Es waren Männer, die von drei der bei Meisners Séance anwesenden Frauen mobilisiert worden waren. Die Männer selbst waren nicht dabeigewesen, aber sie erhielten den Bericht in Form kleiner, atemlos vorgebrachter Portionen. Die Raserei muß sich bei ihnen mit Triumph vermischt haben. Sie hatten lange machtlos und ohnmächtig der Verzückung, die ihre Frauen ergriffen hatte, zusehen müssen, der Verzückung, die dieser ruhige, bezwingende Mann ihnen aufgezwungen hatte, sie hatten murmelnd Proteste vorgebracht, aber ihr Widerstand war von der Begeisterung und den Ergebnissen fortgespült worden, von denen alle sprachen. Jetzt lag die Rache in ihren Händen, sie schlossen ihre Hände gierig um diesen kostbaren Schatz und hielten ihn fest.

Sie waren sehr ruhig zu Werke gegangen. Sie waren bei dem Präfekten erschienen und hatten ihn gebeten, mit Meisner sprechen zu dürfen. Der Präfekt hatte ihnen geantwortet, daß Meisner allein zu sein wünsche. Somit erhielten sie die Bestätigung, daß Meisner in der Präfektur sei. Sie waren sehr ruhig und sehr höflich gewesen und fragten nur noch, wo er sich befinde und ob er auch nicht fliehen könne. Da hatte der Präfekt ihnen gesagt, in welchem Raum Meisner sich befand.

Daraufhin hatten sie den Präfekten festgenommen, und zwei Männer, die gerade zur Verstärkung herbeigeeilt waren, hatten einen Schlüssel gefunden, der zu Meisners Zimmer paßte, sie waren hineingegangen, und dort hatten sie Meisner angetroffen, der sie ruhig und gefaßt ansah.

Sie sollen ihn, dem Vernehmen nach, schwer mißhandelt haben. Gerüchte sprechen davon, daß man ihn an einen Stuhl fesselte, daß man ihm die Kleider vom Oberkörper riß und ihn mit einer kurzen Kette schlug, die zuvor in einem anderen Zimmer entdeckt worden war. Dann sollen sie ihm die Hosen ausgezogen haben, um ihn mit einem Messer zu zeichnen, aber sie sollen von einem Helfer des Präfekten gestört worden sein, der hereingerannt kam und sie beiseite stieß und Meisner dann befreite: Zu dem Zeitpunkt soll er aber bereits bewußtlos gewesen sein und aus vielen Wunden geblutet haben. Steiner sah ihn auch. Sie sandten einen Boten zu Steiner, der ihn herbeiholen sollte, und als Steiner ankam, hatten sich alle wieder beruhigt und waren fröhlich und lachten laut, draußen auf dem freien Platz vor der Präfektur. Warum ausgerechnet Steiner herbeigeholt wurde, weiß niemand. Vielleicht sollte dies eine versteckte Entschuldigung sein. Vielleicht sollte es die letzte Hoffnung sein, dieser Bundesgenosse – denn nun war er ja auf höchst glückliche Weise ein Bundesgenosse geworden – möge die Wunden verschlimmern und ihnen den Wundstarrkrampf einimpfen, damit Meisner eines qualvollen und natürlichen Todes sterbe.

Steiner hat meiner Frau von den Wunden erzählt: Peitschenhiebe auf dem ganzen Rücken, zerfetzte Gesichtshaut überall dort, wo die Kette sich wie eine Klaue um seinen Kopf gekrallt hatte, Wunden am Ohr, auf der Stirn und der linken Wange.

Aber er soll noch am Leben sein. Und es wird eine Gerichtsverhandlung geben.

21. März

Der Schlaf flieht mich; ich wälze mich in meinem Bett herum, es ist weich, aber nicht weich genug, um nachgiebig zu sein. Ich schwitze und stehe auf, um mir etwas zu trinken zu holen, aber es hilft nicht.

Da setze ich mich an mein Tagebuch.

Meinen Unglauben habe ich von meinem Vater geerbt; aber der Unglaube ist durch die kompakte Mauer der Vernunft, die mich zeitlebens umgeben hat, nur noch verstärkt worden. Steiner stützte mich einmal, als ich im Begriff war, zu fallen. Das war vor vier Jahren: noch früher schon war ich einmal auf dem Weg hinab in den Glauben gewesen. Das war, als meine Tochter geschändet wurde und ihr Augenlicht verlor, als ich dies als eine Strafe deutete, als ein Zeichen, daß ich zu klein sei, um meine Stimme erheben zu können.

Auch da wurde ich von Steiner gestützt: Er war zu der Zeit gerade zweiundzwanzig Jahre alt und war gerade in unsere Stadt gekommen. »Es gibt zuviel Bosheit in der Welt, als daß wir annehmen könnten, jeder Rückschlag stelle eine Strafe dar«, erklärte er mir, und ich erinnere mich, daß ich seine Worte mit Erleichterung aufnahm. »Es ist ein Übermut bei uns Menschen. Wir besitzen keine Größe, die groß genug wäre, uns zu einer privaten Strafe zu berechtigen. Es muß andere Erklärungen für diese Bosheit geben.«

Ich glaubte damals diesen Worten, und heute glaube ich ihnen auch noch. Wir können nicht noch das Böse, das in unserer Umwelt zu finden ist, rationalisieren und uns selbst in seinen Mittelpunkt stellen. Es lebt sein eigenes Leben, es ist unabhängig von Schmähungen und Demut. Es trifft uns im Vorübergehen, ohne uns für sonderlich wichtig zu halten.

Aber es gibt noch eine andere Form des Bösen: das Böse, das uns von innen her verwandelt und uns zu Tieren macht. Diesem Bösen gegenüber sind wir frei, wir haben die Wahl, es aufzunehmen oder zu zerstören, es ist privat und nur für uns da. Hier liegt einer der Gründe für meinen Unglauben: Das Böse, das von außen kommt, lasse ich beiseite, für das Böse in mir selbst habe ich, nur ich allein, die Verantwortung. Das bißchen Kraft, das ich mein eigen nennen kann, habe ich auf mich selbst gerichtet, auf ein von mir selbst angegebenes inneres Ziel.

Das ist auch der Grund, warum Meisners Verrat mich so hart traf. Er besteht außerhalb von mir, und ist doch gleichzeitig in mir zu finden. Ich weiß nicht, wie ich mich verhalten soll.

Ich arbeite in meinem Metier. Ich versuche, mich zu verbessern, und ich sage mir, wenn alle sich so verhielten wie ich, dann würde es in der Welt erheblich besser aussehen. Die Welt ist mir gleichgültig, sie ist zu abstrakt, ihre Bosheit zu schwer greifbar. Ich hämmere hartnäckig an meinem kleinen Glied in der Kette. Daß dies Glied so klein ist, macht mich niedergeschlagen und läßt mich zweifeln, aber ich hämmere weiter, weil ich weiß, daß gerade dies meine Aufgabe ist.

Ich weiß jetzt, welchen Fehler ich begangen habe, warum ich Meisners Künsten erlag. Ich wollte ein größeres und wichtigeres Glied in der Kette sein. Ich wünschte, meine Bedeutung würde wachsen, und er hat mir das Gefühl gegeben, bedeutend zu sein, und darüber hinaus hat er mir noch mehr in Aussicht gestellt.

Da liegt mein Fehler: Er ist vielleicht menschlich, und ich glaube, auch die Konsequenzen daraus gezogen zu haben. Aber als ich ihn entlarvte, begab ich mich auf schwankenden Boden. Das Bild Meisners ist mir nicht klar und deutlich genug. Schuld oder Unschuld: Ich fühle die Grenze meiner Fähigkeiten und weiß, daß mein Intellekt in diesem Punkt nicht ausreicht.

Er hat meine Tochter geheilt. Damit hat er ein gutes Werk getan. Er mochte ein Scharlatan sein, aber er hat ihr geholfen, was niemand außer ihm hätte tun können. Und außerdem hat er allen anderen eine Illusion vermittelt, mit deren Hilfe sie weiterleben können, er hat uns einen Winter gegeben, den wir nie vergessen werden, er stellte das Kunstwerk seines Betruges vor uns hin und ließ es in der Sonne leuchten; eine Illusion zwar, aber eine, die in uns lebte.

Ich erwarte jetzt die Gerichtsverhandlung. Es wird eine Gerichtsverhandlung um ein Kunstwerk, um etwas Unnützes, das uns verführt hat, aber eine Zeitlang leben machte. Ich bin mir nicht sicher, ob wir ein unbefangenes Urteil werden fällen können.

Meine Tochter hat viel geweint. Ihre Augen sind rot umrändert, und sie bleibt meistens für sich. Ich bin unruhig. Wenn ich glauben könnte, würde ich für sie beten: für sie, die unschuldig Betroffene.

Ich sehe jetzt das Licht der Dämmerung. Der Frühling hat allmählich Einzug gehalten: lange Tage, helle Luft, Vögel. Meine Frau schläft tief und fest im Zimmer nebenan. Ich fühle eine Verantwortung für meine Stadt, die mir früher fremd gewesen ist, eine Verantwortung für sie alle. Ich nehme die Bürde all dieser Ehrlichen, leicht Erregten, leicht Verführbaren, unsicheren Menschen auf mich, die sich nach einem Verführer sehnen. Er bot sich ihnen als Verführer an, und sie nahmen ihn dankbar auf, er machte sie glücklich, und ich nahm ihnen den Verführer wieder.

22. März

Auch heute besuchte mich Steiner wieder. Er war unten bei Meisner gewesen. Er erzählte von dem Gefangenen: Er ist noch schwach, lebt aber. Er hat einen starken Organismus. Sie hatten kurz miteinander gesprochen.

Steiner erzählte mir nicht, was Meisner gesagt hatte. Er blieb eine Stunde bei mir und ging dann nach Hause. Er machte einen sehr nachdenklichen und sehr müden Eindruck.

Die Ereignisse dieses Winters haben Steiner und mich mehr als je zuvor einander näher gebracht. Den Altersunterschied bemerken wir nicht mehr.

Ich glaube feststellen zu können, daß seine Einschätzung der Person Meisners sich etwas geändert hat. Gestern, als er an meinem Bett saß und sich recht lange mit mir unterhielt, entwickelte er einen Gedankengang, der meiner Meinung nach auf eine schwankende Haltung gegenüber Meisner hindeutet.

»Unsere Wirklichkeit ist eine Mischung aus Trugbildern und Bildern«, äußerte er. »Das Trugbild, das Scheinbild existiert wirklich nur in uns, dort wird es zu einer Realität. Der

Kampf zwischen Wirklichkeit und Schein wird so auf zwei Ebenen geführt, die einander nie begegnen.«
»Darin liegt die Schwierigkeit«, fuhr er fort. »In der Beurteilung dieses Scheineffekts und seiner Auswirkungen auf uns. Ein Mensch ohne Scheineffekte oder Illusionen macht einen auf vielerlei Weise leeren Eindruck. Ebenso ein blind glaubender Mensch.«

23. März

Heute, früh am Morgen, kam Maria zu mir. Ich sah ihr an, daß sie mich etwas fragen wollte. Ich blieb deshalb still, bis sie gezwungen war, die Initiative zu einem Gespräch zu ergreifen.

Sie fragte mich, warum ich all dies getan habe. Gestern weigerte sie sich, auf mein Zimmer zu kommen. Sie behauptete, nachdenken zu wollen. Ich war von ihrer Antwort überrascht. Sie schien einfach nicht zu ihr zu passen und wirkte deshalb unnatürlich auf mich.

Sie ist jetzt einundzwanzig Jahre alt.

Sie fragte also. Ich nahm sie auf meinen Schoß; sie setzte sich nur widerwillig hin und machte sich bereits nach wenig mehr als einer Minute wieder frei, dann setzte sie sich auf einen Stuhl neben meinem Bett. Sie beginnt jetzt, eine Frau zu werden. Ich hätte es bemerken sollen.

Dann erzählte ich ihr von allem, was ich seit Meisners Ankunft in der Stadt erlebt und gefühlt habe. Ich unterschlug nichts: weder den Enthusiasmus, die Bitterkeit, noch mein Hin- und Hergeworfensein.

Sie fragte mich, wie es denn komme, daß Frau Keiser jetzt so frisch und gesund aussehe – was vorher, während der Behandlung durch Steiner, nicht der Fall gewesen sei –, wenn die Behandlung keine Wirkung gezeigt haben solle?

Ich versuchte, ihr klarzumachen, daß man für alles eine natürliche Erklärung finden könne: Menstruationsstörungen,

Infarkte, stockenden Blutkreislauf. Meisners Behandlung habe sich darauf eingestellt, aber jede andere Therapie hätte auch zum Erfolg geführt.

Sie fragte mich dann noch einmal, warum ich Meisner dies angetan habe.

Ich versuchte zu erklären, daß der Betrug der Frau mit den Hühnerknochen (es ist jetzt festgestellt worden, daß sie tatsächlich Hühnerknochen verwendet hatte, die vorher in der Küche präpariert worden waren) natürlich ungefährlich gewesen wäre, wenn er sich nur gegen mich oder ihre nächsten Angehörigen gerichtet hätte, daß er aber in größerem Ausmaß, wenn er sich gegen ganze Gruppen von Menschen oder gar gegen die gesamte Menschheit gerichtet hätte, von nicht wiedergutzumachendem Schaden gewesen wäre. Ich versuchte, ihr klarzumachen, daß seine Macht über Menschen deshalb schädlich sei, weil sie sich auf ein falsches Ziel richte. Ich sagte, der Betrug und der blinde Glaube müßten bekämpft werden, auch wenn sie den Menschen in vereinzelten Fällen nützen würden, denn Betrug und Scheinbilder schüfen einen schwankenden Boden, auf dem man nicht leben könne. Ich gebrauchte viele Worte, und ich bin mir nicht sicher, daß sie wirklich alles verstand.

Lange Zeit saß sie stumm da. Der Raum lag im Halbdunkel, und ich fühlte, daß ich sie liebte, mein einziges Kind, sie mit heftiger Verzweiflung liebte. Sie blieb stumm, und sie machte den Eindruck, als hätte sie sich beruhigt.

Als sie ging, küßte sie mich auf die Stirn.

Ich werde allmählich alt: Im nächsten Jahr werde ich fünfzig. Aber in dieser Stunde spürte ich eine schmerzliche Freude, ein schnelles Glück, das mich fast getötet hätte. Ich vergrub den Kopf zwischen meinen Händen, lehnte mich gegen die kühle Marmorplatte des Schreibtisches und weinte.

Ich nenne mich einen Wissenschaftler. Ich gebe vor, eine Form wissenschaftlicher Untersuchung zu vertreten; ich behaupte es von mir. Aber natürlich habe ich Fehler begangen. Ich habe nach der Realität geforscht, die ich hinter Meisners Handlungen und Worten vermutete, habe mich dabei nicht um die Verbindungen nach rückwärts und zur Seite hin gekümmert. Ich hätte Steinchen auf Steinchen legen sollen, seine Verbindungen zu den führenden Männern in Seefond untersuchen sollen, seine mangelnde Übereinstimmung mit der Kirche, seine Kontakte mit Frauen, die von ihm behandelt wurden, und mit solchen, die nicht von ihm behandelt worden waren. Ich glaube zu wissen, wie das Ergebnis ausgesehen hätte: unmöglich, in den Griff zu bekommen. Das wird vielleicht auch dann der Fall sein, wenn ich mich nur an die Dinge halte, die ich verstehen und untersuchen kann.

Und also lasse ich dies zu einem Experiment in meiner eigenen Einfalt werden, es ist nichts anderes als die notwendige Vereinfachung, das Zurechtstutzen der Verhältnisse, das Beschneiden von Termini, der Wille zur Klarheit.

Das Problem ist wohl dennoch schwierig genug. Ich weiß, daß es für mich zu groß ist, es preßt mich an die Erde, läßt mich flach und platt werden, das Problem türmt sich über mir auf, und ich weiß, daß *dort* die Vieldeutigkeit zu suchen ist, nicht in der von ihm heimgesuchten Wirklichkeit.

So soll es nach meinem Willen jetzt sein.

25. März

Meisner soll heute die Forderung gestellt haben, an die frische Luft geführt zu werden; er sagte, dies sei zu seiner Gesundung nötig. Man erfüllte seinen Wunsch.

Er wurde auf die Treppe vor dem Rathaus geführt. Er stand zwischen zwei Gefangenenwärtern, ein dritter hatte sich vor ihm postiert.

Sie müssen eine lächerliche Angst davor haben, er könnte ihnen entfliehen. Dennoch ist es ohne jede Bedeutung, daß er fliehen könnte, daß sein Körper fliehen könnte. Wichtig ist nur die Macht, die er über uns alle hatte. Die Erinnerung daran kann natürlich nicht vernichtet werden.

In der kurzen Zeit, in der er dort stand, bildete sich eine Ansammlung von annähernd hundert Personen. In diesem Menschenhaufen befand sich auch der Uhrmacher Steichinger.

Er erzählte davon.

Meisner war sehr blaß gewesen und hatte bereits einen Bart. Er hatte einen schmutzigen und ungepflegten Eindruck gemacht, und um die Stirn trug er eine graue Bandage. Dennoch hatte er aufrecht dagestanden und mit höhnischen und arroganten Blicken über die Menge hinausgeschaut. Die Leute unten auf dem Platz hatten kein Wort gesagt, sondern ihn nur neugierig angestarrt. Er soll ja schon ähnliche Situationen durchgemacht haben, vielleicht nicht ganz so erniedrigende. Aus Wien wurde er vertrieben, in Nürnberg war er nach der dortigen Gerichtsverhandlung nicht gerade wohlgelitten. Er erzählte einmal, daß er vor ein paar Jahren bei einem Auflauf in Frankreich beinahe zu Tode gekommen wäre. Er hat also Erfahrungen. Er scheint es sich auch leisten zu können, uns mit Arroganz anzusehen. Er weiß ja, daß seine Suggestivkräfte so groß sind, daß er an jedem Ort, an dem es einen unzufriedenen und enttäuschten Menschen gibt, immer einen Ansatzpunkt haben wird.

Sie wünschen, daß ich vor Gericht als Zeuge aussage. Ich tu es ungern, aber ich tu's. Alles muß zu Ende geführt werden. Und noch ein weiteres Bekenntnis habe ich abzulegen. Ich sehne mich danach, ihn noch einmal zu sehen.

Meine Tochter kam heute zu mir. Sie hatte etwas auf dem Herzen. Sie wollte mit mir über einen Plan sprechen, den sie sich ausgedacht hatte.

Sie will ins Kloster gehen.

Ich fragte sie weshalb. Sie erwiderte, sie wolle in Zukunft ein dienendes Leben führen. Ich fragte, wem sie dienen wolle. Sie sagte, der Menschheit. Da fragte ich sie, ob sie der Menschheit nicht besser dienen könne, wenn sie mitten unter den Menschen bleibe. Sie zögerte einen Augenblick, dann aber sagte sie, sie wolle Gott dienen. Sie berichtigte sich also. Ich fragte sie, ob denn nicht Gott den Menschen diene. Sie erwiderte, ja, nach einigem Zögern. Ich fragte sie weiter, ob sie sich denn nicht vorstellen könne, Gott zu dienen, indem sie den Menschen diene: auf gleichem Fuße mit Gott, drückte ich mich aus, wenn ich mich recht erinnere.

Sie betrachtete mich mit aufgerissenen Augen und lief weg. Ich hörte, wie meine Frau sie tröstete.

Eine Stunde später kam sie wieder.

»Vater«, sagte sie leise und ernst, »du mußt mich ernstnehmen. Du darfst nicht wie ein Scholastiker disputieren. Ich will tatsächlich ins Kloster gehen.«

»Ich nehme dich ernst«, erwiderte ich sanft. »Es ist mir sehr ernst, mit allem, was dich betrifft, es ist nie anders gewesen, solange du da bist.«

Sie glaubte mir.

Wir setzten dann das Gespräch in wesentlich ruhigerem Ton fort. Wir waren beide sehr ernst. Ich fragte sie, ob sie unzufrieden sei.

»Womit?« fragte sie zurück.

»Mit allem.«

»Vielleicht«, erwiderte sie.

Auch darin ist sie die Tochter ihres Vaters. Wir durchlaufen parallele Kurven: Unzufriedenheit, Hingabe. Was bei ihr am Ende herauskommen wird, ist schwer zu beurteilen. Ich selbst habe jetzt jedenfalls eine Plattform, die sich immerhin sicher *anfühlt*. Von dieser Basis aus reiche ich ihr die Hand, denn ich sehe, wie sie taumelt, verblendet, hinausgeschleudert. Ich weiß nicht, ob ich sie erreichen kann. Sie verläßt mich spät.

26. März

Der Tisch vor mir ist fleckig und schmierig. Ich trinke mein Bier und lausche.

Sie sprechen nicht von Meisner, weil ich hier bin. Vor nur zwei Tagen noch sprachen sie von ihm, als ich voriges Mal, zum erstenmal seit langem, wieder in Wegeners Keller war. Ich saß jedoch still, und schließlich legte sich ein verlegenes und unangenehmes Schweigen über den gesamten Raum. Sie wissen nicht, wo sie mich einordnen sollen, und ich werde es ihnen nicht verraten. Ich bin das Öl auf dem abgestandenen, siedenden Wasser, ich bleibe liegen in meinem Schweigen, der Tatsache bewußt, daß ich meiner Rolle als Drachentöter untreu werde, auch der Tatsache bewußt, daß sie mich nicht begreifen und mich mit immer größerem Mißtrauen und immer größerer Verwunderung ansehen.

Hier, in Wegeners Keller, lockte Meisner den Mann mit den Wildschweinhauern hervor. Hier gab er ihnen das Phantastische, von dem sie noch so lange sprechen sollten. Hier war der Mittelpunkt aller Dinge. Jetzt ist also Wegeners Keller wieder zu einer schlichten Kneipe geworden. Ich könnte zufrieden sein, wenn ich es wünschte.

Ich ergreife für niemanden Partei. Ich bin selbst Partei, nehme meine eigene Rolle ernst. Ich habe keine Visionen, ich tue nur meine Pflicht. Steiner sagt von Zeit zu Zeit, ich sei dumm, mein Kopf sei träge. Mag sein. Wenn dem so ist, dann verlangt die Welt eben mitunter ein bißchen Trägheit. Ich bin eine Insel in einem leicht dahinfließenden Gewässer.

Hier stehe ich, dumm und anständig, ich lasse mich nicht mehr mitreißen, aber einige Sekunden lang vermochte ich mit dem Strom zu schwimmen. Diese kurzen Sekunden sind jetzt sehr kostbar, und ich werde sie niemals vergessen.

Ich schaue mir die Gäste in Wegeners Keller an, sie schauen mich an. Hier sitzen sie, die Gutgläubigen, die leicht Verführbaren, die sich jetzt weigern, ihre Gutgläubigkeit einzugestehen, meine Kameraden auf dem Fluß. Sie betrachten mich jetzt als eine Art Vorbild, als einen Mann, zu dem man aufschauen kann, weil ihr vorheriges Vorbild unpäßlich geworden ist und eingesperrt, in Pflege genommen werden mußte.

Ich starre mit gleich harten Blicken zurück. Verurteilt mich ruhig, denke ich. Es gibt vieles an mir, was einer Verurteilung wert wäre. Man sollte mich verurteilen, mit dem gleichen Recht, wie man ihn verurteilen wird. Und tief in meinem Innern weiß ich, daß ich mich wie Steiner hätte verhalten sollen, wie ein Fels in der Brandung, der unbeweglich Wind und Wellen trotzt. Ich hätte mich wie Steiner verhalten sollen, die ganze Zeit über, ich hätte in unserer eigenen Wirklichkeit bleiben sollen, mitten unter den Menschen, den Tischen, den Straßen, den Häusern, den Wolken, mitten unter ihnen, in ihnen, ich hätte Freud und Leid mit ihnen teilen sollen, hätte sie sehen sollen, wie sie wirklich sind, ohne Maske und Verkleidung.

Deshalb verurteilt mich, denke ich. Übermorgen werden sie über ihn zu Gericht sitzen.

XIII

Sie kam und sagte, sie wolle ihn sprechen. Sie erkannten sie nicht wieder und betrachteten sie neugierig und mißtrauisch; sie sei nicht aus dieser Stadt, erklärte sie. Sie war mittleren Alters und hatte offensichtlich einen weiten Weg hinter sich. Ihre Tochter, die etwa siebzehn Jahre alt gewesen sein muß, blieb draußen auf der Treppe sitzen und spiegelte ihr grobes, pockennarbiges Gesicht in der Sonne und weigerte sich, mit dem Helfer des Präfekten zu sprechen, der herausgekommen war und sie in die Seite stieß. Er schlug vor, sie solle den Rock hochziehen, damit man sehen könne, ob sie auch zwischen den Beinen Pocken hätte; dann sahen sie, daß sie müde war. In einem Anfall von Großmut gaben sie ihr einen Laib Brot und einen Becher Wein: Sie aß und trank und sah sie mit blanken, unergründlichen Augen an. Der Mann, der links von ihr saß, steckte seine Hand versuchsweise unter ihre Kleider und bekam ihre eine Brust zu fassen, die spitz und jung, aber unentwickelt war, als gehöre sie zu einem sehr viel jüngeren Mädchen: Sie machte keine Bewegung, um ihn wieder loszuwerden, er saß da und spielte mit ihrer Brust und klemmte ihre Warze, sah ihr ins Gesicht, wie sie reagieren würde, aber sie reagierte überhaupt nicht. Sie saß still und kaute ruhig und hingegeben und kümmerte sich überhaupt nicht um ihn, und ihr Gesicht war so ohne jeden Ausdruck, daß er sich schließlich schämte und sie losließ und sie in Ruhe weiterkauen ließ.

Drinnen war der Präfekt immer noch dabei, ihre Mutter zu verhören.

»Warum wollt Ihr mit ihm sprechen«, fragte er hartnäckig, »wißt Ihr, wer er ist?«

»Nein«, sagte sie in ihrem lächerlichen Dialekt, der Lachsalven hervorgerufen hatte, als sie ihr Begehren zum erstenmal vorbrachte, »ich weiß nicht, wer er ist, aber ich habe ja gar nicht verlangt, es zu erfahren. Ich will nur mit ihm sprechen.«

»Kennt Ihr ihn denn überhaupt nicht?« fragte er dann noch ungeduldiger und sah zur Treppe hin, auf der sich seine Männer neben die jüngere Frau gesetzt hatten: »Was habt Ihr denn überhaupt für ein Interesse daran, ihn zu sprechen?«

»Ich habe nicht gesagt, daß ich daran interessiert bin«, sagte sie ebenso geduldig. »Ich will ihn nur sehen.«

Endlich ließ man sie zu ihm.

Sie führten sie am Arm durch den Gang, der zur Zelle führte, der einen von zweien, die es dort gab, und sie ging blinzelnd und eifrig, sofort den richtigen Weg zu finden und so wenig Mühe wie möglich zu machen, damit die Männer nicht ungeduldig würden: Dann stand sie vor einer Tür und hörte, wie die Eisenklammern abgezogen wurden, der Balken knarrte; sie sah sich zweifelnd um, ob sie es wagen könne, hineinzugehen, ohne daß man sie hineinführte. Sie gaben ihr eine brennende Kerze in die Hand und sagten, sie solle aufpassen, daß das Stroh nicht in Brand gerate, auch solle sie den Rock nicht zu weit hochziehen, denn das könnte ihn erregen, und er sei momentan viel zu schwach, um mit ihr zu schlafen (falls das der eigentliche Zweck ihres Besuchs sein sollte).

Er lag vor ihr auf der hölzernen Pritsche und betrachtete sie mit gefurchter Stirn.

»Jetzt bin ich hier«, sagte sie bescheiden.

Das Denken fiel ihm schwer, aber er wußte, daß er sich jetzt zusammennehmen mußte. Sie haben sie gefunden, dachte er: die Zeugin, mit deren Hilfe sie mich töten wollen. Er erhob sich vorsichtig und spürte, wie die verkrusteten Wunden im Rücken schmerzten, als das Hemd sich bewegte; es war aber ein Schmerz, an den er sich schon gewöhnt hatte.

»Ja«, sagte er, »das sehe ich. Wo hast du deine Tochter gelassen?«

»Sie sitzt draußen«, sagte die Frau.

»Dann wird sich der Weber aber freuen«, sagte er und sah ihr höhnisch ins Gesicht.

Ich hätte sie damals beim Feuer niemals nehmen dürfen, dachte er verbittert. Es hat sich nicht gelohnt. Sie war feucht und weit, als hätte sie zehn Kinder geboren, es wäre viel besser gewesen, sie zum Teufel zu jagen.

Sie sah einen Augenblick verwirrt aus, aber dann glitt ein halbes Lächeln über ihr Gesicht.

»Meinst du«, sagte sie. »Das wäre schön. Sie hat viel von ihm gesprochen.«

Er sah sie unsicher an, denn er wußte nicht, ob sie einen Scherz machte, obwohl er derlei noch nie von ihr gehört hatte.

»Was willst du«, fragte er kurz.

»Hier sein«, sagte sie einfach.

»Hier?« fragte er irritiert. »Verdammt noch mal, das wirst du doch wohl noch begreifen, daß das unmöglich ist!«

»Aber dann da draußen«, sagte sie und zeigte mit einer unbestimmten Geste auf die Stadt oder die Welt da draußen; »ich kann warten, während du das hier erledigst.«

»Erledigst!« explodierte er. »Erledigst! Wenn du ihnen erzählst, was ich getan habe, dann werden sie mich erledigen, und zwar für immer!«

»Ach so«, sagte sie lahm und wand sich verlegen unter seinen Blicken. »Ich hatte gedacht, du würdest dich freuen.«

Er war aufgestanden; jetzt sank er in sich zusammen und verbarg das Gesicht in den Händen. Sie war zurückgekommen; sie, die er im Wirtshaus zurückgelassen hatte, sie, die von der Pest Verfolgte, die er nicht länger um sich hatte haben wollen, sie, die Belagerte und Vergewaltigte, die nie ein Wort des Vorwurfs hatte laut werden lassen. Sie hatte ihn gesucht, offensichtlich, und jetzt hatte sie ihn gefunden. Jetzt würde sie alles zerstören, denn man würde ihr sicher Fragen stellen, und sie würde in ihrer Einfalt alles erzählen: über die Flucht, den Fremden, über all seine Erlebnisse, von denen er ihr berichtet hatte, sie würde alles erzählen, was er bereits vergessen geglaubt hatte, fortgespült von den Jahren, die für ihn verloren und sinnlos waren, alles würde jetzt wieder aufstehen und gegen ihn Zeugnis ablegen. Sie würden auch den Weber festnehmen, ihm die Daumenschrauben ansetzen und ein wenig zuziehen, er würde dann ein wenig schreien und atemlos vor Furcht alles erzählen, von der Höhle, in der sie ihn gefunden hatten, von der Flucht: Alles würde ans Licht kommen.

Er sah zu ihr hoch. Sie stand immer noch da und lächelte stumm.

»Du darfst nichts erzählen«, sagte er heiser. »Nichts von dem, was du über mich weißt. Nichts.«

Sie lächelte ihm immer wohlwollender zu; sie lächelte wie jemand, der endlich in der Lage ist, etwas auszurichten, wie jemand, der endlich ein Quentchen Macht erhalten hat und im Bewußtsein dieser Macht dennoch nicht weiß, was er damit anfangen soll.

Er sah sie an und dachte: Ich bettele sie an, ich bitte sie, und sie steht da und lächelt mich mütterlich an. Sie sollte mir ins Gesicht spucken, aber sie lächelt.

»Willst du denn nichts haben«, fragte sie freundlich, immer noch mit diesem unerträglichen, nachsichtigen Lächeln auf den Lippen.

Haben, dachte er.

Er erhob sich schnell, ging die zwei Schritte auf sie zu und schlug ihr blitzschnell, kurz und heftig quer über den Mund. Sie taumelte rückwärts und sah ihn schreckerfüllt an.

»Verschwinde«, sagte er leise. »Verschwinde.«

Man führte sie hinaus. Als sie wieder im Tageslicht stand, fragte der Präfekt sie in ruhigem Ton, ob sie erfahren hätte, was sie hatte wissen wollen.

Sie erwiderte nichts. Ihre Tochter saß immer noch auf der

Treppe; sie hatte jetzt aufgehört zu kauen, und ihre Kavaliere waren ihres gleichgültigen Schweigens müde geworden. Sie gingen die Treppe hinunter, zur Stadt hinaus: zwei graue Ratten, die an einer Hauswand entlangkrochen.
Niemand sah ihnen nach.

Er hatte einen eisernen Nagel gefunden und ritzte damit Figuren in die Steinwand; es war eine mühselige Arbeit, die ihn dazu zwang, über das nachzudenken, was er zeichnete. Zuerst ein Dreieck. Dann ein weiteres Dreieck, dessen Grundlinie auf der Spitze des ersten Dreiecks lag, es in der Mitte berührend.

Der Erfolg hat mich getötet, dachte er, nicht Selinger. Er hat nur das getan, was er tun mußte. Es wird immer jemanden geben, der aufspringt und auf die Linie zeigt: Übertreten. Mit dem letzten hatte er jedoch nicht gerechnet: Selinger in Seefond. Kleine Sklaven, die den Triumphwagen umstürzen. Die ihn umstürzen müssen, da er auf Abwege gekommen ist.

Es war so verlockend, dachte er. Zuerst ein Fall, der lief wie er laufen sollte, ein Fall, der glückte. Dann ein anderer, der noch größeres Aufsehen erregte, den er aber nicht hätte anfassen sollen. Ich hätte natürlich weniger Risiken eingehen sollen. Aber wenn die Vision und die Kraft sich nicht einfinden, stehen die Patienten da mit ihren Krankheiten und sehen mich an, als sei ich im Besitz dieser Kraft. Sie begreifen nicht, daß es nicht nur an mir liegt. Daß ich auch Hilfe brauche, um sie aufbauen zu können.

Der große Paracelsus wurde auch von Rückschlägen betroffen, dachte er. Er mußte mit dem fertigen Manuskript seines Werkes »Über die syphilitischen Krankheiten« von Stadt zu Stadt ziehen. Erst in Leipzig wurde es gedruckt, unter dumpfem Gemurmel seitens des Bürgermeisters. Er war geduldig, dachte Meisner.

Der große Paracelsus, dachte er und ließ die Worte auf der Zunge zergehen. Der große Paracelsus, der ständig von Rückschlägen betroffen wurde. Ich frage mich, dachte er, kurz bevor er in den Schlaf hinüberglitt, was der Herzog unternehmen wird. Ob alles sich zum Besten wenden wird. Oder ob es nur noch abwärts gehen wird.

Im Lichtschein der Fensterluke macht sein Gesicht einen kraftvollen und ehrfurchtgebietenden Eindruck. Durch das sehr kleine und oft benutzte Guckloch in der Zellentür sieht er aus wie ein Bild eines mittelalterlichen Meisters: herabhängende Haare, Bart, abgeklärtes Gesicht.

Die Zelle lag im Keller. Eines Nachts wurde eine Scheibe in dem kleinen vergitterten Fenster, das den Blick auf die Straße freigab, zerschlagen. Durch diese kleine Luke steckte zu einer späteren Stunde desselben Tages ein Mann sein Gesicht herein und musterte neugierig den Mann mit dem herabhängenden Haar, dem zotteligen, schmutzigen Bart und dem höhnischen Blick. Der Gefangene ging auf den Betrachter zu, hob sein Gesicht und spie ihm voll ins Gesicht.

Der Mann auf der Straße fuhr zurück, das Ausgespieene troff ihm von den Augenlidern herab. Meisner lächelte ihn von der Luke aus an.

»Ihr seid doch ein vornehmer Mann«, fragte der Präfekt neugierig. »Ihr seid ein Studierter und habt große Erfahrungen. Warum sitzt Ihr überhaupt hier? Ist denn nicht alles bloß böswilliges Gerede?«

Meisner hob seine Hände zum Himmel und sah den Präfekten mit traurigen und schönen Augen an.

»Die Bosheit der Menschen«, sagte er.

Der Helfer des Präfekten, der Lange, der seine Zähne verlor, als der Ehemann der Savinsky ihm mit einem Holzscheit eins auf die Schnauze schlug, befragte ihn auch, aber bei einer anderen Gelegenheit.

»Was gedenkt Ihr zu tun«, sagte er und blinzelte Meisner in dem spärlichen Licht zu: Es war Nachmittag.
Es war schwer, ihn an der dunklen Wand zu erkennen. Aber dann kam seine Stimme, hart und ungebrochen, die Stimme eines Herrschers, der zum Befehlen geboren war:
»Es braucht keine Taten. Es braucht keine Verteidigung. Es braucht nur die *Kraft*.«
Der Helfer stellte dann noch ein paar weitere Fragen, aber Meisner würdigte ihn keiner Antwort. Das Gespräch wird im Gefängnisprotokoll erwähnt, das später wiederum im Verhandlungsprotokoll zitiert wird.

Meisner beschwerte sich auch über das Essen. Er behauptete, er bekäme kein Essen, das seiner Stellung entspreche. Er wandte sich in einem Schreiben an den Bürgermeister. In diesem Schreiben verlangte er vier Mahlzeiten täglich, Wein zu jeder Mahlzeit sowie mehr Hähnchen.
Die Beschwerde blieb ohne Erfolg.

Der Präfekt, der bei der offiziellen Gerichtsverhandlung gehört wurde, erklärte später, daß er nach dieser kurzen Zeit nicht kompetent sei, den Charakter des Mannes zu beurteilen. Die von ihm gewonnenen Eindrücke seien zu widersprüchlich, um einer Beurteilung des Problems im wesentlichen zu Grunde gelegt zu werden.
Er nahm deshalb von jeglicher Charakterisierung des Gefangenen Abstand.
Er wolle aber nur die Tatsache erwähnen, daß der Gefangene niemals gejammert habe, als man ihn mißhandelt hatte, obwohl die Mißhandlungen äußerst schwer waren. Dies habe er mit eigenen Augen sehen können. Auch sei er später nicht gegen seine Peiniger in Verwünschungen ausgebrochen, wie man es hätte erwarten können. Ob dies nun auf Hochmut oder Demut beruhe, könne er und wolle er nicht sagen.
Meisner leugnete, bei der Verhandlung direkt auf diesen Punkt angesprochen, mit dem Essen unzufrieden gewesen zu

sein. Er bat darum, die Beschwerde vorzulegen, die er angeblich verfaßt haben sollte.

Dieser Punkt wurde dann bei den späteren Verhandlungen nicht wieder aufgegriffen.

Ein Mann der Kirche, der Pfarrer Beffer, besuchte ihn im Gefängnis.

Er fragte zunächst, ob er denn nicht der Ansicht sei, daß seine Kuren hochmütig und gegen Gottes heilige Macht gerichtet gewesen seien. Meisner erwiderte darauf, daß er sie nicht für hochmütiger halte als die Wunder der Kirche, möglicherweise nur für wirksamer. Der Pfarrer fragte ihn dann, was er unter dem Begriff ›Fluidum‹ verstehe. Meisner bat ihn daraufhin zu erläutern, was er mit dem ›Heiligen Geist‹ meine. Der Pfarrer fragte ihn weiter, ob er nicht das Gefühl habe, die armen Menschen, die ihn besucht hatten, betrogen zu haben. Meisner stellte ihm dann seinerseits wieder die Gegenfrage, wie die Besitztümer der Kirche sich verzinsten, ob die Klöster in der vergangenen Woche wieder Einnahmen zu verzeichnen gehabt hätten, warum die Einkünfte der Kirche so groß seien, wo doch selbst Gottes Sohn kein Dach über dem Kopf habe, dann fragte er weiter, wer zum Bischof gewählt worden sei, ob die Kirche in letzter Zeit einen neuen Gottesbeweis gefunden habe oder zumindest eine neue Theorie über die Entstehung Jesu habe finden können. Bei diesen Worten fuhr der Priester zurück und sprach mit bebender Stimme einen Bannfluch über Meisners verlausten Kopf aus. Dieser beging aber nicht gleich Selbstmord, sondern lächelte nur müde und bat den Priester, sich in acht zu nehmen: Wir sind alle Religionsstifter, soll er gesagt haben, und der Bannfluch kann sich gegen das eigene Haupt wenden. Da war der Priester gegangen.

Der Weber verschwand in diesem Frühling auf immer. Man suchte nach ihm, da er bei der Verhandlung als Zeuge aussagen sollte. Er wurde niemals gefunden. Einige behaupteten, ihn nach der letzten dramatischen Séance gesehen zu haben, wie er durch die Straßen schlich, hastig von Hausecke zu Hausecke eilend. Er muß große Angst bekommen haben und sehr schnell aus der Stadt verschwunden sein.

Aber die Wälder um Seefond waren ausgedehnt, und er war sehr alt. Seitdem hat niemand mehr etwas von ihm gehört. Seine verlassene Ehefrau besuchte er niemals. Es ist wahrscheinlich, daß er vom Laufen sehr müde wurde, daß er hungrig wurde und nichts zu essen hatte, daß die Ermattung ihn schließlich überfiel wie Schlaf, daß er sich endlich zum Schlafen niederlegte. In allen offiziellen Papieren wird er als klein und verkrüppelt bezeichnet. Er muß als Toter also sehr klein und unbedeutend gewesen sein, ein grauer Fleck unter einer Tanne. Er dachte sicher bis zuletzt an Meisner, stellte sich Meisner in einem von vielen Pferden gezogenen Wagen vor, als wieder mächtigen Mann, als seinen wieder erfolgreichen Gebieter, der aus dem Wagen stieg und die Hand auf seine Schulter legte und ihm mit freundlicher Stimme gebot, in den Wagen zu steigen und den Platz an seiner Seite einzunehmen.

So muß er es sich vorgestellt haben, gerade bevor das Tageslicht dämmerig und dunkel wurde und schließlich überhaupt nicht mehr da war.

XIV

Claus Selinger: Tagebuch, 2.-4. April 1794

2. April

Meine Frau behauptet, ich sei leicht reizbar. Ich selbst nenne es Labilität: eine Spannung vor der Entladung. Ich beneide diejenigen, die von sich sagen können, sie seien ausgeglichen und ihrer selbst sicher. Ich selbst fühle mich unsicherer als je zuvor.

In der Sekunde, als ich den Patienten Meisners die Geschichte mit den Hühnerknochen erzählte, in der Sekunde, als ich mich danach wieder hinsetzte, gerade in den Augenblicken war ich meiner selbst sicher. Da fühlte ich mich entleert und rein, und ich wußte, daß ich nichts weiter als meine Pflicht getan hatte.

Jetzt ist alles anders.

Frau Keiser mußte gestern in ein Irrenhaus gebracht werden. Seit der Entlarvung Meisners ist sie äußerst unruhig gewesen, hat bald unter wütenden Zornesausbrüchen und heftigen Ausfällen gegen mich den Betrug geleugnet, bald völlig apathisch dagesessen und mit der Hand langsam über ihren Bauch gestrichen.

Steiner hat sie gestern zuletzt untersucht. Während der ganzen Untersuchung lag sie still da, sah zur Decke hoch und sprach kein Wort.

Er fragte sie, wie es ihr ginge, und sie antwortete nicht. Er fragte sie, ob ihre Krämpfe verschwunden seien, und auch auf diese Frage gab sie keine Antwort.

Gerade als er sie verlassen wollte und schon in der Tür stand, mit dem Rücken zum Zimmer, hörte er einen heftigen Krach. Als er sich umdrehte, sah er, daß sie aus dem Bett gerollt war, auf dem Boden lag, zusammengekauert, und daß sie langsam kaute, ohne etwas im Mund zu haben. Steiner eilte sofort herzu, um ihr zu helfen, aber sie schlug mit den Armen um sich und stieß ein sehr bestimmtes und deutliches *Nein* aus. Da wich er einige Schritte zurück. Sie rollte sich langsam auf den Rücken herum, streckte Arme und Beine aus und blieb so, mit allen Vieren weit von sich gestreckt, liegen. Er erzählte, daß sie wie eine Ertrunkene, die man an Land gezogen, ausgesehen habe: Ihr Gesicht war erloschen und stumm, ihr Mund war schlaff und weit geöffnet. Sie schloß die Augen auf die gleiche Weise wie damals, als sie von Meisner magnetisiert wurde, aber Steiner konnte dennoch sehen, daß sie weinte.

Er konnte nichts tun. Er verließ sie, ohne daß er ihr hätte helfen können. Am gleichen Abend kamen sie und brachten sie fort.

Einige Bürger haben in Wegeners Keller, einem Gerücht zufolge, vorgeschlagen, man solle Meisner vor der Gerichtsverhandlung vor dem Kirchenportal gefesselt hinstellen, damit jeder Gelegenheit erhalte, seinen Spott über ihn auszugießen. Dies stößt jedoch auf formale Hindernisse.

Den Behörden soll es sehr darum zu tun sein, daß alles so diskret und einwandfrei wie möglich vor sich geht. Meisner soll nämlich österreichischer Staatsbürger sein. Eine aufsehenerregende oder zurechtgebogene Gerichtsverhandlung könnte unliebsames Aufsehen erregen und Beschwerlichkeiten verursachen.

Im übrigen kann ich mir die Szene sehr gut vorstellen: Hunderte von Neugierigen, die von dem traurigen Ende des

Magnetiseurs erfahren haben, und jetzt die Möglichkeit ausnutzen, eine so berühmte Persönlichkeit anzuspucken.

Die Liste der von Meisner behandelten Personen halte ich unter Verschluß. Ich habe sie mir heute abend noch einmal angesehen.

Es sind fast nur Frauen darunter.

Da ist z. B. Charlotte Huber, aschfarbenes Haar, mit einem cholerischen Temperament, das sie einmal in einen Streit mit meinem Dienstmädchen brachte. Als sie vierundzwanzig Jahre alt war, stand sie am Totenbett ihres Hausvaters. Er, der immer viel von ihr gehalten hatte und übrigens auch – einem Gerücht zufolge – es viel mit ihr getrieben haben soll, war vor ihren Augen gestorben. Danach ging es ihr zusehends schlechter, und seit jenem Abend spürte sie einen eigenartigen stechenden Schmerz, einen quälenden Druck in der Brust. Nach und nach wurden diese Schmerzgefühle immer stärker. Sie war unverheiratet.

Meisner behandelte sie zweimal in der Woche, das weiß ich. Was ist aus ihr geworden? Sie sprach immer mit Begeisterung von der Erleichterung, die sie nach den Behandlungen spürte. Was ist aus ihr geworden? Steht sie auch auf dem Markt und spuckt?

Oder Grete Lenerts, eine siebenundzwanzigjährige Mamsell aus dem Rheinland, die mit einer sprudelnden Gesundheit in die Stadt kam. Ich erinnere mich noch so an sie, wie sie in der ersten Zeit war. Später kaufte sie sich einen Anteil an der Spinnerei und heiratete einen Mann, der schon viele Frauen beschlafen hatte und keine Neigung zeigte, damit aufzuhören; des Verdienstes wegen arbeitete sie Tag und Nacht. Der Webstuhl war in einem Keller aufgestellt, das Licht war schlecht und sie weinte auch häufig, offensichtlich ohne erkennbaren Anlaß. Dann wurde sie von Augenschmerzen befallen, bald im einen, bald im anderen Auge, nichts half; sie alterte, wurde fett und grauäugig, und schließlich bekam sie noch rheumatische Schmerzen im Nacken und in den Armen. Auch sie wurde von Meisner behandelt. Sie saß in seinem

Salon und sah mit ihren schlechten Augen, wie er wie ein tapsiger Bär dastand, wie er sich bewegte und schließlich klar und deutlich vor ihren Augen erschien, wie er sich über sie beugte, wie er sie berührte. Was macht sie jetzt? Und all die anderen? Die Eingeschlossenen und Einsamen, die Armen, die sich mit geschlossenen Augen dem Betrug entgegenstreckten und ihn in den Armen hielten und sich weigerten, ihn wieder loszulassen, auch als er ihnen weggenommen wurde? Spucken auch sie ihn an?

Nein. Nein. Es kann nicht sein.

Und wir, wir vernünftigen Ärzte in Seefond, wir hatten sie alle behandelt. Wir ließen sie zur Ader, setzten Blutegel an, reichten Brechmittel, starke Laxiermittel, Quecksilber, bis sie zu speien begannen, gaben ihnen Branntwein, Salmiakspiritus, spanischen Schnupftabak, Zinnober, kalte Bäder, warme Bäder, Schwefelbäder, Salzbäder; wir schickten sie nach Berlin oder in andere Städte, die näher lagen, wir ließen sie operieren wegen aller möglichen Gebrechen, Ulci, Magenschmerzen, Beinwunden, Ophtalmien; manchmal kamen sie gesund wieder, aber meistens tot, und auch wenn uns eine Heilung gelang, fehlte noch etwas zum vollständigen Erfolg. Wir taten, was wir konnten. Wir lernen immer mehr hinzu, und wir müssen weitermachen. Aber irgendwo ist eine Leere, ein Bedürfnis, das wir nicht erreichen.

Er sitzt jetzt im Gefängnis. Er wurde mit seinem Erfolg nicht fertig, die Verzückung endete in Korruption und Scharlatanerie. Das ist das Bittere an der Geschichte. Wir hätten nicht zu kollidieren brauchen. Jetzt erzählen sie im Krug von ihm, und alles ist plötzlich so leicht durchschaubar gewesen, daß sie über ihn lachen können. Er selbst hat das möglich gemacht. Dafür soll er verurteilt werden.

Wir sollten ein Urteil fällen, das zum Ausdruck bringt, daß wir uns von ihm distanzieren. Aber wir erreichen nicht das, was hinter ihm steht; der Gestalt, die wir hinter Meisner schemenhaft hervortreten sehen, ist mit einem einfachen Gerichtsverfahren nicht beizukommen. Sie ist unsichtbar.

Vor mir ersteht dieser Winter als ein Kunstwerk, ein romantisches Kunstwerk mit ständig zunehmenden grotesken Zügen, von ständig wechselnder Verwirrung. Er hat tatsächlich, wie er es selbst einmal ausdrückte, einen Hebel unter die Häuser dieser Welt gesetzt.

4. April

Morgen beginnt die Verhandlung. Ich werde als Zeuge aussagen. Sie haben mich zum Hauptzeugen ausersehen, da ich die ganze Zeit über anwesend war und über alles Zeugnis ablegen kann.

Ich werde versuchen, gute und ehrliche Arbeit zu leisten. Ob diese gute und ehrliche Arbeit dann der Allgemeinheit zum Nutzen gereicht, werde ich nicht zu entscheiden haben. Ich leiste nur meinen Beitrag, nach bestem Vermögen.

Ich habe nur eine begrenzte Intelligenz, aber ich gebrauche sie, so gut es geht. Andere müssen dort fortfahren, wo ich aufhöre.

Der Winter ist kurz gewesen. Er begann mit seiner Ankunft und endete mit seiner letzten Kur, die eine Lawine zu Tal donnern ließ. Er hat uns diesen Winter kurz werden lassen. Er lehrte uns, eine Weile zu spielen, er betrog uns, und wir liebten es, betrogen zu werden. Er lehrte uns einzusehen, wie arm unsere Stadt ist. Er lehrte uns einzusehen, wie reich sie hätte sein können, angefüllt mit Aufgaben und neuen Ideen. Er hat sie uns erschlossen und uns beigebracht, um sie zu wachen. Als er sie dann im Stich ließ, konnten wir unsere Fähigkeiten unter Beweis stellen.

Er hüllte unseren Winter in eine Decke aus Zweideutigkeit und Unsicherheit. All dies gab er uns. Ich möchte ihn nicht missen, auch wenn ich ihn verurteile: ihn, den Unnützen, der mich lehrte, einen Standpunkt zu beziehen.

Wir gehen jetzt zur Verhandlung. Meine Frau wird dabeisein. Meine Tochter hat jedoch erklärt, bei diesem Volksvergnügen nicht anwesend sein zu wollen. Ich verstehe sie und fühle mit ihr. Steiner hat freiwillig darauf verzichtet, dieser Verhandlung aus der Nähe beizuwohnen. Er will ihr während dieser Zeit eine Stütze sein, er wird bei ihr sein, und sie bei ihm. Er ist uns eine große Hilfe, und ich weiß jetzt, daß er sie schon lange liebt. Aber auch für mich ist er eine Klippe.

In Zeiten harten Drucks wird unter Menschen etwas erzeugt, was beweglicher als ein Fluidum und fester als ein Fels ist: Dies verbindet uns jetzt alle miteinander.

XV

Sie erschienen ihm im Traum und fragten ihn, wo er gewesen sei; wohin er geflohen sei und warum er sie verlassen habe. Sie kamen, alle, die er mit seinem Stab berührt und aus sich selbst herausgelockt hatte, und sie erklärten, sie fühlten sich einsam und bedürften seines Stabes, sie seien traurig und glaubten nicht an die Behauptungen seiner Feinde. Da war Helga Opitz aus Thüringen, der er vor drei Jahren sechs Monate lang geholfen hatte und die er dann, als der Zustrom an Patienten immer mehr anschwoll, einem Mitarbeiter überlassen hatte. Sie erschien ihm im Traum und erzählte von dem Mitarbeiter, erzählte, wie er ihr geholfen habe, wieviel die Behandlung sie gekostet habe und auf welche Weise sie habe bezahlen müssen. Sie fragte ihn, warum er solche Mitarbeiter auswählte, und er konnte nichts darauf sagen.

Dann erschienen auch all die anderen.

Er erkannte sie kaum wieder. Er hatte ihre Gesichter im flackernden Lichtschein seines Salons gesehen, sie aber nicht kennengelernt, da er es eilig gehabt hatte, so viele Patienten wie möglich zu ergattern. Sie kamen und beugten sich über ihn und betrachteten ihn: Du hast uns verlassen, sagten sie, du hast uns im Stich gelassen, du hast uns zurückgelassen, um Macht und Einfluß und Reichtum kennenzulernen. Was hat die Macht dir gegeben, was wir dir nicht auch hätten geben können? Warum hast du so viele Patienten auf einmal behandelt? Warum hast du gegen d'Eslon in Paris polemisiert, wo er doch nichts anderes getan hat als du mit uns getan hast? Weißt du, daß deine Idee mit uns starb? Hast du Angst gehabt, du könntest weniger Patienten bekommen? Warum hast du uns so viel Geld abverlangt, wo wir doch kaum etwas hatten und dazu noch krank waren? Warum hast du dich nicht der wirklich Kranken angenommen, sondern nur der zur Hälfte Kranken, die also dankbarer waren und für dich somit angenehmere Patienten? Warum hast du uns nicht aufgesucht, als wir uns versteckt hielten? Wußtest du nicht, daß wir in unseren Betten lagen und auf dich warteten, auch wenn wir uns sagen mußten, du seist ein Betrüger?

Sie fragten ihn, ob er wirklich meinte, was er sagte: Daß zwischen ihrer Wirklichkeit und seiner kein Zusammenhang bestehe? *Sie* waren doch menschlich? Du willst uns über die Wirklichkeit hinausheben, sagten sie, warum hast du uns das Verständnis dafür nicht erleichtert? Wir konnten doch nicht begreifen, was du wolltest?

Und er warf sich auf seinem Lager herum und fühlte den Schmerz in seinem Rücken, der den Traum wie mit einem Speer durchbohrte, und er wollte ihnen antworten, sie sollten nicht so große Ansprüche stellen, er wisse, daß ihm alles mißlungen sei, aber vielleicht könne jemand anders seine Idee fortführen ... Da verschwanden sie, und die Polizeibediensteten standen über ihn gebeugt und hielten seine Kleider in den Händen und sagten, die Verhandlung würde in einer Stunde beginnen.

»Helft mir«, sagte er.

Der Karren war aus groben, ungeputzten Brettern zusammengefügt. Er fragte sie, ob sie ihm nicht einen besseren und seiner eher würdigen Wagen beschaffen wollten, aber niemand gab ihm eine Antwort.

Es regnet jedenfalls nicht, dachte er. Beim vorigen Mal regnete es.

Dann dachte er: Wenn es geregnet hätte, wären die Leute zu Hause geblieben und würden nicht auf den Straßen herumstehen. Niemand hätte sich aus dem Haus gewagt, wenn es geregnet hätte. Sie hätten dann höchstens aus dem Fenster geschaut, aber ein Gesicht von einem Fenster aus zu betrachten tut nicht weh, und es schadet nichts.

Es ist zu schön, dachte er hartnäckig, während der Karren dem Rathaus zuratterte. Die Sonne brennt zu sehr, es ist einfach zu warm.

Während der ganzen Fahrt war es still, bis zuletzt.

Während er ausstieg, blickte er beharrlich geradeaus, nahm von der Umwelt nichts wahr, bemerkte nicht, daß sie dastanden und ihn angafften; er verschloß seine Ohren und hörte nichts, und alles, was die Menschen schließlich zu sagen hatten, betraf nichts anderes als die selbstverständlichen Tatsachen, die sie mit eigenen Augen sehen konnten: daß er im Gefängnis sehr blaß geworden war, wie hart seine Backenknochen aus seinem Gesicht herausragten, wie abwesend er vor sich hinstarrte, wie hochmütig oder untertänig oder auch nur gleichgültig seine schwarzen Augen waren. Sie ergriffen diese letzte Gelegenheit, ihn vor der Prüfung einer Prüfung zu unterziehen.

Einer von ihnen, der eine von Meisner behandelte Schwester hatte und es nicht verdauen konnte, daß seine Familie lange Zeit von diesem Wundermann gesprochen hatte, als sei er der liebe Gott in Person, rannte zu Meisner hin und hielt ihm die Glaskugel des Baquets vors Gesicht: triumphierend, so wie er triumphiert hatte, als sie an jenem Abend das Gerät auseinanderrissen und in einem seligen Rausch die Ketten aus dem Fenster geschleudert hatten. Er hatte die Kugel listig unter seiner Jacke verborgen und sich fortgestohlen: Jetzt hielt er sie Meisner entgegen. »Luft!« schrie er gellend. »Sie enthält nur Luft! Nichts sonst!«

Meisner konnte nicht an ihm vorbeigehen, da er ihm im Wege stand. Einige Augenblicke lang standen beide still, und Meisner lächelte der Kugel zu, die außer Luft nichts enthielt.

»Ja«, sagte er, »jetzt enthält sie nur noch Luft.«

Der Mann wurde von einem Gerichtsdiener beiseitegeführt. Meisner setzte seinen Weg fort. Sie gingen hinein.

Jetzt sitzen die Richter dort. Sechs an der Zahl. Es sind alles einfache Männer bis auf zwei, die studiert haben. Er sitzt vor ihnen, dieser Meisner. Das Volk nimmt Platz. Es sind viele Frauen gekommen.

Während des ersten Verhandlungstages entstand vor dem Gerichtssaal ein kleiner Tumult. Einige Menschen diskutierten den Fall, und eine erregte Frau hatte offensichtlich die Partei Meisners ergriffen. Sie behauptete, die Verhandlung sei von den herrschenden Kräften in Seefond angezettelt worden, weil sie sich vor Meisner fürchteten. Die Beweise seien alle gefälscht.

Im Verlauf der Auseinandersetzung trug ein Mann, ein fünfunddreißigjähriger Schneider, eine ernste Gesichtsverletzung davon. Ein Messer traf das Nasenbein, rutschte ab, schnitt ein Augenlid ab und verletzte ein Auge schwer. Zuerst wurde Selinger herbeigeholt, aber der Mann zog einen anderen Arzt vor, der sich bereits im Gerichtssaal befand. Dieser verband die Wunde sofort.

XVI

Claus Selinger: Tagebuch

Vor dem ersten Verhandlungstag hatte ich ein langes Gespräch mit Steiner. Wir versuchten gemeinsam, Ordnung in den Wirrwarr zu bringen, den Meisner in uns verursacht hatte.
Wir haben also selbst an seinen Betrügereien teilgenommen, sind mit mehr oder weniger offenen Augen ins Unglück gerannt. Unser Verhalten ist deshalb kaum zu beurteilen. Ich muß selbst das Bedürfnis gehabt haben, verführt zu werden. Wenn wir ihn jetzt verurteilen, muß ein Vakuum entstehen, das für lange Zeit davon zeugen wird, daß wir falsch gehandelt haben. Aber Steiner hält unerschütterlich daran fest, daß dies Vakuum kein Argument für die Sache Meisners ist: Es sagt uns nur, daß wir den leeren Raum mit irgend etwas füllen müssen.
Ich erzählte ihm von einem Problem, das mich während der letzten Tage stark beschäftigt hat. Als meine Tochter neun Jahre alt war, versprach ich ihr einmal, mit ihr in die Berge zu fahren. Sie war überglücklich. Drei Monate lang war sie glücklich, und es waren helle Monate für uns alle.
Dann fuhren wir in die Berge. Wir waren eine Woche fort, es regnete die ganze Zeit, sie wurde müde, und ich glaube, daß sie sich vor den Bergen ängstigte: Sie waren zu mächtig und drohend. Als wir wieder nach Hause kamen, war sie erschöpft und nicht mehr so froh und glücklich.
Ich kann mir nun eine Situation vorstellen, in der ich einem anderen Menschen ständig etwas vorspiegele, ihm die Illu-

sion eines kommenden Glücks gebe und ihm dann diese Illusion plötzlich entziehe, bevor sie sich erfüllen kann. Die Reise findet nicht statt. Die Enttäuschung tritt nie ein, das Versprechen ist vergessen, das Leben beginnt von neuem.

Ein solcher Mensch würde ständig glücklich leben, ohne eine reale Basis für sein Glück zu haben. Er würde ein Spinnengewebe vor sich schimmern sehen, das Gewebe wäre ein Gewebe, aber das Glück wäre wirklich. Ändert es etwas an diesem Glück, daß es auf einem Betrug beruht?

Und, wenn wir das Gewebe entfernen: Womit sollen wir es ersetzen? Mit Reisen in die Berge? Mit Reichtum? Besseren Häusern? Kürzerer Arbeitszeit? Leichterer Arbeit? Einem längeren Leben? Besserem Bier?

Ich zweifle an meinem eigenen Programm, aber ich halte daran fest, bis jemand mir eine bessere Art zu leben zeigt. Ich arbeite also, ich tue mein Bestes, ich tue, was ich kann, so lange es eben geht. Ich tue so wenig Böses wie möglich. Ich sehe gleichzeitig die Menschen an, die Meisner verfielen, und ich verstehe sie, da die gleiche Unzufriedenheit auch in mir würgt. Ich lebe so, wie ich lebe, aber ich tue es unter Protest.

Ich bin im Begriff, Meisner zu verurteilen, ich tue es nur mit starkem Widerwillen, aber ich verurteile ihn, weil ich glaube, daß es ein Schritt in die richtige Richtung ist und daß der nächste Schritt von der Basis dieses Urteils aus erfolgen muß. Wir begegneten einander im Winter, und wir sind zwei Geraden, die sehr weit voneinander entfernt verlaufen, sich aber im Unendlichen treffen.

Ich sehe meine Stadt vor mir. Sie hat eine glänzende Zukunft vor sich: Es wird ihr gutgehen, sie wird reich sein, entwickelt, blühend. Dies ist eine erschreckende Vision, und ich rette mich in Meisners lügenhafte Welt hinüber, um eine Erleichterung angesichts dieses unerträglichen Wohlbefindens zu spüren. Diese Welt ist grotesker, aber sie lebt.

Meisner saß nur zwei Meter von mir entfernt, mir schräg zugewandt. Er sah auf, als ich mich setzte und lächelte ausdruckslos.

Es hatten sich viele Leute eingefunden.

Ich habe nicht die Kraft, alle Aussagen wiederzugeben. Ich erwähne nur die wichtigsten, da offenbar sehr viele Menschen sich betrogen fühlen, ohne eigentlich zu wissen warum.

Ein Teil des Materials war von außerhalb herbeigeschafft worden. Eines der Dokumente gab Aufschluß darüber, daß er vor zehn Jahren einmal wegen Urkundenfälschung verurteilt worden war. Dafür war er zu vier Wochen bei Wasser und Brot verurteilt worden: eine milde Strafe, die aber offenkundig darauf beruhte, daß sehr viele einflußreiche Personen in der Stadt, in der das Urteil gefällt worden war, vorher an Meisners Anwesenheit übermäßig interessiert gewesen waren.

Ich fürchte und glaube, daß es sich hier nicht ebenso verhalten wird.

Meisner erklärte, er wolle zu dem Dokument keinen Kommentar abgeben.

Sie befragten ihn auch über Frau Keiser. Sie fragten, ob er glaube, mit ihr einen Erfolg erzielt zu haben.

»Als ich sie zuletzt sah«, erwiderte Meisner, »war sie geheilt und vollkommen wiederhergestellt. Wer ihr danach noch weiter geholfen haben könnte, entzieht sich meiner Kenntnis.«

Sie erzählten ihm dann, daß sie einen Rückschlag erlitten habe und geisteskrank geworden sei.

»Ich weiß«, erwiderte Meisner. »Ich habe es vorausgesehen. Wenn Ihr Euch ins Irrenhaus begeben wollt, dann kann sie für mich aussagen. Ich habe schon früher Irrenhäuser besucht. Mir würde es gar nichts ausmachen.«

Es wurde festgestellt, daß sie die Menschen betrogen hatte. Ja, sagte Meisner. Seid Ihr Euch dessen bewußt gewesen, daß es sich um einen Betrug handelte, fragten sie und lächelten

ihm süßsauer zu, da sie überzeugt waren, er würde leugnen und sie könnten ihm das Gegenteil beweisen.
»Ja«, erwiderte Meisner. »Ich war mir dessen bewußt.«
Ein Raunen ging durch den Saal.
»Aber dennoch habt Ihr weitergemacht?«
»Ja«, antwortete Meisner. »Ich ermahnte sie in einem noch frühen Stadium, sie möge vorsichtig sein. Ich war der Ansicht, daß eine größere Sache einen Betrug erforderte.«
Er sprach diese Worte mit einer gewissen Würde aus und beobachtete dann die Menschen im Saal, um zu erforschen, wie sie über diese Aussage dachten. Die meisten saßen jedoch sehr ruhig da und lauschten, ohne eine Miene zu verziehen. Er fuhr fort. »Die kurzen Stunden der Hingabe und Verzükkung, die das Fluidum der Patienten verändern sollten, wären durch eine rationale Behandlung und eine vernünftige Handlungsweise zunichte gemacht worden. Ich habe diese Alternative also nicht gewählt.«
Die Richter machten fleißig Notizen.

Während eines kurzen Abschnitts der Verhandlung wurde ich erregt und fühlte mich versucht, eine direkte Erwiderung zu geben.
Er verteidigte seinen Verrat; er zog es jedoch vor, den Terminus »Meine Methoden« zu gebrauchen. Er erklärte, eine rigorose Moral könne niemals wirksam sein, nichts auf dieser Welt sei an bestimmte Spielregeln gebunden, das Leben sei ein Zusammenspiel verschiedener Möglichkeiten und Ziele, wobei das Ziel das Wichtigste sei.
Ich sprang auf und fragte ihn direkt, ob es denn nicht inkonsequent von ihm sei, die Menschen auf diesen betrügerischen Untergrund hinauszulocken, wenn er beabsichtigt habe, sie zu etwas Neuem und Besserem umzuformen. Er erwiderte, daß Konsequenzen nie seine starke Seite gewesen seien; dagegen habe er immerhin Ergebnisse erzielt. Er fragte mich auch in höhnischem Ton, ob ich denn selbst irgendwelche Ergebnisse vorzuweisen hätte?

Ich beschuldigte ihn, einer Jesuitenmoral das Wort zu reden. Er sah sich lachend in der Versammlung um und fragte, ob dies in einer katholischen Stadt schimpflich gemeint sein könne?

Dann fuhr er fort: Unsere Zeit erforderte eine neue Moral, eine Moral, die sich gegen die starre und festgefügte bisherige Moral wende.

Seine Verteidigung ist sehr geschickt, sie enthält aber eine undichte Stelle. Sie macht aus einem Unvermögen zu Festigkeit eine Tugend. Er will mich als starr und rigoros hinstellen, obwohl er selbst es ist, der in seiner Bewertung der Bewegung als einer ethischen Norm erstarrt ist. Mit dieser Definition taumelt er über meinen eingleisigen Humanismus hin.

Das Erschreckende ist nur, daß seine Verkündigung mich lockt. Es ist, als durchziehe unsere Stadt ein böser Wind: Verwirrung stiftend und voll lieblichen Duftes. Das Leichte und Bewegliche hat sich in Schwere und Beständigkeit verwandelt, und wir greifen dies dankbar auf.

Ich habe jedoch Vertrauen zum Gericht. Es besteht aus einfachen, ungeschulten Menschen. Ich sage dies nicht mit Verachtung, sondern mit Stolz. Sie verurteilen ihn, und sie haben ein Recht, ihn zu verurteilen.

Später war ich an der Reihe, als Zeuge auszusagen. Ich gebrauchte meine Aufzeichnungen als Gedächtnisstütze. Als ich geendet hatte, wurde es still.

Ein Mitglied des Gerichts fragte mich vor allen, die sich hier eingefunden hatten:

»Seid Ihr der Ansicht, daß er ein Betrüger ist?«

Ich sagte ja, ohne die Antwort zu überlegen. Meine Beurteilung gründet sich nicht nur auf den Fall Keiser. Vieles ist in den letzten Tagen ans Licht gekommen. Ich glaube, genügend Beweise für ein verdammendes Urteil zu haben. Der Weg zu meiner Bank war kurz. Ich empfand ihn jedoch so, als ginge ich durch ein Kreuzfeuer aus Blicken, von denen jeder mich verletzte. Alle sahen mich an.

Man hatte Aufzeichnungen bei ihm gefunden.

Bei der Verhandlung wurden sie verlesen. Einige riefen große Unruhe hervor.

»Die Führer des Staates sind vom Willen der einzelnen Menschen abhängig«, stand dort. »Der Staat ist ein Körper, dessen Kopf so zusammengesetzt ist wie die Augen gewisser Insekten: aus vielen hundert Facetten, die von uns allen gebildet werden. Die ausgeübte Macht muß sich dem anpassen. Innerhalb dieses gesellschaftlichen Sektors sollten alle zum Wohle aller handeln. Aber in jeder einzelnen dieser Facetten sollten nur die göttlichen Gesetze herrschen, die unser Fluidum steuern.«

Ich wurde von diesen Gedanken außerordentlich überrascht, vor allem von dem ersten Glied der Argumentation. Ich sah den Grafen Norstoff an, das Ohr des Herzogs bei dieser Verhandlung: Das Blut stieg ihm bei der Verlesung dieses Aktenstückes ins Gesicht.

Es gab auch noch äußerst provozierende Stellen. Sein Aufenthalt in Frankreich hat ihn offensichtlich tief beeindruckt, er hat aber revolutionäre Ideen mit eigenen Gedanken auf verwirrende Weise vermischt.

Man fragte ihn, ob er all dies selbst geschrieben habe. Er erwiderte stolz, ja.

Nach den Verhandlungen des vierten Tages sprach ich mit einem der Richter. Er kam zu mir und fragte mich, was ich ihm zu tun rate. Meisners Schuld sei wohl offenbar, aber die Beweise durchweg vage, diffus und von unterschiedlichem Gewicht. Die Bevölkerung der Stadt mache auch den Eindruck, als habe sie ziemlich schnell das Interesse an ihm verloren: Wenn jetzt von Meisner gesprochen werde, geschehe es zumeist in gleichgültigem oder scherzendem Ton, so, als erzähle man eine lustige Geschichte im Wirtshaus. Die führenden Männer der Stadt begännen sich auch zunehmend irritiert zu zeigen, weil das Gericht sich so viel Zeit ließ. Die übliche Dauer eines Prozesses dieser Art betrage einen Tag. Der Richter fragte mich auch, ob meine Tochter sich betrogen fühle. Ich sagte, nein. Daraufhin wand er sich unlustig und sagte, er wünschte, es wäre schon alles vorüber.

Ich hätte mich nun auf ein Gespräch über die Natur des Betruges einlassen können, ich hätte hervorheben können, daß der Betrug mitunter genauso wirksam sein kann wie Ehrlichkeit und Redlichkeit, vielleicht noch wirkungsvoller, da er an das Böse im Menschen appellierte, an das Groteske und Verborgene. Ich tat dies aber nicht, da ich der Ansicht war, das Gericht müsse selbst zu einem Entschluß kommen.

Er sagte auch, daß es ihm schwer fiele, Meisner als Person zu beurteilen … Alles ist so widersprüchlich und unklar, seufzte er, jede Zeugenaussage fügt zu den anderen eine neue und ungeahnte Komplikation hinzu. Er ist eine Mischung aus Falschheit und Ehrlichkeit, aus Dingen, die man belegen und beweisen kann, und aus reiner Fabulierlust. Wir fühlen uns unsicher vor ihm.

Ich gab ihm recht. Aber, wie ich später sagte, das Urteil ist nicht das Wichtigste, das Wichtigste ist vielmehr, wie wir uns nach dem Urteil verhalten werden. Womit wir ihn ersetzen. Und wir müssen jetzt schnell denken, da die Zeit uns wegläuft, da es eilt, und weil wir andernfalls eine Leere fühlen würden, die uns fälschlicherweise glauben machen könnte, er hätte uns etwas bedeutet.

Im Verlauf der Verhandlungen trat ein Zwischenfall ein. Eine Frau mittleren Alters, die mit einem pockennarbigen Mädchen im Saal saß, erhob sich unvermittelt und erklärte mit zitternder Stimme, sie sei bereit, sich um Meisner zu kümmern.

Der Lärm war tumultuarisch. Alle sprangen von ihren Plätzen auf, um zu sehen, wer da gesprochen hatte. Ich sah Meisner an und merkte, daß er mit fest zusammengebissenen Zähnen dasaß.

Die Frau sagte, nachdem der Lärm sich gelegt hatte, daß sie sich als seine Verlobte betrachte und daß sie sich um ihn kümmern würde. Sie appellierte an das Gericht, ihn sofort freizugeben, da sie eines Mannes sehr bedürfe.

Bei diesen Worten brach ein brüllendes Gelächter im Saal los. Meisner sprang mit feuerrotem Gesicht auf und erklärte, daß er keine Lust habe, sich dieser einfältigen Person anzuvertrauen, wie sehr sie auch eines Mannes bedürfen möge. Er erklärte mit hoher und gellender Stimme, daß dieses Gericht nicht das geeignete Forum für eine Verhandlung wie diese sei, daß er ein Recht darauf habe, von einer rein medizinischen Kommission geprüft zu werden, daß dieses Gericht ein großes Unrecht begehe, wenn es über eine derart gemeinnützige neue medizinische Methode befinde.

Er schloß seine in großer Erregung vorgebrachte Einlassung damit, daß er die Auflösung des Gerichts verlangte sowie die Einsetzung einer Untersuchungskommission, die unparteiischer zusammengesetzt sein müsse als die von Paris (und bei diesen Worten stutzte ich – sie widersprachen ja den Angaben meines Bruders in seinem Brief vollkommen!) und deren Aufgabe es sein müsse, die Haltbarkeit seiner Ideen zu untersuchen.

Er sagte in bestimmtem Ton, daß er es ablehne, sich dem Wunsch dieser Frau zu beugen.

Das Gericht saß einige Augenblicke unschlüssig da. Dann äußerte der Vorsitzende ein paar Worte, die auf befreiende Weise die Rechte des Gerichts klarstellten.

Der Lärm, der bei Meisners Worten entstanden war, hatte sich immer noch nicht gelegt. Die Frau, die schlecht gekleidet war und einen sehr erschöpften Eindruck machte, blieb verwirrt vor ihrer Bank stehen, nachdem ihr das Wort entzogen worden war. Die Leute hinter ihr zupften sie nach einer Weile am Rockzipfel: Da wandte sie sich offensichtlich beschämt um und verkroch sich in ihrem Stuhl, um fürderhin den anderen Leuten nicht mehr die Sicht zu verdecken.

Das Mädchen an ihrer Seite mochte vielleicht fünfzehn Jahre alt sein. Sie war offensichtlich geistesschwach. Sie starrte mit gleichgültigen Blicken vor sich hin und lächelte beständig.

Jetzt, während ich diese Zeilen niederschreibe, ist der Prozeß bereits vorüber.

Ich sitze wieder in meinem Zimmer, höre das leise geführte Gespräch meiner Tochter mit Steiner. Sie sitzen im Salon. Eben noch hat sie gespielt: Jetzt unterhalten sie sich.

Ich nahm die Frau, die während der Verhandlung für Meisner gesprochen hatte, mit nach Hause. Sie hatte sich, nachdem alles vorüber war, auf die Treppe vor dem Gerichtsgebäude gesetzt, ihre Tochter saß an ihrer Seite. Sie weinte heftig. Ich berührte ihre Schulter und fragte, ob nicht ein gutes Mahl sie auf andere Gedanken bringen könne. Sie erhob sich, immer noch schluchzend, und befahl ihrer Tochter, mitzukommen.

Wir gingen gemeinsam auf mein Heim zu. Viele Menschen beobachteten uns neugierig. Die Frau war hochschwanger, das Gehen machte ihr Mühe.

Wir gaben ihnen zu essen, und sie aßen. Aber als wir versuchten, ihnen ein Zimmer für die Nacht anzubieten, wurden sie von einer für uns unverständlichen Unruhe ergriffen. Ich versicherte ihnen, daß es ein weiter Weg bis zur nächsten Stadt sei und daß sie es nicht in den wenigen Stunden, die ihnen an diesem Tage noch blieben, bis dorthin schaffen würden.

Da nahmen sie unser Angebot an.

Sie liegen in einem Mädchenzimmer. Ihre Kleidung ist sehr schlecht.

Dazu kommt noch die Geschichte Gottfried Kramms. Ich bekam sie gestern zu hören. Sie lautet wie folgt.

Vor zwei Monaten war er zufällig bei einer privaten Behandlung anwesend, die Meisner in einem Haus an der Ecke Gottschalkstraße und Meizgasse durchführte. Ein Mann lag dort krank im Bett. Meisner behandelte ihn.

Der Raum war sehr spärlich erleuchtet, und je weiter die Behandlung fortschritt, desto unruhiger und verwirrter wurde Meisner. Er drehte sich ständig um, fragte, ob jemand vor der Tür stehe, bat den Weber, er möge das Treppenhaus untersuchen, die übrigen Anwesenden bat er mit irritierter Stimme, so leise wie möglich zu sein, damit man jeden Laut hören könne, schließlich widmete er dem Patienten kaum noch irgendwelche Aufmerksamkeit.

Kramm fragte, ob etwas nicht in Ordnung sei.

»Die Kraft sucht mich«, erwiderte Meisner.

Niemand verstand, was er damit meinte. Der Patient, der eine große, stark eiternde und übelriechende Wunde am Bein hatte, versuchte, sich aufzurichten. Da wandte sich Meisner blitzschnell zu ihm um, schlug ihm mit seinem rechten Arm quer über die Brust, so daß er wieder zurückfiel. Draußen blies ein heftiger Wind.

Meisner stand still und lauschte nur noch den Lauten, die von draußen kamen. Er lauschte intensiv und gedankenverloren. Der Wind heulte, und sie standen alle erschreckt da und beobachteten ihn. Die Fensterscheiben waren vereist. Niemand hatte sie während der letzten Monate geöffnet.

»Jetzt kommt sie«, flüsterte Meisner mit einem Mal.

Das Fenster sprang plötzlich auf, der Wind pfiff ins Zimmer hinein. Meisner schrie auf und fiel vornüber. Es wurde kalt im Zimmer, und das Licht wurde ausgeblasen. Alle wurden von Furcht ergriffen und versuchten panisch taumelnd, die Tür zu erreichen.

Da hörte der Wind auf zu blasen. Das Fenster war geschlossen. Jemand zündete ein Licht an. Meisner lag auf dem Fußboden, auf dem Rücken, und lächelte zur Decke hoch. Der Weber war fort. Der Patient schluchzte laut. Der Verband um sein Bein war aufgewickelt, die Wunde leuchtete den Betrachtern stachlig grün entgegen.

Meisner blieb liegen, ohne sich zu rühren.

»Ich rief«, sagte er, »und es kam. Dann stieß ich es fort, und es verschwand. Ich lebe. Der Patient lebt. Wir können wieder von neuem beginnen.«

Darauf kam der Weber wieder ins Zimmer. Er ging schluchzend zu seinem Meister und berührte ihn. Meisner drehte sich dann einmal um die eigene Längsachse, erhob sich auf die Knie, stand vollends auf, zog seinen Gürtel ab und schlug dem Weber mit furchtbarer Kraft auf den Rücken. Dieser fiel aus seiner knienden Stellung kopfüber nach vorn.

Dies war die Erzählung Gottfried Kramms. Sie ist für mich ohne jedes Interesse und sicherlich lügenhaft, und ich hätte mich nicht mit ihr aufgehalten, wenn ich sie nicht noch von einem anderen damals im Zimmer Anwesenden gehört hätte.

Dieser Mann hieß Karl Meringer.

Meringers Erzählung fährt da fort, wo die andere endet. Er war im Haus zurückgeblieben, nachdem die anderen gegangen waren. Übrig blieben dann nur noch der Mann mit der Wunde im Bein, Meisner, der Weber und eine ältere Frau, eine Verwandte des Kranken.

Meisner und der Weber gingen in einen angrenzenden Raum. Sie hatten vorher darum gebeten, ungestört zu bleiben. Meringer aber konnte sie sehen. Er beobachtete sie durch eine Spalte im Türrahmen.

Meisner kniete mitten im Zimmer. Sein Gesicht war sehr ruhig, sehr müde und sehr sorgenvoll. Die hervortretenden Backenknochen hatten noch nie milder ausgesehen. Mit geschlossenen Augen kniete er und hielt in einer Hand seinen Gürtel. Ohne ein Wort gab er dem Weber ein Zeichen, ihn zu nehmen. Der Weber tat, wie ihm geheißen. Dann gab Meisner dem Weber ein Zeichen, er solle zuschlagen. Nach langem Zögern tat der Weber dies.

Während der ganzen Zeit, in der die Schläge auf ihn herabregneten, auf Schultern und Rücken, kniete Meisner still, mit geschlossenen Augen. Er sah müde und gepeinigt aus. Er sagte kein Wort.

Dies geschah also zwei Monate vor der Gerichtsverhandlung. Meringer hatte das Fenster hinterher untersucht. Die Nägel waren herausgezogen worden. Dies war vermutlich durch Menschenhand geschehen, vielleicht aber auch durch etwas anderes bewirkt worden.

Die Wunde im Bein begann zu heilen. Der Bericht über diese Ereignisse, das Fenster und die Finsternis und *das*, was Meisner gesucht hatte, verbreitete sich offensichtlich rasch, obwohl er mich nicht erreichte, mich, den er zu allererst hätte erreichen sollen. Ich, Claus Selinger, erfuhr alles zu spät. Niemand erzählte mir etwas. Niemand ließ mich das Fenster untersuchen.

Niemand verlieh mir die Gnade, den plötzlichen Schrecken zu erleben, als das Licht ausging und es dunkel wurde und etwas zum Magnetiseur kam.

Den Patienten mit der Wunde im Bein hatte er dann wie folgt behandelt.

Er, Meisner, hatte ihm eingeredet, daß es den Teufel nicht gebe, nur eine Bewegung in ihm, die dem Teufel ähnlich sei. Diese Bewegung sei erstarrt, gebunden, wie ein geschlossenes Fenster. Das Ereignis, dem beide beigewohnt hatten, war ein Zeichen. Der Patient lag mit aufgerissenen Augen da und lauschte, plötzlich lächelnd, plötzlich wie von Glück und Leben erfüllt. Er schlief ruhig ein und fiel seinen Angehörigen bis zum Ende nicht mehr sonderlich zur Last.

Er starb zwei Tage vor der Verhandlung. Es wird behauptet, er sei die ganze Zeit über still und ruhig gewesen, habe oft gelächelt und nie über seine Schmerzen geklagt. Oft hörte man, wie er zu sich selbst sprach, ins Zimmer hinaus, den Blick ständig auf das schwarze Viereck des Fensters gerichtet. Niemand konnte verstehen, was er sagte.

Er starb zwei Tage vor der Verhandlung. Niemand wußte genau, zu welchem Zeitpunkt. Am Tage zuvor hatte er noch zu den Seinen von seinem Vertrauen zu Meisner gesprochen und erklärt, das Böse sei jetzt ein für allemal aus seinem Körper vertrieben worden. Er hatte noch gesagt, daß er glücklich sei. Sie fanden ihn halb aus dem Bett gefallen, sein Kopf lehnte schlaff gegen die Schulter, die Augen waren aufgerissen und blickten ins Nichts, ins Leere.

Dieser Fall kam während der Verhandlung nie zur Sprache. Mir, Claus Selinger, wurde diese Geschichte nur erzählt, damit den früheren Problemen noch ein weiteres hinzugefügt werde. Ich weiß nicht, woran er starb. Ich weiß nicht, woran er glaubte. Ich zweifle an der Geschichte, die Gottfried Kramm erzählte – sie ist so sehr viel später erzählt worden, daß alle Umrisse der Glaubwürdigkeit sich verwischt haben. Ich weiß nichts über das Fenster, die Peitschenhiebe, über irgend etwas. Ich zweifle.

Jedoch füge ich dies den anderen Zeugenaussagen hinzu. Ich trage sie alle wie eine Strafe, eine Bürde, eine Strafe für meine Einfalt und Empfindungslosigkeit. Ich war nicht dabei, es geschah außerhalb von mir, es gilt aber dennoch mir.

Jetzt spielt meine Tochter wieder. Ich bewege meine Füße im Takt mit den Tönen, und ich bin ruhig, aber müde, weiß aber, daß nichts von außen kommt: nicht die Bewegung, nicht die Ruhe. Alles war in mir vorhanden, und es war die ganze Zeit über vorhanden. Ich habe mich selbst für schuldig erklärt.

Ich glaube, das Leben ist eine Versuchung: eine Versuchung, das Farbenfrohe dem Rechten vorzuziehen, das Elegante dem Unbeholfenen. In diesem Licht sehe ich Meisner jetzt, und auch die Hoffnung, die er mir gab. Ich fiel vor Meisner, und wir werden alle eine kurze Zeit vor ihm fallen. Dann schlägt das Pendel zurück, da Schweres Leichtes immer besiegt hat.

Er wird nicht sterben, er wird leben. Er wird immer vor uns stehen, verführerisch und überzeugend, von der Macht erfüllt, die wir ihm verleihen, die unsere Begeisterung ihm verleiht. Und es wird immer Menschen wie Steiner geben, in ihrem Kampf gegen ihn finster entschlossen und beharrlich, mißtrauisch und ruhig, und diese Menschen werden den Schlag des Pendels abwarten, und wenn es zurückschlägt, sind sie da, wartend, niedergeschlagen, weil sie die Verzauberung nicht erleben durften, unzufrieden mit ihrer Gefühllosigkeit, aber dennoch sind sie noch da und überleben.

Jetzt spielt Maria. Wir sitzen still und hören ihr zu: Ein

Klavierstück nach einem vollbrachten Arbeitstag. Und die Musik wiegt sich in uns, wir schließen die Augen, und alles ist vorüber.

Das Publikumsinteresse am Abschlußtag war nicht so groß, wie ich erwartet hatte. Die Zuschauerbänke waren zwar voll besetzt, aber vor der Tür drängten sich nicht, wie früher, große Menschenmassen. Sie stand offen und war leer. Nachdem ich meine Aussage in einem Punkt vervollständigt hatte, ging ich auf die Treppe, um frische Luft zu schöpfen und eine Weile in der Sonne zu sein.

Ich stand auf der Treppe und sah über unsere Stadt hin. Mein Vater pflegte zu erzählen, wie sie aussah, als wir herkamen:

Ich war damals erst drei Jahre alt und kann mich nicht an viel erinnern. Er erzählte, wie schmutzig, ungepflegt und arm ihm alles erschienen sei. Und er erzählt noch mehr, wie die Stadt sich im Laufe seiner hier verbrachten Jahre verwandelt habe, wie neue Häuser gebaut wurden, wie hübsch und sauber alles geworden sei. Er erwähnte nichts darüber, wie die Menschen diese Verwandlung erlebt hatten; ob sie mit der Entwicklung Schritt halten konnten. Wenn wir ihm dort drinnen verfallen konnten, dachte ich, dann bedurften wir seiner, dann haben wir vergessen, etwas in unserer Stadt aufzubauen, in dieser unserer Stadt.

Ich sah, wie der Rauch vom Strand über die Stadt hereintrieb: Dort unten wuschen sie jetzt, kochten ihr Wasser in Eisentöpfen und scheuerten den Schmutz auf Holzbrettern weg. Ich sah einen Teil des Sees, und ich glaubte, alles sehen zu können. Das Wasser, dunkel wie das Frühlingswasser immer war, angefüllt mit der Schlacke des Winters, die Sonne, die im Wasser glitzert, das Lachen, das wie kleine Bälle über den Wasserspiegel dahinspringt, die weittragenden Stimmen, die am Strand spielenden Kinder, die mit langen Stöcken ins Wasser schlagen, die fröhlichen, gellenden Schreie; und dann den Rauch, der von den Töpfen aufstieg und über die Stadt hinausgetragen wird, wird unsere hübschen Häuser und unsere verschlammten Straßen und schönen Marktplätze und neugebauten Kirchen, über unsere gekünstelten und hoffnungslosen und unlösbaren Probleme, der Sonne entgegen, über den Marktplatz und das Rathaus, vor dem ich stand, höher und höher, immer mehr verdünnt, bis ich ihn kaum noch sehen konnte. Sonne, Rauch und Luft, eine Luft, die so leicht zu atmen ist, und dann der Himmel, von diesigem Blau, klarem Blau, rein und klar.

Ich atmete tief und wandte mich um. Ich ging hinein. Als ich hereinkam, war die Verhandlung gerade unterbrochen worden.

Zu einem Urteil war es noch nicht gekommen.

Es ist unmöglich, über die vielen Dokumente, die es zu Friedrich Meisner gibt, Rechenschaft abzulegen; sie sind mit diesem Roman, der von ihm handelt, erst eigentlich geschaffen worden, und sie haben mit diesem Roman aufgehört zu existieren. Nur in Einzelheiten kann Meisner an Franz Anton Mesmer erinnern. Einer der hier dargelegten Fälle, der Fall Keiser, beruht jedoch in gewisser Weise auf authentischen Angaben. Sie finden sich in einem Krankenjournal aus dem Jahre 1821, das von dem Mesmeristen und Arzt P. G. Cederschjöld stammt.

Der Verfasser